Gesine Englert

Schlamm im Champagnerglas

Gesine Englert

# Schlamm im Champagnerglas

Bibliografische Information der Deutschen Nationalbibliothek:
Die Deutsche Nationalbibliothek verzeichnet diese Publikation
in der Deutschen Nationalbibliografie; detaillierte bibliografische
Daten sind im Internet über http://dnb.d-nb.de abrufbar.

© 2014 Gesine Englert
2. korrigierte Auflage, Erstauflage 2013
Umschlagdesign, Satz, Herstellung und Verlag:
BoD – Books on Demand
ISBN 978-3-7357-3238-5

„Where no counsel is, the people fall, but in the multitude of counselors there is safety.“

Proverbs X1/14

„Wer die Wahrheit sagt, braucht ein schnelles Pferd.“

Russisches Sprichwort

„… oder ein Flugzeug ins Reich der Fantasie!“

Die Autorin

„In Deutschland gilt derjenige als viel gefährlicher, der auf den Schmutz hinweist, als der, der ihn macht.“

Carl von Ossietzky

Für Rachel, Daniel und alle anderen, die sich unermüdlich für Frieden und die Bekämpfung von Vorurteilen einsetzen.

Und für Dieter, der meine Träume und Spinnereien ertrug!

Alle Figuren und ihre Handlungen sind frei erfunden. Ähnlichkeiten mit tatsächlich existierenden Personen oder wirklichen Ereignissen sind rein zufällig. Sie sind keinesfalls beabsichtigt oder von der Autorin gewollt.

Die CIA und den MOSSAD betreffende Ereignisse und Schilderungen sind frei erfunden.

Die Autorin hat von ihrer dichterischen Freiheit Gebrauch gemacht. Im Roman geäußerte Meinungen und Ansichten spiegeln nicht die Meinung der Autorin wider.

3. November 2012                     Gesine Englert

„Que mar tan bella!" „Wie schön das Meer ist!", rief Isabella, die Katholische, begeistert, als sie das Meer beim heutigen Ort Marbella sah. Der Legende nach gab dieser Ausruf der Stadt den Namen.

Marbella ist eine Gemeinde im Süden Spaniens an der Costa del Sol in der Provinz Málaga. Die „La Concha" – die Muschel – ist ihr Hausberg. Mitte des 20. Jahrhunderts begann in der Region die Entwicklung des Tourismus. Alfonso von Hohenlohe kaufte große Landflächen und gründete das berühmte „Marbella Club Hotel". Immer mehr Prominente ließen sich von da an in Villen in und um Marbella nieder. Die Boulevardpresse entdeckte das kleine Luxusdorf. Aristoteles Onassis, Guy de Rothschild, Arthur Rubinstein, Omar Sharif, Gunilla von Bismarck, König Fahd von Saudi-Arabien und viele andere genossen die Sonne und die feinen Clubs. Puerto Banús, der Jachthafen, wurde gebaut. Er entwickelte sich mit seinen Restaurants, Bars, Diskos und Geschäften zum Treffpunkt des Jetsets. Hier lagen und liegen noch heute die schönsten Jachten. Die strahlend weißen Gebäude am Ufer bildeten einen wunderschönen Kontrast zum tiefblauen Meer. Bald erlebte das kleine Städtchen Marbella einen ungeheuren Bau- und Investitionsboom. Umweltauflagen wurden missachtet. Der Bürgermeister, zahlreiche Mitglieder des Gemeinderates, bekannte Anwälte wurden wegen Korruption verhaftet. Die Gesamtsumme der geflossenen Gelder belief sich nach vorsichtigen Schätzungen auf 2,4 Milliarden Euro.

Bis heute hat sich Marbella von diesem finanziellen Desaster nicht wirklich erholt. Der internationale Glamour verblasste, nicht zuletzt wegen der neuen, strengeren Geldwäschegesetze. Noch immer ist die Stadt mit ihren hübschen, alten Gassen, den vielen Parks, den endlosen Stränden, dem Paseo Maritimo und ihrer verträumten, ländlichen, andalusischen Umgebung eine Reise wert. Deutlich zeigt dies die jährlich ansteigende Zahl von Touristen. Luxuriöse, schlossartige Villen findet man in der traumhaften Lage der Sierra Blanca, bekannt als „Beverly Hills" der Costa del Sol. Die großzügigen Anwesen, die Exklusivität, Sicherheit und Privatsphäre bieten, sind trotz Krise bei der internationalen High Society heiß begehrt.

Unbeirrt schaute die „La Concha" ins Tal. Rechts ein kleines weißes Wölkchen, zur Linken ein Wolkenschleier, ragte die Spitze des Berges in den strahlend blauen Himmel. Vorsichtig fuhr Carla die Carretera Serena hinauf. Dicke Straßenschwellen stellten die Achsen ihres alten Autos auf eine harte Probe. Nach und nach wichen die kleinen bürgerlichen Villen mit ihren gepflegten Vorgärten zurück. Endlose hohe weiße Mauern folgten, ab und zu unterbrochen von schweren schmiedeeisernen oder dicken Holztoren. Die dahinterliegenden Villen und Grundstücke konnte man nur erahnen. Carla bog rechts in die Carretera Gavina ab. Alles wirkte irgendwie leer und ausgestorben. An jedem dritten Haus stand: „Se vende", „zu verkaufen". Ab und zu sah man Autos und Männer der „Prosecur", einer Überwachungsfirma, die sich um Verwaltung und Sicherheit der leerstehenden Häuser und Anwesen kümmerte. Und doch hatte hier in der Sierra Blanca alles angefangen. Vor zehn Jahren. Carla stand am Ziel, Carretera Gavina einhundertfünfunddreißig, am Ende der Straße, am höchsten Punkt der Sierra Blanca.

Die Nachbarin hielt Carla einen Zettel entgegen. „Er hat Sie in der ganzen Stadt gesucht, ein Freund von Ihnen. Er kennt Sie aus Ihrer Zeit in San Diego." Auf dem Blatt stand ein Name hingekritzelt: „Bobby Busker". Beim besten Willen konnte Carla sich nicht erinnern. Sie legte den Zettel in die Küchenschale. Bald war die kurze Nachricht vergessen.

Im hellen, lichtdurchfluteten, obersten Stock der AF Bank saßen mit ernsten, angestrengten Mienen vier Männer. Den wunderbaren Blick über die Skyline von Frankfurt und den regen Betrieb entlang des Mains nahmen sie nicht wahr. „Wir haben einen Boten nach Genf und Zürich geschickt, die Amerikaner sind uns auf den Fersen. Habe einen meiner besten Leute beauftragt, die Sache zu übernehmen." „Dieses Mal muss es klappen, mein Auftraggeber ist wütend, er will prompte Erledigung", bemerkte der offensichtlich jüngste der vier und stand auf. „Mein Flieger geht in einer Stunde, man sieht sich." Er verließ den Raum. Die kleine Gruppe löste sich auf.

Regelmäßig flog Carla nach Málaga, manchmal nur für ein verlängertes Wochenende. Sie liebte das kleine „Pueblo", das fernab des lauten Tourismus, des umtriebigen Party- und Gala-Marbellas in den Bergen von Ronda lag. LH-Flug Nr. 1150 um 13.25 Uhr wurde aufgerufen. Ein netter Herr mittleren Alters verwickelte sie in ein Gespräch. Was für ein Zufall, in der Maschine lagen ihre Sitze 8A, 8B, nebeneinander. Als die Maschine über dem Strand und Golfplatz von Málaga zur Landung ansetzte, hatten sie ihre spanischen Adressen getauscht. Mit der üblichen Floskel: „Sie müssen mich unbedingt mal besuchen", verabschiedete man sich. Von hinten drängelten die ungeduldigen, sonnenhungrigen Urlauber. Alle wollten das Flugzeug und das Menschengewimmel des Flughafens von Málaga möglichst schnell hinter sich lassen. Carla stopfte die Visitenkarte des gesprächigen Mitreisenden in ihre Jackentasche und verschwendete keinen Gedanken mehr daran. Das Meer begrüßte die Ankommenden mit aufgeregten, weißen Schaumkronen. Der Taxifahrer redete auf die junge Frau ein. Die Sonne drängte mit ihren letzten, abendlichen Strahlen an der Küstenstraße entlang. Carla entspannte sich und genoss die Vorfreude auf ein paar Urlaubstage. Merkwürdig, was immer sie in den nächsten Tagen unternahm, ihre üblichen Einkäufe im Mercadona-Markt, lange Wanderungen auf dem Paseo Maritimo, Bankgeschäfte erledigen oder Freundinnen treffen – immer hatte sie einen stillen Begleiter, einen schwarzen Van mit dunklen Scheiben. Anfangs hielt Carla es für einen Zufall, ging ihrer Wege, ohne den Wagen zu beachten. Einmal aber, vor der Bank, als der Van dicht hinter ihr parkte, sah sie zwei Männer aussteigen. Sie winkte ihnen freundlich zu. Vielleicht klärte es sich auf, und sie beendeten das lächerliche Treiben, dachte sie. Die beiden Männer stiegen, ohne sich nochmals umzudrehen, in ihr Auto und fuhren eiligst davon. War alles Einbildung, Verfolgungswahn, zu viel Fantasie oder die Anfänge eines Sonnenstiches? Die Gedanken kreisten in Carlas Kopf. Bis zum Abend hatte sie sich bei einem gemütlichen Glas Rioja wieder beruhigt. Zwei Tage später besuchte sie ihre Freundin in Los Monteros, im Norden von Marbella. Als sie auf dem Parkplatz des Golfclubs ankam, stand der schwarze Van schon da. Wiedersehensfreude und großes Hallo, sowie der übliche Tratsch über das Neueste in Marbella, ließen sie den mysteriösen Zwischenfall vergessen. Hirngespinste, was sonst!

Zürich ist das wichtigste wirtschaftliche, wissenschaftliche und gesellschaftliche Zentrum der Schweiz. Die Stadt liegt im östlichen Schweizer Mittelland, an der Limmat, am Ausfluss des Zürichsees. Aus dem altrömischen Stützpunkt Turicum entstanden, wurde sie 1262 Freie Reichsstadt und 1351 Mitglied der Eidgenossenschaft. Die Stadt des Reformators Ulrich Zwingli erlebte im Industriezeitalter ihren Aufstieg zur Wirtschaftsmetropole. Mit ihrem großen Bahnhof und dem Flughafen bildet sie einen kontinentalen Verkehrsknotenpunkt. Eine gut erhaltene mittelalterliche Altstadt und ein vielseitiges Kulturangebot runden das Bild ab. Dank ihrer Geldinstitute und dem jahrelang streng gehüteten Bankgeheimnis entwickelte sich Zürich zum internationalen Finanzplatz. Vom neutralen Boden der Schweiz agieren bevorzugt Geheimdienste aller Nationalitäten. Besonders günstig erwies sich für die Dienste aus aller Welt die Tatsache, Geldgeschäfte konnte man in Zürich bisher mit äußerster Diskretion abwickeln. Trotz vergleichsweise geringer Einwohnerzahl wird Zürich zu den Weltstädten gezählt.

Im vornehmen Hotel „Au Lac" am Zürichsee lief ein Mann ungeduldig in der Lobby auf und ab. Blass, dunkler Maßanzug, zwei Aktenkoffer, eine randlose Brille betonte die kalten, gefühllosen Augen, reihte er sich mühelos in die Berufsgruppe „Banker der oberen Etagen" ein. „Herr Rütli, die Suite 215 ist wie immer gerichtet", wandte sich ein Hotelangestellter an ihn. „Danke, Carlo", war die kurze Antwort. In diesem Moment fuhr eine schwere, weiße Limousine in die Einfahrt des „Au Lac". Der mit „Herr Rütli" angesprochene Mann eilte mit angespannter Miene auf den Wagen zu, dessen Tür von einem eifrigen Portier sofort aufgerissen wurde. Zwei Männer südländischen Aussehens, ein älterer und ein junger, stiegen aus. „Hatten Sie eine gute Reise, Mr. Paranese?" Ein devotes Lächeln, rasches Händeschütteln, Herr Rütli von der VZU Bank führte seine Gäste zum Lift. In der Suite 215 war alles für eine intime Besprechung vorbereitet. Champagner, Weine der besten Sorte standen in den Kühlern bereit. Kaviar und Hummerhäppchen erwarteten die Gäste. Die beiden Männer würdigten die Köstlichkeiten keines Blickes, setzten sich wortlos an den Tisch, ließen sich Wasser einschenken und warteten, bis der Ober den Raum verlassen hatte. Mit einem Klick verschloss Herr Rütli die schwere, gepolsterte, schalldichte Tür. Inzwischen hatte der ältere der beiden die Aktenkoffer geöffnet. Herr Rütli starrte auf den Inhalt: Sie waren prall gefüllt mit Dollarnoten. Er schwitzte leicht. „Auf das übliche Konto, dann Transfer ECE Bank, Dubai, von dort in die International Holding einfließen lassen", wies ihn der Ältere in harschem Ton an. Beflissen zog Herr Rütli einen kleinen Ordner mit Papieren hervor. Schweigend unterzeichnete Mr. Paranese die Formulare. Mit einem kurzen: „Nice to meet you again" verließen die beiden Männer die Suite. Mit flinken Fingern wurden die Dollarpäckchen gezählt und die beiden Köfferchen doppelt verriegelt. Mit einer kleinen, kaum sichtbaren Kette schloss Herr Rütli sie an sein Handgelenk an. Er durfte keine Zeit verlieren. Ein wenig traurig sah er auf die leckeren Häppchen und den Champagner. Heute Abend würde er sich ein Fläschchen Dom Pérignon des besten Jahrganges genehmigen. Über sein Mobiltelefon rief er in der Bank an. Fünf Minuten später brachte ein unauffälliger, dunkelblauer Audi Herrn Rütli und seine beiden Aktenkoffer zur VZU Bank am nahe gelegenen Paradeplatz.

Diesen Sommer lagen auffallend prächtige, schnittige Jachten im Hafen von Puerto Banús. Besonders stach die Al Efzar hervor. Sie ähnelte einem riesigen Speedboot, einem Rennwagen auf dem Meer. Am hinteren Ende befand sich ein freier Platz, Hubschrauber konnten dort problemlos landen. Besitzer war angeblich ein US-Amerikaner iranischer Abstammung, der die Jacht für unglaubliche Summen, man sprach von 20.000 Dollar am Tag, an seine Klientel vermietete. Einheimische und Touristen, bewaffnet mit Kameras und Ferngläsern, versuchten immer wieder, Stars, Sternchen, vielleicht sogar ein paar Promis auf dem Boot zu entdecken. Die Al Efzar lag still und majestätisch da, nichts rührte sich an Bord. Ab und zu sah man ein paar Männer, die das Deck wischten und schrubbten. Sie sorgten offensichtlich für die glanzvolle Fassade der prächtigen Jacht. Ein Schwarm Möwen umkreiste sie respektlos nahe. Zu sehen gab es für die suchenden Blicke der Menschen von der geschäftigen Uferstraße aus nichts. Oder doch …?

Ein aufmerksamer Beobachter konnte auf der Al Efzar nach Einbruch der Dunkelheit kleine, sich schnell bewegende Lichtpunkte entdecken. Ein Motorboot dockte kurz an und bewegte sich dann in rasender Fahrt wieder auf das freie Meer hinaus. Um Mitternacht hörte man den Lärm der Rotorenblätter eines kleinen, wendigen Hubschraubers. Nach kurzem Stopp auf der Jacht verschwand er ebenfalls in der nächtlichen Dunkelheit. In warmen Sommernächten schoben sich jeden Abend Hunderte von mehr oder weniger alkoholisierten Touristen die schmale Carretera von Puerto Banús entlang. Auf der Suche nach den besten Bars, Diskos, Restaurants und Geschäften hatten sie keinen Blick für die schlafenden Jachten und die sich leicht kräuselnden, fast geräuschlosen Wellen des sommerlichen Mittelmeers. Nach Sonnenuntergang interessierte sich keiner der erlebnishungrigen Menschen für den Strand und das Meer. Es war Partytime in Puerto Banús, der Vergnügungsmeile von Marbella. Selbst der Mond zog sich beleidigt hinter ein Wölkchen zurück. Sein wunderschöner Schein, widergespiegelt als glitzernder Streifen auf dem Meer, wurde von niemandem wahrgenommen. Das Naturschauspiel einer klaren Vollmondnacht über südlichem Meer ging in der Oberflächlichkeit einer künstlichen Glitzerwelt unter. Die nächtliche Geschäftigkeit auf der Al Efzar wurde von einem Mann mit nervösen Blicken auf die Uhr und aufgeregten Gesten dirigiert. Ein Ohr am Mobiltelefon, erteilte er leise, aber bestimmt Anweisungen.

Doch nicht nur auf der Partymeile von Marbella in Puerto Banús wurde gefeiert. Die größten Feste und Galas fanden in den Luxushotels und in den schlossartigen Villen der Sierra Blanca sowie in La Zagaleta statt. In der Carretera Gavina stauten sich die Limousinen und flotten Sportwagen. Männer eines Sicherheitsdienstes prüften ernsthaft und sehr genau die Einladungen und Ausweise der eleganten Gäste.

Wenn diese die Einfahrt mit der Hausnummer 135 passieren durften, erwartete sie eine von Palmen gesäumte Allee, die scheinbar endlos ins Grundstück hineinführte. Nach einer Kurve tauchte die prächtige Villa plötzlich auf. Unverkennbar die Ähnlichkeit mit dem Weißen Haus in Washington. In der großzügigen Zufahrt, gesäumt von römischen Säulen, warteten in langen Reihen die Luxuslimousinen. Butler in Trachten aus dem Frankreich der Könige halfen den Gästen beim Verlassen der Wagen und führten sie durch die riesige, mit Kristalllüstern erleuchtete Eingangshalle auf eine Terrasse mit ähnlichen Ausmaßen. Der Blick von dort in den Park war überwältigend, fast unwirklich. Ein Pool mit Wasserfällen, künstliche Seen, Bäche, alles angestrahlt in den verschiedensten Farben. Dazwischen waren weiße Zelte aufgebaut. Auf großzügigen Tanzflächen kümmerten sich mehrere Bands und DJs um die musikalische Unterhaltung der anspruchsvollen Gäste. Den Hintergrund bildeten die glitzernde Silhouette des abendlichen Marbellas und das Mittelmeer. Für Carla überschlugen sich die Eindrücke. Es war überwältigend! Schönheit und Pracht des Anblicks wirkten fast erdrückend! Noch immer versunken in die Betrachtung dieser Märchenkulisse, nahm sie nicht wahr, dass sie freundlich lächelnd von einem der Gäste beobachtet wurde. „Hallo, mein Name ist Raoul, darf ich Sie dem Gastgeber vorstellen?" Eine Gruppe von Männern stand etwas abseits. In einem erkannte Carla ihren gesprächigen Sitznachbarn auf dem Flug von Frankfurt nach Málaga. Durch seine freundliche Vermittlung war die Einladung zu diesem Event zustande gekommen. Wochenlang hatte sich Carla darauf gefreut. Sie erkannte auf den ersten Blick viele prominente Gesichter. Nicht nur die Marbella-Society schien mit Bürgermeister Mil, der Prinzessin Bunella, dem deutschen Botschafter aus Málaga und vielen anderen geschlossen vertreten zu sein. Orientalische Prinzen, englischer Adel, amerikanische und russische Milliardäre, deutsche Banker, aus den „bunten Blättern" bekannte Personen gaben sich hier ein Stelldichein. Eine der teuersten und besten Champagnermarken wurde von eifrigen Kellnern in Livree ausgeschenkt. Die verwöhnten Gäste genossen ihn in Strömen. Was in aller Welt hatte ihre Flugbekanntschaft, Sir Andrew William Ernest Forster, wie Carla seiner Visitenkarte entnommen hatte, bewogen, sie auf diese Party einzuladen?

Frankfurt am Main ist die größte Stadt des Landes Hessen und die fünftgrößte Deutschlands. Seit dem Mittelalter gehört sie zu den bedeutendsten urbanen Zentren. Freie Reichsstadt, Krönungsstadt der römisch-deutschen Kaiser, war sie Sitz des Deutschen Bundes und 1848/49 des ersten frei gewählten Parlaments. Heute ist Frankfurt Finanz- und Dienstleistungszentrum und zählt zu den Alpha World Cities, also zu den international wichtigsten Metropolen. Die Stadt ist Sitz der Europäischen Zentralbank, der Deutschen Bundesbank, der Frankfurter Wertpapierbörse und der Frankfurter Messe. Ihre zentrale Lage mit dem Frankfurter Hauptbahnhof, dem Flughafen, dem Frankfurter Kreuz, einem dichten Autobahnnetz macht sie zu einem der wichtigsten Verkehrsknotenpunkte Europas. Eine Besonderheit Frankfurts ist die Skyline. Die Wolkenkratzer gehören zu den höchsten auf dem europäischen Kontinent.

In Frankfurt regnete es in Strömen. Die Menschen gingen schnellen Schrittes mit verdrossenen Gesichtern über den Opernplatz. Rücksichtslos stießen sie sich mit den Regenschirmen, wenn der Platz in der Menge etwas enger wurde. „Vorwärts!" „Weiter!" „Aufwärts!" hießen die Zauberworte in der Banken- und Börsenstadt. Die ehrbare Alte Oper, bei Regen erschienen ihre graubraunen Mauern fast schwarz, schaute verschämt auf die hastenden Menschen. Gestresst, missgelaunt, ohne ihre Umwelt eines Blickes zu würdigen, eilten sie in alle Richtungen. Die Inschrift „Dem Wahren, Schönen, Guten" erschien wie eine Farce angesichts der vorbeihetzenden Passanten.

Vor dem Hochhausturm der AF Bank hielt unauffällig ein Taxi. Ein Mann in langem Regenmantel und mit Hut stieg aus. Schnellen Schrittes lief er durch die Drehtür des Gebäudes. Kurz aufgehalten durch die Sicherheitskontrolle, begleitete ihn ein Pförtner mit ehrerbietiger Miene zum Lift. Ohne Aufenthalt, mit einem Spezialschlüssel für die oberen beiden Stockwerke, wurde er in den vierunddreißigsten Stock gebracht. Eine rassige, schwarzhaarige Endzwanzigerin, bekleidet mit einem dunkelblauen Kostüm, das dezent ihre untadelige Figur betonte, begrüßte den Fremden.

„Hi, Mr. Paranese, wie schön Sie wieder bei uns zu haben, Herr Lettermans wartet schon in seinem Büro." Die Tür öffnete sich. Mit breitem Grinsen stand der Bankenchef in der Tür. „Antonio, wunderbar, tritt näher, hast du die Unterlagen von Davos dabei?" „Keine Anrufe, keine Störungen", wies er seine Sekretärin kurz an. „Und Ihre Frau, die wollte doch noch …" „Ich sagte, keine Störung, basta!" Mit diesen Worten geleitete Herr Lettermans seinen Gast durch ein prachtvoll ausgestattetes, langgestrecktes Sitzungszimmer in sein noch luxuriöseres Büro. Besonders auffallend waren die überall an den Wänden hängenden Gemälde. Ein kunstverständiger Sammler, auch jedes Museum dieser Welt hätte seine Freude daran gehabt. Nur wenigen Auserwählten war es vorbehalten, Zutritt zu dieser Kunstausstellung der Superlative im vierunddreißigsten Stock der AF Bank zu bekommen. Im holzvertäfelten Büro des Bankenchefs drückte dieser auf einen Knopf, worauf sich eine Tür in der Vertäfelung öffnete. In dem gemütlichen kleinen Raum dahinter, ausgestattet mit modernster Technik, abhörsicheren Telefonen, riesigen Bildschirmen für Videokonferenzen, nahmen die beiden Platz. Die Männer beugten sich über Pläne, Papiere und Akten, die der Gast mitgebracht hatte. „Paris macht mit, in London gibt es noch Schwierigkeiten", meinte Lettermans. „In Davos haben wir alles vorbereitet, alles wird termingerecht laufen, mach dir keine Sorgen, die Aktie der IWI wird ins Bodenlose fallen und dann greifen wir zu …! Henningstedt läuft auch!", ergänzte Antonio mit zufriedener Miene. Bei

Erwähnung des kleinen Städtchens wurde Herr Lettermans kreideblass. „Davon weiß ich nichts", entgegnete er kurz angebunden. „Du kümmerst dich um die Transaktionen, der Rest wird von meinen Leuten erledigt", beruhigte ihn Antonio. Die beiden Männer genehmigten sich einen fünfundzwanzig Jahre alten Chivas Regal und verabschiedeten sich freundschaftlich, Antonio mit einem siegesbewussten, falschen Lächeln, Lettermans mit etwas besorgtem Blick. Aber als seine attraktive Sekretärin den Gast hinausgeführt hatte und damit begann, ihm leicht seinen gestressten Nacken zu massieren, entspannte er sich und vergaß seine Beunruhigung. Er fühlte, wie ihn die Erregung mit einem wohligen Schauer erfasste. Leidenschaftlich und voller Gier fielen beide übereinander her.

Eine gemütliche Kleinstadt, am Rande der Eifel, beherrscht von den rauchenden Türmen einer riesigen Industrieanlage, das Städtchen Henningstedt lebte gut mit und von dem Chemiewerk IWI. Es gab kaum Arbeitslosigkeit, seit Jahrzehnten waren Generationen von Familien bei IWI beschäftigt. Die Stadtverwaltung verwendete die stetig fließenden Steuereinnahmen für eine gelungene, ausgezeichnete Infrastruktur. Moderne Schulbauten, ausreichende Kindergartenplätze, Sportanlagen einschließlich eines Schwimmbades mit Becken von olympischen Ausmaßen waren der Stolz der Einwohner. Im Stammwerk Henningstedt arbeiteten achtundzwanzigtausend Menschen. Nicht weit vom Haupttor des Chemiewerks entfernt, nahe eines kleinen Sees und Wäldchens, begannen die schmucken Reihenhaussiedlungen. Die Firma hatte mit Sonderfördermitteln und günstigen Krediten bewirkt, dass selbst junge Mitarbeiter und ihre Familien es sich leisten konnten, dort ein Häuschen zu bauen. Zufrieden lebten die Arbeiter und Angestellten von IWI in ihrer Siedlung im Grünen. Weiter oben auf einem Hügel, dem „Walter-Hügel", wohnten der Vorstandsvorsitzende der IWI-Werke Thorsten Walter und seine Familie. Walter hatte es abgelehnt, in die Villa seines Vorgängers im Nobelviertel der benachbarten Stadt zu ziehen. Er lebte gerne nahe der Firma und bei seinen Leuten. Stets zeigte er sich aufgeschlossen für die Probleme seiner Mitarbeiter. Und wie alle Henningstedter war er Fußballfan. Besonders stolz war man auf das neue Stadion. Der FC Henningstedt war dank hervorragendem Sponsoring und des Einsatzes zweier IWI-Manager in die zweite Bundesliga aufgestiegen. Die junge, stark motivierte Mannschaft, der man beste Aufstiegschancen prophezeite, zog bei ihren Spielen nicht nur sämtliche Einwohner des Städtchens in ihren Bann, sondern zunehmend Zuschauer aus der gesamten Region. Die Lebensqualität war, dank IWI, hoch! Selbst Erzählungen und Gerüchte, damals, unter dem alten Chef, hätte man Giftgas an den Irak geliefert, konnten den unerschütterlichen Glauben und das Vertrauen der Henningstedter in ihre Firma nicht erschüttern. In letzter Zeit hatte IWI häufiger Geschäftsbesuch aus Italien. Über Italien, so war bekannt, gingen Lieferungen der Chemiefabrik nach Nordafrika. Nach diesen Besuchen zeigte sich ihr Chef, sonst meistens gut aufgelegt und fröhlich, missmutig, deprimiert, manchmal sogar richtig wütend. Die Belegschaft ging ihm an diesen Tagen aus dem Weg.

Ein Samstagmorgen in Henningstedt, blauer Himmel, ein wunderschöner Frühlingstag kündigte sich an. Bei IWI hatte gerade die Frühschicht begonnen. Eine gewaltige Explosion erschütterte das ruhige Städtchen. In der Nähe des Werks zerbarsten Fensterscheiben. Flammen schlugen aus einer Lagerhalle der IWI. Sirenen heulten. Die freiwillige Feuerwehr des kleinen Städtchens, Krankenwagen des nahe gelegenen Kreiskrankenhauses machten sich auf den Weg. Das erste Feuerwehrauto passierte gerade das Haupttor zum Werk, da erfolgten drei weitere Explosionen. Vier Lagerhallen, gefüllt mit chemischen Produkten aller Art, sowie das anschließende Gebäude mit dem Versuchslabor brannten lichterloh. Dicke, gelbe Rauchschwaden schossen meterhoch in den blauen Frühlingshimmel. Die Feuerwehrleute zogen Schutzmasken an. Ihre Löschversuche erschienen wie ein Tropfen auf dem heißen Stein angesichts des sich ausbreitenden Infernos. Das gerade erwachende Städtchen hatte die sich anbahnende Katastrophe noch gar nicht wahrgenommen. Schon öfters hatte es im Werk gebrannt, niemand dachte an eine ernsthafte Gefahr. Im Werk stießen die vordringenden Feuerwehrleute auf erste Leichen. Seltsam gekrümmt lagen sie da. Einige der Helfer brachen in ähnlicher Haltung tot zusammen. Der Chef der Feuerwehr pfiff seine Leute zurück und verständigte den Katastrophenschutz. Mit dieser Situation waren sie überfordert. Hilflos mussten die Männer mit ansehen, wie die Flammen immer weiter um sich griffen. Eine erneute Explosion ließ das große, achtstöckige Bürohaus in sich zusammenfallen. Wie mit einer unsichtbaren Lunte gezündet, folgte fünf Minuten später das zweite Bürohaus. Das riesige Areal der IWI war ein einziges brennendes Inferno. Erneut heulten die Sirenen. Per Lautsprecher wurden die Menschen aufgefordert, in ihren Häusern zu bleiben. Der Katastrophenschutz, Männer fast unkenntlich in Schutzanzügen und Gesichtsmasken, übernahm die Leitung der hochgefährlichen Situation. Der aufsteigende Rauch war gelb, schwer und giftig.

Zweitausendfünfhundert Kilometer entfernt saß ein Mann in seinem schlossähnlichen Anwesen in Marbella vor den neuesten Internetnachrichten, darunter die Schreckensmeldung der Katastrophe von Henningstedt. „Das klappt ja wunderbar, die sind erledigt!", murmelte er erfreut. Die nachfolgenden Börsennachrichten zeigten die Aktie der IWI im freien Fall. Weltweit hatten bestimmte Leute diese Nachricht bereits erwartet und nahmen sie hocherfreut auf. Noch in derselben Stunde gingen fünfundsiebzig Prozent des Aktienpaketes der IWI zum Spottpreis von 2,40 Euro in ihre Depots über. Strohmänner, Anwälte, die ihre Holdings verwalteten, erledigten diese Aktionen global an den verschiedensten Orten, diskret und unauffällig. Die Namen der Käufer tauchten nirgends auf. Niemand würde sie jemals mit diesen Aktientransfers in Verbindung bringen. Still, unbemerkt von der Öffentlichkeit, übernahm auf diese Weise Havaria-Chemie die Aktienmehrheit der Traditionsfirma IWI. Alle Chemiefirmen mussten angesichts des schrecklichen Unglückes starke Einbußen am Markt hinnehmen. Die Aktie der Havaria hingegen verhielt sich bullisch und stieg auf 130 Euro. Hatte es Insidertipps gegeben? Man hüllte sich in Schweigen und ließ Zweifel gar nicht erst aufkommen. Aktienmanipulationen und Insiderinfos gehörten zum Business. Wen interessierten angesichts der schrecklichen Katastrophe die Zahlen des Dax. Der Firmensprecher der Havaria-Chemie kündigte im Fernsehen an, eine von der Firma eingerichtete Stiftung werde sich um die Opfer und ihre Familien kümmern. Außerdem sollten Wissenschaftler und Spezialfirmen die fachgerechte Entsorgung des giftigen Mülls und die Beseitigung der Giftwolke übernehmen. Die Bewohner von Henningstedt hatte man im Nachbarort in ein eilends aufgebautes Camp evakuiert. Der gelbe Schleier hing noch immer drohend über dem Städtchen. Spezialflugzeuge bemühten sich, den Giftschleier zu zerbröseln, die Wolke aufzulösen, damit ihre gefährliche Wirkung nach und nach geschwächt und keinen weiteren Schaden anrichten konnte. Eine amerikanische Firma hatte den Katastrophenschutz abgelöst und war mit den Aufräumarbeiten beschäftigt. Das Gelände wurde eingezäunt und strengstens bewacht. Die wesentlichen Kosten und Belastungen durch die immens teure Spezialfirma übernahm die Havaria-Stiftung. Inzwischen war die Zahl der Toten auf vierzehnhundertdreiundvierzig angewachsen. Zum Großteil Arbeiter der IWI, die an diesem Samstag Frühschicht hatten, außerdem Retter und Feuerwehrleute. Mehrere Hundert Verletzte lagen noch in den Krankenhäusern. Es war der größte Chemieunfall seit Bestehen der Bundesrepublik. Fassungslos saßen die Bewohner von Henningstedt in ihrem provisorischen Zuhause, dem Zeltcamp. Der Verlust eines Angehörigen, die Vernichtung ihrer Existenz, die Heimat, das Zuhause auf unbestimmte Zeit verloren, all dies ließ die Henningstedter entweder apathisch dasitzen oder hektisch, nervös, geschüttelt von Weinkrämpfen auf und ab gehen. Die betreuenden Seelsorger und Psychologen hatten alle Hände voll zu tun, leider mit wenig Erfolg. Am Abend wollten alle unbedingt auf einer eigens aufgestellten großen Leinwand die Übertragung einer Gala zugunsten der Opfer anschauen. Ein italienischer Geschäftsmann hatte eine Million Euro gespendet. Die gebeutelten Henningstedter verdrängten ihren Kummer. Viele weinten vor Rührung. Sie äußerten immer wieder dankbar: Die Hilfe der Konkurrenzfirma Havaria sowie des italienischen Geschäftsmanns zeige: „Die Welt ist doch nicht so schlecht!" Fast sechs Millionen Euro Hilfsgelder wurden bis zum Ende der Galasendung gesammelt. Eine deutsche Großbank gab fünfhunderttausend Euro. Charity-Ladies verkauften eifrig Lose, immer darauf bedacht, sich im Blickfeld der Kameras der vielen Paparazzi oder des Fernsehens zu bewegen.

Die Menschen im Notaufnahmecamp nahmen dies nicht wahr. Der spontane, großzügige Beistand beeindruckte und bewegte sie tief.

Im Bridgeclub von Marbella gegenüber dem Traditionshotel „Marbella Sea" spielten wie fast jeden Mittwoch vier Männer ernst und ambitioniert Karten. Für den Gewinner stand ein beträchtliches Sümmchen aus. Der Verlierer musste tief in die Tasche greifen. Schon Omar Sharif hatte hier vor vielen Jahren ausgiebig gezockt. Die Zocker blieben unter sich. Es bestanden klare, heimliche Verabredungen und Richtlinien. Der große Teil der anderen Mitspieler hatte keine Ahnung, welche Summen hier im Spiel waren. Einer aus der Runde, blitzende, schwarze Augen, dunkle, lockige Haare, schick und modisch angezogen, hieß Raoul. Man hielt ihn für einen Madrileño, wie die Leute aus Madrid in Andalusien etwas abfällig genannt werden. Er sprach fließend, fast akzentfrei Spanisch. Geboren war er aber in Haifa. Seine Familie war in den sechziger Jahren aus Russland nach Israel eingewandert. Später hatte sein Großvater eine Stelle als Oberarzt an der Universitätsklinik von Frankfurt angenommen. So kam die Familie nach Deutschland. Der Vater besaß eine gutgehende Augenarztpraxis im Frankfurter Westend. Raoul genoss die beste Ausbildung und besuchte hervorragende Schulen. Er studierte in Harvard und schloss schließlich in Darmstadt sein Studium als Wirtschaftsingenieur ab. Danach ging er für Bairam-Chemie drei Jahre nach Argentinien, so dass er neben

Russisch, Hebräisch, Deutsch, Englisch bald auch Spanisch fließend beherrschte. Wann immer möglich, verbrachte er Zeit in Marbella, um dort seiner Familie in ihrem andalusischen Feriendomizil und seinen vielen Freunden nahe zu sein.

Raoul hatte sich eine schicke Penthousewohnung an der „Goldenen Meile" zugelegt. Als einstelliger Golfer, ausgezeichneter Bridgespieler, dazu gutaussehend, wohlhabend, mehrsprachig und gesellschaftlich sehr gewandt, riss sich die Marbella-Society darum, ihn als Partygast zu haben. Was Raoul beruflich machte, wusste eigentlich niemand so genau. Er nannte sich Projektmanager im Auftrag von Großfirmen, reiste extrem viel, besaß Wohnungen in Frankfurt, Marbella und New York. Im Olivia Valere, einem angesagten Club in Marbella, gab er Riesenpartys. Seine enge Freundschaft zu dem viel älteren, heimlichen „König von Marbella", Mr. Paranese, einem Sizilianer, der bekanntermaßen mit den saudischen Fürsten beste Geschäfte machte, öffnete ihm sämtliche Türen. Wer fragte damals in Marbella, wie jemand sein Geld verdiente oder woher er es hatte? Allein die Fragestellung fand man plebejisch. Man reihte sich ein in die Gesellschaft, indem man Geld ausgab, viel Geld. Großzügiger Lebensstil war ausreichende Qualifikation. Einzig noch Jugend und Schönheit hatten darüber hinaus eine Chance, aufgenommen zu werden ins Reich der Schickeria. Zum Kummer aller Frauen blieben Raouls Kontakte zum weiblichen Geschlecht eher oberflächlicher Natur. „I love them all", pflegte er spaßhaft zu sagen. Ein trauriger Schimmer huschte über sein Gesicht, aber in Marbella schaute keiner so genau hin. The party must go on! Nur mit einer Frau schien ihn eine innige Freundschaft zu verbinden, mit Mrs. Paranese, einer rassigen Neapolitanerin, die einst Schönheitskönigin von Italien war. Vierzig Jahre jünger als ihr Mann, in bitterster Armut aufgewachsen, hatte Antonio Paranese Aurelia, die schwarzhaarige, warmherzige Schönheit, vom Fleck weg geheiratet. Ihre Familie erlebte einen rasanten Aufstieg. Wohlstand und sorgloses Leben zogen ein ins neapolitanische Dasein. Aurelia kümmerte sich rührend um ihren Mann. Sie war dankbar und betete ihn an. Die schmachtenden Blicke anderer Männer nahm sie gar nicht wahr. Entsprechende Angebote wies sie mit Charme, aber entschieden zurück. Nur ein Mann schien näheren Zugang zu ihr gefunden zu haben, Raoul. Wenn sich beide unbeobachtet glaubten, lachten und scherzten sie miteinander und strahlten sich an. Mr. Paranese beobachtete die beiden lächelnd. Er vertraute Raoul offensichtlich in jeder Hinsicht.

Die Party hatte ihren Höhepunkt erreicht. Raoul hatte Carla mit dem Gastgeber bekannt gemacht. Mr. Paranese musterte sie kurz und eindringlich. Der Blick schien freundlich. Seine graubraunen Augen hatten jedoch etwas Raubvogelartiges, Gieriges, Grausames. Trotz der noch immer tropischen, nächtlichen Temperaturen von 25 Grad fing Carla plötzlich an zu frieren. Aus unerklärlichen Gründen flößte ihr die Person

Paraneses Angst ein. Sie zitterte. Eiseskälte lief ihr den Rücken runter. Freudig verließ sie daher nach einem Wortwechsel, Dank für die Einladung sowie kurzem „Hallo" mit Sir Forster die kleine Herrengruppe. Neue Gäste drängten glücklicherweise zur Gruppe des Gastgebers vor. Carla fühlte sich wie erlöst. Die beeindruckende Kulisse des schlossartigen Anwesens, des traumhaften Parks mit all diesen schönen Menschen hatte fürs Erste ihre Wirkung verloren. Üblicherweise gehen Partys in Marbella bis sechs oder auch sieben Uhr morgens. Carla wollte sich nicht die ganze Nacht um die Ohren schlagen. Mit niemandem hatte sie bisher eine vernünftige Unterhaltung führen können, über gesellschaftlichen „Smalltalk" ging es nicht hinaus. Die laute, satte Schickeria langweilte, der Champagner zeigte Wirkung. Bleierne Müdigkeit überfiel sie. Auch war noch immer nicht ersichtlich, wieso ausgerechnet Carla eine Einladung zu diesem Event der Superlative erhalten hatte. Gerne hätte sie sich mit der Gastgeberin Aurelia unterhalten. Im Gegensatz zu ihrem Mann verströmte die junge Frau spontane Herzlichkeit. Sie unterhielt sich freundlich, interessiert, dem Menschen zugewandt. Ihr Englisch war etwas holprig und schlecht zu verstehen, Spanisch sprach sie dagegen fließend. Bei der Begrüßung hatte sie Carla kurz und erstaunt, fast ein wenig ängstlich gemustert. Während Carla etwas verloren herumstand und gegen ihre Müdigkeit ankämpfte, begann das Feuerwerk. Der nächtliche Sternenhimmel wurde von sprühenden, feurigen Formen und Lichtfiguren erleuchtet. Über eine halbe Stunde sprühte und zischte es am Himmel in allen Farben. Der Faszination dieses Schauspiels am nächtlichen Himmel von Marbella konnte sich keiner der verwöhnten Gäste dieses Festes entziehen. Überall hörte man bewundernde Ausrufe. Die Band begann wieder zu spielen. Das Feuerwerk war zu Ende. Die Partygäste verteilten sich auf verschiedenen Tanzflächen, am kalten Büfett oder auf den eleganten, weißen Sesseln, Liegen und Sofas. Ein Mann mit Fotoausrüstung erschien, um die Gäste zu fotografieren. Carla hätte gerne ein Erinnerungsfoto gehabt. Plötzlich konnte sie beobachten, wie zwei bullige Männer, offensichtlich Sicherheitsleute, mit dem Fotografen diskutierten. Dieser schien für das Anliegen der Bodyguards uneinsichtig. Seine Proteste zeigten keine Wirkung. Energisch, ohne großes Aufheben wurde der Mann gepackt und nach draußen geführt. Keiner der Gäste, außer Carla, hatte diese kleine, schnelle, brutale Aktion bemerkt. Warum durfte eine so einmalige, wunderschöne Veranstaltung nicht in Bildern festgehalten werden? Viele Fragen blieben an diesem Abend offen. Das ganze Fest erschien wie ein Film, faszinierend, unwirklich in der atemberaubenden Schönheit der Umgebung, in seinem übertriebenen Luxus bedrückend. Carla spürte, sie war nur Zuschauer, kein Teil davon.

Raoul, den Carla überaus sympathisch fand, war auf dem Fest nicht mehr zu sehen. Schade, sie hätte sich gerne von ihm verabschiedet. Die Gastgeber waren beide stark beschäftigt. Ein großer Teil der Partygäste scharte sich um Aurelia und Antonio Paranese. So beschloss Carla, sich ohne Aufsehen und Verabschiedung zurückzuziehen. Unbemerkt, nur registriert von den Sicherheitsleuten und dem Butler, der das Auto brachte, verließ sie das rauschende Fest, die Carretera Gavina einhundertfünfunddreißig in der berühmten Sierra Blanca von Marbella. Auf der Heimfahrt schossen verschiedenste Gedanken durch ihren Kopf. Die Party würde für sie eine unvergessliche Erinnerung bleiben. Es sollte sich bewahrheiten. Aus Gründen, die sie sich damals nicht in schlimmsten Alpträumen vorstellen konnte …

Lettermans hatte seiner Frau seit Wochen versprochen, sie würden das Essen beim neuen Sternekoch im „Le Francais" ausprobieren. Der Geschäftsführer begrüßte die beiden freundlich und ehrerbietig. Da er den Hochzeitstag wie immer vergessen hatte, ließ er bei Tiffany in der Goethestraße einen wunderschönen Ring anfertigen. Eingepackt in der typischen blauen Tiffanybox mit weißer Satinschleife, wurde dieser pünktlich und zur großen Freude seiner Frau ins Restaurant geliefert. Dem Fahrer hatten sie frei gegeben und genossen endlich mal wieder einen ungestörten Abend zu zweit. Das Menü war ausgezeichnet. Nach dem opulenten Essen ließ man durch den Portier den Wagen vorfahren. Etwa eine halbe Stunde später trafen die beiden in ihrer Villa „Am Wacholderberg" in Kronberg ein. Wie immer stieg Frau Lettermans in der Einfahrt bereits aus, um die kleine, silberfarbene Pudeldame, die schon ungeduldig an der Haustür kratzte und bellte, auszuführen. Als sie von dem kurzen Spaziergang zurückkam, stellte sie verwundert fest, ihr Mann war noch immer nicht mit dem Wagen in die Garage gefahren. Er saß noch im Auto. Auf ihr Rufen und das nervöse, hohe Bellen des Pudels erfolgte keine Reaktion. Nun riss sich die kleine Pudeldame von der Leine, rannte zum Wagen und sprang laut jaulend immer wieder an der geschlossenen Autotür hoch. Frau Lettermans öffnete diese und sah ihren Mann zusammengesunken über dem Steuerrad. Ihre ersten Gedanken waren: Krankenwagen rufen, Dr. Schubert hatte doch recht, ihr Mann hätte die Herztabletten regelmäßig nehmen müssen, ein Herzinfarkt! Der Krankenwagen traf zehn Minuten später ein, der Arzt konnte nur noch den Tod feststellen. Herr Lettermans war mit zwei gezielten Schüssen regelrecht hingerichtet worden. Die eilig eingerichtete SoKo konnte nur feststellen, die Tat war von absoluten Profis begangen worden. Von den Tätern fehlte jede Spur. Im abendlichen Kronberg mit den Villen in den großzügigen, weitläufigen Grundstücken hatte niemand etwas gesehen oder gehört.

Carlas Heimflug verlief ohne Zwischenfälle. Im Flugzeug las sie in der Zeitung, der oberste Bankenchef der AF Bank war in der Einfahrt seiner Villa kaltblütig erschossen worden. Die Polizei könne bis jetzt keine näheren Angaben machen. Offensichtlich tappte sie im Dunkeln. Carla versuchte sich zu erinnern, der Bankmanager und seine Frau waren doch auf der Party gewesen? Natürlich, Familie Lettermans war auf Einladung eines Industriellen mit dem Privatjet von Frankfurt gekommen. Bruchstückhaft fiel ihr die Unterhaltung wieder ein. Sehr freundlich, jedoch ziemlich gestresst und abgehetzt wirkend, berichtete Lettermans in der Gästerunde, morgen früh um 10 Uhr warte schon der nächste Termin auf ihn in Frankfurt. Nur der Flieger des Freundes habe ihm die Teilnahme an der Party möglich gemacht. Carla erinnerte sich an seine Frau als eine hübsche, blonde, etwas rundliche, aber sehr sympathische Person. Bei den Worten ihres Mannes hatte sie ihn besorgt und liebevoll angeschaut. Die Veste Otzberg tauchte auf. Nicht weit davon lag Carlas Haus. Reisen war schön, aber Heimkehren noch schöner! Beim Betreten ihres Heims beschlich sie ein eigenartiges Gefühl. Ihr fiel sofort auf, einige Bilder, Vasen, Bücher standen nicht an ihrem gewohnten Platz. Weder in ihrer Familie noch bei Freunden erwähnte sie die Merkwürdigkeiten. Alle würden die Geschichte lustig finden, ihre Pedanterie wurde öfters belächelt. Daher schwieg sie.

Die Zeitungen holte sie wie immer im Lädchen in der Darmstädter Straße. Die Besitzerin freute sich, Carla wiederzusehen. Sie erzählte, ein Amerikaner hätte sich im ganzen Ort intensiv nach ihr erkundigt. Er sei ein Freund aus San Diego, Bobby Busker. Auf Europareise, plane er, sie bald zu besuchen. Der Zettel, den die Nachbarin ihr vor einiger Zeit zugesteckt hatte, fiel Carla wieder ein. Dunkel erinnerte sie sich. Als junges Mädchen hatte sie mehrere Wochen bei Freunden ihrer Eltern in Kalifornien verbracht. Natürlich war man viel ausgegangen und zum wunderschönen La Jolla Beach in San Diego gefahren. Bobby, der jüngere Bruder einer ihrer Verehrer, war immer dabei gewesen. Nie wieder hatte man von einander gehört. Was wollte er plötzlich nach all den Jahren? Warum diese plumpen Erkundigungen nach Carla in der kleinen, verschwatzten Odenwaldstadt? In der Post fand sie einen Brief von Bobby. Klar und deutlich war formuliert, er suche deutsche Freunde, am besten eine deutsche Freundin. Dabei solle sie ihm behilflich sein. Nach all den Jahren sah Carla keinen Sinn in der Wiederbelebung dieser Jugendfreundschaft. Über die taktlose Art der Kontaktaufnahme ärgerte sie sich sehr. Freundlich, aber bestimmt, schrieb sie zurück, es bestehe kein Interesse, die Freundschaft wieder aufleben zu lassen. In dieser Zeit fingen im Haus die technischen Geräte zu spinnen an. Die Fernsehgeräte schalteten sich plötzlich während der Nacht an und ab. Im Telefon rauschte und knackte es. Häufiger hatte Carla das Gefühl, beobachtet zu werden. Sie musste an den schwarzen Van in Marbella denken … Ihre Angst, nicht ernst genommen zu werden, verhinderte, sich jemandem anzuvertrauen. Schweigend ertrug sie die seltsamen Vorkommnisse. Öfters rief sie sich über ihren klaren Verstand und Vernunft zur Ordnung, dachte, es ist wahrscheinlich alles nur Einbildung. Nüchtern, sachlich abwägend, machte sich bei ihr trotzdem mehr und mehr ein Gefühl der Ohnmacht und Angst breit. Irgendetwas lief total schief. Die Erklärung hierfür lag jenseits aller Vorstellungskraft.

Auf alle Fälle wollte Carla schnellstens den Umschlag loswerden. Sir Forster, Seniorpartner einer der größten Anwaltskanzleien in London, mit Dependancen in der ganzen Welt, unter anderem auch in Marbella, hatte sie vor ihrer Abreise gebeten: „Ist es Ihnen möglich, liebe Carla, ab und zu wichtige, versiegelte Post zwischen Marbella und Frankfurt bzw. umgekehrt mitzunehmen? Die spanische Post arbeitet leider schlampig. Häufig sind schon Briefe verloren gegangen oder erst Wochen später angekommen." „Na klar, kein Problem!", entgegnete Carla. Eine Selbstverständlichkeit für sie, zumal die wunderschöne, interessante Partyeinladung Sir Forster zu verdanken war. Zwei Tage nach ihrer Ankunft in Deutschland übergab Carla wie aufgetragen den Umschlag persönlich dem Seniorchef der großen Anwaltskanzlei Jacob & Partner in Frankfurt. So richtig gefiel ihr diese Tätigkeit als „Postbotin" nicht, aber Sir Forster war wirklich ein reizender, charmanter Herr. Irgendwie fühlte sie sich ihm gegenüber verpflichtet. Misstrauische Gedanken wurden verscheucht. Ein riesiger Blumenstrauß der beiden Herren, Jacob und Forster, ein paar Tage später ließ jegliche Zweifel schwinden. Gerne hätte Carla Raoul um Rat gefragt. Man hatte sie aber um strengstes Stillschweigen in dieser Angelegenheit gebeten. Also hielt sie sich daran. Raouls Adresse in Frankfurt war ihr nicht bekannt. Nur die seines Vaters, eines Augenarztes im Frankfurter Westend. Sie traute sich nicht, Engelmanns, die ihr immer mal wieder in der Alten Oper begegneten, bezüglich ihres Sohnes anzusprechen. Aufdringlichkeit in jeder Form war ihr zuwider. Die merkwürdigen Vorkommnisse musste sie mit sich alleine ausmachen. Es war erst der Anfang. Carla ahnte es zu diesem Zeitpunkt nicht.

Raouls Eltern hielten sich öfters länger zu Verwandtenbesuchen in Israel auf. „Unsere Heimat ist Deutschland", betonten sie allerdings immer wieder. In Frankfurt fühlten sie sich besonders wohl. Die Stadt war polyglott, liberal und weltoffen. Das kulturelle Angebot war vielfältig. Montagabends traf man sich bei den Museumskonzerten in der Alten Oper. Es gab Vorträge, Ausstellungen und viele interessante Museen. Im Gegensatz zu ihrem Sohn hatten sie in Frankfurt einen riesigen Freundes- und Bekanntenkreis. Schulfreunde Raouls beschrieben ihn als hochintelligent, äußerst sprach-, aber auch technisch begabt, jedoch sehr schüchtern und zurückhaltend. Nach dem Abitur lagen sein Berufsweg bzw. seine beruflichen Ziele für die Mitschüler im Dunkeln. Für Raoul war längst klar, er würde freiwillig seinen Militärdienst in Israel leisten. Doch wie es seine Art war, schwieg er über dieses Vorhaben. Die Eltern hätten ihren vielseitig talentierten und begabten Sohn gerne als erfolgreichen Anwalt, Banker oder Mediziner gesehen. Sie ließen sich nichts anmerken. Raouls Pläne gefielen ihnen nicht. Es ängstigte besonders die Mutter, ihren Sohn mitten im Pulverfass „Nahost" zu wissen.

Die Ausbildung in der Armee war intensiv und erschöpfend. Bald wurde Raoul einer der jüngsten Offiziere in der israelischen Armee. Als Offizier war er für Ausrüstung und Waffen verantwortlich. Sein technisches Verständnis, seine ruhige, sachliche Art, komplizierteste Vorgänge der Waffentechnik anzugehen und abzuhandeln, machte ihn bald für seine Kompanie, in der er diente, unentbehrlich. Im Gegensatz zu seinen Eltern war er tiefreligiös. Es half ihm die schwierigen und harten Gegebenheiten in Israel mit Mut und Fröhlichkeit zu ertragen. Probleme ging er mit jugendlichem Optimismus, großem Elan und kluger Planung an. Bald wurde der Staat Israel auf ihn aufmerksam. Er erhielt eine Spezialausbildung. Was das anbetraf, bewahrte Raoul absolutes Stillschweigen, selbst seiner Familie gegenüber. Aus Israel zurückgekehrt begann er seine Studien in USA an der Harvard-Universität. Für die Universitätsabschlüsse in USA und später an der TU in Darmstadt erhielt er die Zeugnisnoten: „Mit Auszeichnung". Nach einem dreijährigen Aufenthalt in Buenos Aires für eine deutsche Chemiefirma konnte er zwischen hochdotierten Jobangeboten aus aller Welt wählen. Er entschied sich als freier, selbständiger Mitarbeiter – Projektmanager – für die verschiedensten Firmen zu arbeiten. Seine Eltern wünschten ihm Familie und hätten gerne Enkel gehabt. Wurde Raoul von seiner Mutter diesbezüglich angesprochen, lachte er: „Mama, ich bin ständig auf Reisen, in meiner Freizeit auf dem Golfplatz oder im Bridgeclub, glaubst du, dies würde einer Frau gefallen?" Seine Mutter machte sich große Sorgen um ihren Sohn, ihr Gefühl sagte, es gab da noch etwas, worüber ihr Sohn nicht mit ihr sprach. Aber wenn Raoul sie in den Arm nahm, herzte und küsste, flossen ihre zurechtgelegten Fragen und Argumente in Rührung hinweg. Raoul führte weiter das Leben eines erfolgreichen Geschäftsmannes, in der ganzen Welt zu Hause, begehrt bei der Schickeria von Marbella, bewundert, beneidet, Traum aller zukünftigen Schwiegermütter.

Die Aufklärung der Katastrophe von Henningstedt erfolgte schleppend. Das BKA hatte eine Sonderkommission eingesetzt. Diese arbeitete mit Hochdruck, stieß aber immer wieder auf Hindernisse bei ihren Ermittlungen. Die amerikanische „Waste and Rubble Company", die im Auftrag der Havaria-Chemie den giftigen Müll und Schutt beseitigte, ließ niemand auf das Areal der IWI. Sämtliche Tore wurden geschlossen, die noch vorhandenen hohen Zäune ausgebessert. LKW auf LKW schafften die vergifteten, abgebrannten Überreste der Gebäude der IWI unter strenger Bewachung aus dem Gelände. Von den Beamten der SoKo verlangte man schriftliche Genehmigungen und verwehrte ihnen den Zutritt zum IWI-Grundstück. Es dauerte Tage, bis die entsprechenden Papiere der vorgesetzten Behörde eintrafen. Beschwerden der SoKo-Beamten hatten keinen Erfolg. Wesentliche Spuren konnten nicht mehr gesichert werden. Der hauptsächliche Schutt war beseitigt, als die Beamten endlich das Gelände der IWI betreten konnten. Mehrere Explosionen mit großer Wucht, so viel stand fest, waren in kurzen Abständen hintereinander erfolgt. Fremdeinwirkung war sicher, natürliche Ursachen des Brandes konnten ausgeschlossen werden. Die SoKo stellte fest: Die Täter waren mit Sachverstand und hoher Professionalität vorgegangen. Außerdem ließ das ungeheure Ausmaß des Unglücks auf exakte Planung und Zusammenarbeit von mehreren Beteiligten schließen. So weit die Ergebnisse der SoKo des BKA. Ein terroristischer Hintergrund wurde vermutet. Beurteilung und Einschätzung der Ursachen der Katastrophe zeigten eine klare Ermittlungslage, so zumindest die Meinung der Vorgesetzten. Obwohl einige Beamte der SoKo die Ansicht vertraten, für diese Einschätzung sei das Beweismaterial nicht ausreichend, wurde nur noch in diese Richtung ermittelt. Die Lebensläufe aller ausländischen Mitarbeiter, vornehmlich islamischen Glaubens, wurden durchleuchtet. Sie wurden zu Vernehmungen einbestellt und ihre Alibis auf Bestand untersucht. In der Presse konnte man lesen: Terroranschlag in Henningstedt, der islamische Terror hat Deutschland erreicht! Die Einwohner des Eifelstädtchens waren entsetzt. Ein Terroranschlag in Henningstedt: Unvorstellbar! Weit weg von der Kulisse großer Weltpolitik war der Terrorismus in die Provinz Deutschlands eingezogen. Misstrauen und Fremdenfeindlichkeit machten sich bei den Bewohnern breit. Man beobachtete die ausländischen Mitbürger, insbesondere die muslimischen Glaubens, sehr genau, versuchte Ungewöhnliches herauszufinden. Die SoKo erhielt viele Hinweise. Sie halfen den Ermittlern nicht weiter. Wesentliche, beweisführende Informationen waren nicht dabei. Die Menschen in Henningstedt hatten sich irgendwie mit ihrer Not arrangiert. Sie waren aus dem Camp in Wohncontainer gezogen. Die Kinder gingen in den Nachbargemeinden zur Schule. Die Verletzten, meist mit schwersten Brandwunden oder Vergiftungen, hatte man in Spezialkliniken in ganz Deutschland verteilt. Fahrdienste ermöglichten den Angehörigen regelmäßige Krankenhausbesuche auch in weiter entfernte Städte. Einmal in der Woche traf man sich in der Stadthalle und gedachte der Toten. Neben dem Bürgermeister hielt stets ein Politiker aus der Hauptstadt eine Ansprache. Sogar die Kanzlerin besuchte eine der Gedenkfeiern. Einige Vorstandsmitglieder großer Chemiefirmen, vor allem der Havaria, sowie der gesamte Vorstand der IWI waren jede Woche anwesend. Die Spendenfreudigkeit vieler Bürger und Firmen, auch aus dem Ausland, war enorm. Und so fehlte es den Henningstedtern trotz allem Leid im täglichen Leben an nichts. Etwas Entscheidendes hatte sich jedoch verändert. Angst vor Terror, Misstrauen gegenüber Fremden, vor allem gegenüber Ausländern, unbestimmte Wut über die Zerstörung ihrer Idylle, ihrer Lebensläufe, zeigten Wirkung. Der optimistische, unvoreingenommene, zufriedene Geist, der dieses Städtchen geprägt hatte, war verschwunden.

Frau Lettermans fuhr mit ihrer Tochter auf die Bühler Höhe. In dem ruhigen, einsam auf einer Schwarzwaldhöhe gelegenen Hotel versuchten beide etwas Abstand zu gewinnen. Die Erinnerungen an jenen Abend ließen Frau Lettermans nicht los. Sie wurde von Angstzuständen geplagt. Die Ärzte versuchten mit Beruhigungsmitteln, die seelischen Belastungen für ihre Patientin erträglicher zu machen. Mit wenig Erfolg. Keinesfalls fühlte sie sich in der Lage, allein in ihr Haus nach Kronberg zurückzukehren. Das Begräbnis ihres Mannes war wie ein fremdes Schauspiel an ihr vorbeigezogen. Ein Alptraum, sie hoffte aufzuwachen und ihren Mann sagen zu hören: „Tigerlein, ist doch alles nicht so schlimm, reg dich doch nicht auf!" Wie oft hatte er sie in den Arm genommen und mit diesen Worten getröstet. Hunderte von Menschen folgten dem Sarg. Die Gesichter der Leute nahm sie nicht wahr. Leichter Nieselregen, sie fror wie im tiefsten Winter. Hunderte Hände wurden von ihr geschüttelt. Viele Reden wurden gehalten. Ihre Tränen versteckte sie hinter einer dicken, tiefschwarzen Sonnenbrille. Ihre Umgebung versank in einem dichten Nebelschleier. Der Sarg ihres Mannes wurde in die Grabstelle heruntergelassen. Sie brach zusammen. Bei der anschließenden Trauerfeier vertrat sie ihre Tochter Chiara. Zweiunddreißig Jahre war sie mit ihrem Mann verheiratet. In den gutaussehenden, flotten, sportlichen Leiter einer Filiale der AF Bank, an der Ecke Eugen-Richter-Straße/Gravenbrucher Allee in Düsseldorf gelegen, verliebte sie sich sofort. Bald darauf fand die Hochzeit statt. Ihre Tochter Chiara wurde geboren. In Düsseldorf verlebte die junge Familie eine glückliche Zeit. Ihr Mann verdiente 3500,-DM. Halbtags arbeitete Frau Lettermans als Medizinisch-technische Assistentin im Krankenhaus. Sie leisteten sich in Urlaub zu fahren und kauften einen nagelneuen, silbernen BMW. Im „Da Medici", beim Italiener um die Ecke, verbrachten sie mit Freunden schöne Stunden und wurden um ihr junges Glück mit bestem Auskommen beneidet. Es erfolgte die Versetzung ihres Mannes nach London. Die Bank mietete ein sehr schönes Haus in South Kensington an. Wenig später zog seine kleine Familie nach. Die Karriere ihres Mannes nahm einen rasanten Verlauf nach oben. Sie führten ein offenes Haus mit vielen Gästen aus aller Welt. Personal stand zur Verfügung. Es blieb genügend Zeit, auf den gepflegten, altenglischen, parkartigen Golfplätzen rund um London das Golfspiel zu genießen. Außerdem entwickelte sich Frau Lettermans zu einer leidenschaftlichen Bridgespielerin. Damals entstand die intensive, lebenslange Freundschaft zwischen Sir Andrew Forster, Chef einer großen Anwaltskanzlei in der Oxford Street, und dem jungen Banker. Die deutsche Familie wurde von ihm überall mitgenommen und entsprechend eingeführt. Irgendwann stellte Frau Lettermans Veränderungen im Wesen ihres Mannes fest. Seine natürliche, offene Art verschwand. Extremer Ehrgeiz und Machtwillen gewannen Oberhand in seiner Persönlichkeit. Ständiges Unterwegssein, Stress machten ihn zum Getriebenen. Öfters äußerte er: „Netzwerk ist wichtiger als Leistung". In der Londoner Zeit baute er sich das weltweite Netzwerk auf, welches ihm zu seiner anschließenden Spitzenkarriere verhalf. „Letti, the wulf" wurde er von seinen Freunden genannt. Die gemeinsamen Familienunternehmungen fielen immer mehr aus. Frau Lettermans blieb mit Chiara, einer Nurse, einer Köchin und einem Hausmädchen allein zu Haus. Ihre Beschwerden wurden von ihrem Mann nicht ernst genommen. „Genieße", sagte er oft, „geh zum Golf- oder Bridgespielen, mach einen Einkaufs-bummel, kauf dir was Schönes!" Traurig schaute sie ihn an. Er begriff nichts. Sie wollte keine Shopping-touren, langweilige Cocktailpartys oder Ladies-Clubs besuchen. Sie liebte ihren Mann und sehnte sich nach gemeinsamen Unternehmungen. Es mangelte ihnen wirklich an nichts, nur Zeit für- und miteinander fehlte. Herr Lettermans war in der Spirale nach oben. Seine Arbeit brachte ihn für längere Zeit nach Genf, Singapur, Hongkong, Peking, Dubai, Abu Dhabi, New York. Er verbrachte dort zwischen sechs bis achtzehn Monate. So viele Schulwechsel konnten Chiara nicht zugemutet werden, so blieb Frau Lettermans, wenn auch unglücklich, ohne ihren Mann in London. Die Jahre im Ausland vergingen rasant, ereignisreich und schnell. Chiara feierte bereits ihren fünfzehnten Ge-burtstag, da stand die Versetzung ihres Vaters nach Frankfurt in die Vorstandsetage der AF Bank an. Ihre Eltern kauften eine sehr schöne Villa mit großem Grundstück in Kronberg unweit von Frankfurt. Die Stadt Kronberg ist ein staatlich anerkannter

Luftkurort. Ihren Namen erhielt sie nach der Burg Kronberg, bis 1702 Stammsitz der Ritter von Kronberg. Der hübsche, waldreiche Ort im Taunus vor den Toren Frankfurts ist für seine bevorzugte, immens teure Wohnlage bekannt. Mit seiner alten Burg, dem imposanten Kronberger Schlosshotel begeisterte das Städtchen Lettermans bei ihrer Haussuche sofort. Die Entscheidung für das prächtige Anwesen in einem Park mit alten Bäumen, nahe eines kleinen Golfplatzes und des Schlosshotels gelegen, fiel leicht. Chiara sollte weiterhin in England bleiben und dort ein Internat besuchen. Die Eltern freuten sich über ihre Rückkehr nach Deutschland. Sie hofften, mehr gemeinsame Zeit miteinander und mit Freunden verbringen zu können. Eine Mitgliedschaft im alten, honorigen Golfclub, unweit des Stadions und der Rennbahn im Frankfurter Stadtwald gelegen, wurde sofort beantragt. Von „Frankfurts schönster Terrasse" hatte man einen fantastischen Blick auf alten Baumbestand, saftig grüne Fairways, wunderschön blühende Rhododendren und pralle Hortensienbüsche. Golfspielen in diesem fast hundert Jahre alten Frankfurter Park, anschließend ein gutes Essen im gepflegten Clubhaus, so planten sie ihr Leben zukünftig zu genießen. Überraschend verstarb der Vorstandsvorsitzende der AF Bank an einem Herzinfarkt. Der Aufsichtsrat war sich einig, wer die Nachfolge antreten sollte. So wurde Herr Lettermans, kaum in Frankfurt heimisch geworden, zum Vorstandsvorsitzenden der größten deutschen Bank gewählt. Einen Großteil seines Lebens verbrachte er nun wiederum im Flugzeug bzw. auf Reisen. Die gemeinsam ausgedachten Pläne bezüglich eines ruhigeren, stressfreieren Lebens konnten sie erst mal vergessen. „Mein geliebtes Tigerlein, später, später unternehmen wir alles, was du dir wünschst!", pflegte ihr Letti zu sagen. Dabei blieb es erst mal!

Frau Lettermans Gedanken und Erinnerungen purzelten in ihrem Kopf durcheinander. Selbst die Tranquilizer konnten keine wirkliche Beruhigung schaffen. Die Zentnersteine auf ihrem Herzen ließen sich nicht beseitigen. Die wirren Erinnerungen ihres gemarterten Hirns auch nicht. Der Hotelmanager kümmerte sich persönlich um Mutter und Tochter. Man versuchte ihnen jeden Wunsch von den Augen abzulesen. Den fantastischen Blick über das Bühler Tal von ihrer Suite in der obersten Etage des Hotels nahmen die verweinten Augen ihrer Bewohnerinnen kaum wahr. Chiara meinte: „Lass uns nach Marbella fliegen, Mama, die Sonne tut uns gut. Dort überlegen wir in Ruhe, wie es weitergehen soll. Ich habe ja noch Semesterferien." Fest stand nur, Frau Lettermans würde um keinen Preis in ihr Haus nach Kronberg zurückkehren. Sie wollte es so bald als möglich über einen Makler verkaufen. Hierzu musste sie aber erst die Testamentseröffnung abwarten. Dr. Jacob hatte sich bereits gemeldet. Ein entsprechender Termin würde, sobald Frau Lettermans sich gesundheitlich in der Lage fühle, anberaumt. Es rächte sich jetzt, weder Mutter noch Tochter hatten sich je um die Finanzen gekümmert. Chiara war mit ihrem Studium beschäftigt. Ihre Mutter war gewöhnt, Rechnungen und anderes einfach auf den Schreibtisch ihres Mannes zu legen. Zwei bis dreimal im Monat kam jemand von der Bank vorbei und holte die Unterlagen. Alles wurde pünktlich vom Sekretariat ihres Mannes bezahlt und gewissenhaft erledigt. Beide hatten keine Ahnung, was ihr Mann bzw. ihr Vater verdiente, ob auf dem Haus noch Belastungen oder wie sein Vermögen angelegt war. Auf ihre Fragen hatte er immer nur geantwortet: „Chiara und du seid bestens versorgt, macht euch keine Gedanken, ihr braucht euch um nichts zu kümmern. Sollte mir etwas passieren, wird unser lieber Freund und Anwalt Bubi Jacob alles zu eurem Wohle regeln und in die Hand nehmen."

Chiara und ihre Mutter blickten mit rotgeweinten, traurigen Augen aus dem Fenster der Hotelsuite in das Bühler Tal. Dunkel, grau und verregnet lagen Wiesen, Wälder und vereinzelte Behausungen vor ihnen. Immer mehr schwere Regenwolken und ein heftiger Wind zogen vorbei. Es lag eine trübe, schwermütige Stimmung über dem Schwarzwaldtal. Beide sehnten sich nach südlicher Sonne, nach ihrer Villa „Siempre Contenta", ihrem schönen Zuhause in Marbella in der Sierra Blanca mit dem traumhaften Blick über die Stadt und das Mittelmeer. Die Flüge waren schon gebucht. Nur die Testamentseröffnung in der Frankfurter Kanzlei Dr. Jacob & Partner musste noch abgewartet werden. Von dort sollte sie der Fahrer direkt zum Flughafen bringen. Das Telefon klingelte. Frau

Lettermans nahm den Hörer ab, erbleichte, suchte Halt, dann fiel sie aufs Bett. „Hallo, hallo, was ist los? Meiner Mutter geht es nicht gut", rief Chiara ins Telefon und erkannte die Stimme von Frau Krause, Privatsekretärin von Dr. Jacob. Sie arbeitete schon dreißig Jahre für die Kanzlei, eigentlich war sie durch nichts zu erschüttern. Heute klang ihre Stimme brüchig und weinerlich. Chiara zitterte, während sie die Hand ihrer Mutter hielt, und versuchte, die fürchterliche Nachricht irgendwie zu realisieren. Der Termin der Testamentseröffnung müsse leider bis auf Weiteres verschoben werden. Heute Morgen war ihr jahrelanger Rechtsberater, Familienanwalt und Freund Dr. Bubi Jacob, auf dem Rückflug von Paris nach Frankfurt mit zwei Mitarbeitern verunglückt. Die Cessna war kurz vor der Landung auf dem kleinen, privaten Flughafen Frankfurt-Egelsbach über einem Waldstück im Nebel abgestürzt. Keiner der Insassen überlebte. Alle Akten, die Familie Lettermans betreffend, seien immer vom Seniorchef persönlich bearbeitet und in seinem Safe aufgehoben worden. Nun müsse erst abgewartet und geklärt werden, wer die Betreuung der Familie in Zukunft übernähme. Chiara und ihre Mutter saßen auf dem Bett und weinten hemmungslos. Ihre schöne, geborgene, sichere Welt stürzte in sich zusammen. Eine Erfahrung, die beide in ihrem Leben noch nicht gemacht hatten. Bei Streitigkeiten hatte ihr Mann öfters müde und traurig festgestellt: „Marlene, geh mal wieder raus ins Leben! Schau, was los ist! Guck dir den Alltag der Menschen an! Du weißt gar nicht, wie gut du es hier oben im Taunus hast!" Bei diesen Sätzen war sie noch wütender geworden. Wie unendlich leid ihr diese Streitereien taten. Wenn sie es doch nur irgendwie wiedergutmachen könnte. Es gab kein Zurück, die Zeit war unwiederbringlich. Sie vermisste ihren Mann unendlich…! Mutter und Tochter hielten sich fest umarmt und schliefen schließlich erschöpft vom vielen Weinen ein.

Bei den wöchentlichen Treffen zum Gedenken der Toten der Katastrophe von Henningstedt saß mit versteinerter Miene Thorsten Walter, der Vorstandsvorsitzende der IWI-Werke. Die Polizei hatte ihn mehrmals vernommen und zu seinen Geschäftsbeziehungen befragt. Sie stieß auf eisernes Schweigen. Geschickt wich Walter Fragen aus, keine näheren Angaben seien möglich. Zum Zeitpunkt der Katastrophe habe er sich auf Geschäftsreise in Rom befunden. Sein gewiefter Münchner Anwalt zeigte sich ebenfalls schweigsam und wies alle Fragen der SoKo-Beamten mit juristischen Ausflüchten zurück. Das Verhalten beider grenzte an Unhöflichkeit. Sämtliche Unterlagen, PCs der Firma waren durch das verheerende Feuer vernichtet. Die Aussagen Thorsten Walters und seiner Mitarbeiter stellten eine der wenigen Quellen für die SoKo dar, Informationen über Geschäftskontakte, Firmenverzweigungen im Ausland, Lieferungen etc. zu erhalten. Mit keinem Menschen, weder privat noch im Werk, konnte der IWI-Chef darüber sprechen, wie er in den letzten Jahren bedrängt worden war. Zum wiederholten Mal lagen Angebote zur Übernahme durch die Havaria-Chemie auf seinem Tisch. Die Manager aus Mailand wurden in immer kürzeren Abständen bei ihm vorstellig und boten immense Abfindungssummen. Er blieb standhaft. Zuletzt hatte man ihm in Davos ein Angebot gemacht. Da er wieder ablehnte, erhielt er Drohungen. Diese nahm er nicht allzu ernst. Als Lehrling hatte er bei IWI angefangen. Den Aufbau des Henningstedter Werkes mitgestaltet und schließlich die Leitung übernommen. Die Firma war sein Lebenswerk. Er fühlte sich ihr und seinen Mitarbeitern eng verbunden. Eine Übernahme würde den Verlust von mehreren tausend Arbeitsplätzen bedeuten. Rationalisierung im Sinne der neuen Eigentümer bzw. der Aktionäre. Den Arbeitern und Angestellten erzählte man etwas von notwendigen Sparmaßnahmen, erforderlich, um das Überleben der Firma zu sichern. In Wahrheit ging es um Bereicherung weniger und die Erhöhung der Dividende, um sonst gar nichts …! Er kannte das Spiel. „Nur über meine Leiche!", hatte er zum Schluss dem Drängen der Havaria-Bosse entgegnet. Nie wäre ihm in den Sinn gekommen, seine Gegner würden es wörtlich nehmen. Offensichtlich halfen hohe Geldsummen bei dem IWI-Top-Manager nicht, beriet man sich in Mailand. Die Taktik wurde geändert. Druck und Drohungen traten an ihre Stelle. Walters homosexuelle Neigungen sollten in die Boulevardpresse lanciert und bekannt werden. Zwar hatte er sich schon seit Jahren mit seiner Frau ausgesprochen und entsprechend arrangiert. Es war eine stille

Übereinkunft, geprägt von gegenseitiger Toleranz und Achtung. Der Rest der Familie, die Verwandtschaft, besonders seine beiden Kinder, würden bei einer Veröffentlichung Schreckliches durchmachen. Nun war der schlimmste Fall eingetreten. Lebenswerk, Lebensaufgabe, seine Firma, alles, was ihm wichtig war, lagen in Schutt und Asche. Eine große Boulevardzeitung hatte nicht nur über den Terroranschlag in Henningstedt berichtet, sondern auch ein altes Foto von ihm veröffentlicht. Es zeigte ihn in zärtlicher Umarmung mit einem jungen Mann in Marbella. Er war erledigt! Doch dank der vielen Tabletten, die ihm die Ärzte verabreichten, war er trotz tiefster Depression in der Lage, jede Woche resigniert und schweigend bei der Trauer- und Gedenkveranstaltung dabei zu sein. Seine Mitarbeiter schätzten und achteten ihn noch immer, trotz schlechter Presse. Es beeindruckte sie, offensichtlich krank, war ihr Chef bei jeder Veranstaltung anwesend. Er trauerte und litt mit ihnen.

Ein Anflug auf Málaga ist immer wieder faszinierend. Je nach Windrichtung übers Meer oder über die steilen, zerklüfteten Berge mit ihren vielen Stauseen. Strahlender Sonnenschein am tiefblauen Himmel zauberte ein kleines Lächeln der Freude auf Urlaubstage in Chiaras trauriges Gesicht. Die typischen weißen, spanischen Häuser mit roten Ziegeldächern, die tanzenden Wellen des Mittelmeers, eine sanfte, leichte Brise begrüßten die Ankömmlinge. Nach einem erfrischenden Bad im Pool saßen Mutter und Tochter entspannt bei einem Glas Rioja auf der Terrasse. Die Haushälterin hatte ihnen Jamón Ibérico mit Tomaten/Knoblauchbrot vorbereitet. Beide genossen die andalusische Mahlzeit und die milde Abendsonne. Ihre Lebensgeister erwachten. In der Diele lagen Berge von Post. Wie immer hatte der spanische Hausmeister sortiert nach Größe der Umschläge die Post für ihren Mann aufbewahrt. Ein Großteil der Briefe wurde im Sekretariat in Frankfurt bearbeitet. Viele wanderten in den Papierkorb, einige ganz wenige wurden von ihrem Mann persönlich aufgemacht und gelesen. Während sich Frau Lettermans Gedanken machte, wie sie den Postberg bewältigen sollte, klingelte das Telefon. „Herzliches Beileid! Frau Lettermans! Wir sind tief betroffen und erschüttert. Hier Dr. Berger aus Sotoverde. Wir müssten dringend etwas mit Ihnen besprechen." Dr. Berger aus Sotoverde überfiel sie mit einem Wortschwall. Den Namen hatte sie von ihrem Mann schon mal gehört. Sie hatte keine Ahnung, was dieser redselige, am Telefon etwas aufdringlich wirkende Mann so Dringendes mit ihr zu besprechen hatte. Sie einigten sich auf einen Termin in zwei Tagen morgens um 10 Uhr im Privathaus des Dr. Berger, Calle Castellano, Sotoverde. Chiara maulte. Sie hatte sich zum Golfspielen mit Raoul in Las Brisas verabredet. Chiara mochte Raoul sehr. Golfspielen mit ihren Eltern fand sie stinklangweilig. Raoul hatte es verstanden, ihre Golfbegeisterung zu wecken. Er spielte fantastisch, war lustig, schnitt Grimassen. Das kleine Mädchen, sie war damals vielleicht acht oder neun Jahre, war fasziniert. Sie trainierte, um Raoul zu imponieren. Inzwischen hatte sie Handicap 8. Mit Raoul bei Sonnenaufgang eine Runde spielen war geil, Spaß pur. Der Golfplatz noch menschenleer, konnte man Vögel beobachten, Pflanzen anschauen, ab und zu kreuzten Hasen, Enten allerlei Wildtiere das Fairway. Der Lochspiel-Fight zwischen ihnen war knapp und bis zum letzten Loch spannend. Wer verlor, musste den anschließenden Drink auf der Clubterrasse bezahlen. Seit Raoul die Studentenzeit hinter sich hatte und seinen weltweiten Geschäften nachging, fanden sie immer weniger Zeit, eine Runde zusammen zu spielen. Chiara war sauer. Sie musste Raoul absagen. Dieser zeigte sich sehr verständnisvoll und bot an, beide nach Sotoverde zu fahren. Dr. Berger sei ihm bekannt. Er habe ihn beim Golfspielen gemeinsam mit Lettermans auf dem Golfplatz Valderrama kennengelernt. Man hatte sich in Kollegenkreisen gewundert. Vor zwanzig Jahren hatte Dr. Berger seine sichere Existenz in Wiesbaden aufgegeben und eine neue Kanzlei mit einem englischen Partner Fulton&Smith in Gibraltar aufgemacht. Offensichtlich lief alles bestens. Er bewohnte mit seiner Familie eine riesengroße Villa in Sotoverde, war Mitglied in mehreren prominenten Golfclubs und veranstaltete einmal im Jahr ein fulminantes Fest. Zu diesem Event kamen viele Wiesbadener Freunde. Über seine Geschäfte in Spanien verlor er kein Wort. Es ging das Gerücht, so mancher würde sich bei ihm Rat holen. Er sei Spezialist in Geldanlagen und habe beste Beziehungen zu „Schwarzgeldanlagemöglichkeiten".

Er erschien persönlich am Tor seiner Villa und führte die beiden in einen opulent ausgestatteten Salon. Raoul versprach nebenan im Golfclub Sotoverde zu warten. Der Anwalt gefiel sich in langen, ausführlichen Reden, immer wieder betonend, wie sehr er Wolfi Lettermans geschätzt habe. Sie wären gute Freunde gewesen. Frau Lettermans fing bei diesen Worten zu weinen an. Chiara konnte den „alten Schleimer", wie sie ihn insgeheim nannte, nicht ausstehen. Umständlich wühlte er in Papieren und Akten und legte endlich diverse Papiere zur Unterschrift vor. „Mama, du unterschreibst nichts, wir müssen uns erst Rat holen, die Papiere nehmen wir mit." Entsetzt schaute der Anwalt sie an und bemerkte: Dies sei auf gar keinen Fall möglich. Die jährlichen Gebühren für die Holding in Gibraltar und Abgaben seien fällig. Das gesamte Vermögen der Lettermans in Spanien, Haus, Autos etc. würden von dort verwaltet. Es sei eine sehr gute Sache, da Geldtransfers aus aller Welt, auch von ihren Schweizer Konten, ohne Probleme und völlig anonym möglich wären. Er sei treuhänderisch von Wolfi eingesetzt worden, aber bitte, sie könnten ja zukünftig ihr Geld persönlich in Gibraltar abholen und sich mit den Touristen in die endlosen Schlangen und Staus am Grenzübergang einreihen. Dr. Berger schaute demonstrativ auf die Uhr, er sei unter Termindruck. Sie unterschrieben die Papiere, Kopien könne er ihnen keinesfalls mitgeben. Dies sei viel zu gefährlich. Mutter und Tochter verstanden zwar nicht, warum. Aber wenn Papa es so geregelt hatte, dann würde es sicher seine Ordnung haben.

Sie luden Raoul zum Abendessen ein und schüttelten ihm ihre Herzen aus über die Merkwürdigkeiten des Besuchs bei Dr. Berger. Raoul ermahnte sie zur absoluten Schweigsamkeit über diese Angelegenheit. Am nächsten Tag sollte er über Madrid nach Dubai fliegen. Nach Erhalt des Erbscheins wollte er sich mit ihnen zusammen in Frankfurt um die wichtigsten zu regelnden Dinge kümmern. Zum Abschied gab er ihnen noch seine Mobilnummer. „Für den Notfall", wie er lachend bemerkte. Er umarmte die beiden und verließ sie mit tröstenden Worten. Es war ein wundervoller Abend mit Raoul. Er strahlte Zuversicht und Menschlichkeit aus. Beide Frauen vergaßen die Dr. Bergers dieser Welt und fühlten sich besser.

Der Chef des BKA in Wiesbaden hielt eine Krisensitzung ab. Die Katastrophe von Henningstedt, die Ermordung des Bankenvorsitzenden beschäftigten mehrere SoKos. Er war sehr verärgert. Die Einmischung der Dienste erschwerte die Ermittlungen. Kooperation war mangelhaft. Man konnte den Eindruck gewinnen, es würden absichtlich Beweismaterialien zurückgehalten. Feste Absprachen und Abmachungen wurden gebrochen. Seit die CIA ebenfalls mitmischte, wurde die Situation noch unübersichtlicher. Er gab die Beschwerden seiner Leute weiter an den Innenminister. Dieser reagierte ausweichend und keineswegs hilfreich. Drei Festnahmen waren in Bezug auf den Fall Henningstedt erfolgt. Im Keller einer Wohnung in Euskirchen hatte man ein großes Waffenarsenal entdeckt, außerdem exakte Pläne des Chemiewerkes IWI. Die Wohnung wurde zurzeit von einem Nigerianer und zwei Syrern bewohnt. Der Nigerianer war wegen Drogenhandels vorbestraft. Gegen die beiden Syrer lag nichts vor. Die Festgenommenen erklärten immer wieder, sie hätten den Keller nie benutzt und seit Monaten nicht aufgesucht. Ansonsten schwiegen sie beharrlich. Für diese Aussage sprach, der Schlüssel zum Keller wurde beim Hausmeister aufbewahrt und war, wie der Hausmeister glaubhaft versicherte, zu keiner Zeit an die drei ausgehändigt worden. Seitens der Dienste wurde eindeutig ein terroristischer Anschlag der drei Verhafteten angenommen. Die CIA erklärte, entsprechende Telefonate mitgeschnitten zu haben. Alle drei würden Al Kaida nahestehen, wären häufig in Pakistan gewesen. Sie seien nach vorliegender Beweislage schuldig. Die Kommissare des BKA schwiegen frustriert. Ihre Zweifel wurden von höchster politischer Seite weder an- noch wahrgenommen. Die drei waren so gut wie verurteilt. Gesicherte Beweismaterialien lägen vor, behaupteten BND und CIA. Zum gegebenen Zeitpunkt würden sie vorgelegt. Die Staatsanwaltschaft sei informiert. Die hohe Brisanz der Angelegenheit erfordere bis zum Prozessbeginn höchste Geheimhaltungsstufe.

Die Erschießung des Bankenchefs Lettermans ließ nach Aussagen der Spurensicherung auf einen Einzeltäter schließen. Raubmord war auszuklammern. Die Brieftasche mit 2000 Euro, EC-Karten u. a. waren unangetastet in der Jackentasche des Opfers gefunden worden. Der Täter war gut mit den Örtlichkeiten vertraut und musste die Lebensgewohnheiten der Lettermans genauestens ausgespäht haben.

Aus Marbella zurückgekehrt, mieteten sich Mutter und Tochter im „Frankfurter Hof" ein. Das Haus in Kronberg wurde einem bekannten Makler zur Veräußerung übergeben. Der junge Anwalt der Kanzlei Dr. Jacob & Partner warnte vor übereilten Schritten. Die Testamentseröffnung stehe an, die Ermittlungen seien noch nicht abgeschlossen. Gespräche der SoKo mit Frau Lettermans führten nicht weiter. Sie kannte die meisten Geschäftsfreunde ihres Mannes nur flüchtig oder gar nicht. Über seine beruflichen Aktivitäten in der Bank war ihr ebenfalls nichts bekannt. Frau Lettermans wurde von einem netten, jungen Kommissar eingehend befragt. Erstmals wurde ihr klar, wie wenig sie eigentlich über ihren Mann wusste. In London hatte sie damals Veränderungen in seinem Wesen und seinem Lebensstil wahrgenommen. Sie schob es auf den rasanten Aufstieg ihres Mannes, auf die vielen neuen Verpflichtungen und dem damit verbundenen Stress. Ihre wenige gemeinsame Zeit verbrachten sie beim Golfspiel, trafen alte Freunde oder hatten geschäftliche Verpflichtungen. Zu privaten Gesprächen kam es fast gar nicht mehr. Der Kommissar nickte verständnisvoll. „Feinde? Hatte Ihr Mann Feinde?" Nein, sie kenne keine, ihr Mann sei höchst beliebt in seinem Freundeskreis. Sie gehe davon aus, in der Bank sei es ähnlich. Höflich verabschiedete sich der Kommissar, hinterließ seine Visitenkarte, falls Frau Lettermans oder ihrer Tochter noch etwas Wesentliches einfallen würde.

Manuela Schwarz zupfte nervös an ihrem Blazer. Eiligen Schrittes ging sie auf die kleine Terrasse vor der Büroküche, um noch schnell eine Zigarette zu rauchen. Hauptkommissar Kellner, Leiter der ermittelnden SoKo, schaute ihr lächelnd nach. Ein Pförtner hatte ihn in ein großes Besprechungszimmer der Bank gesetzt, die Tür stand offen. Er nutzte die Gelegenheit, die junge, attraktive Sekretärin des ermordeten Lettermans genauer zu beobachten. Sie sah übernächtigt und verweint aus. Hastig zog sie an ihrer Zigarette. „Guten Tag, Herr Kommissar, wie kann ich Ihnen helfen?", betrat sie den Besprechungsraum. „Sie können unsere Arbeit sehr unterstützen, wenn Sie mir alles, wirklich alles mitteilen, was Sie über Ihren ehemaligen Chef, sei es geschäftlich oder privat, wissen." „Ich fürchte, ich kann Ihnen wenig helfen, ich habe nur seine Korrespondenz und seine Termine gemacht. Er war sehr viel auf Auslandsreisen und zu geschäftlichen Terminen unterwegs. Im Übrigen bin ich meiner Arbeitsstelle verpflichtet, Verschwiegenheit ist ein wichtiger Teil davon." Kellner hatte nichts anderes erwartet und verlangte das Büro des Bankenchefs zu sehen. Manuela Schwarz setzte eine strenge Miene auf: „Die vierunddreißigste Etage ist für Besucher gesperrt, tut mir leid!" Kommissar Kellners freundliches Lächeln gefror etwas. „Frau Schwarz, auf der Stelle führen Sie mich in das Büro Ihres Chefs. Soll ich Hausdurchsuchung anordnen? Es geht um die Aufklärung eines Mordes, Frau Schwarz!" Widerstrebend führte Manuela ein kurzes Telefonat, dann geleitete sie den hartnäckigen

Kommissar in Lettermans Büro in der vierunddreißigsten Etage. Beiden blieb vor Überraschung der Mund offen stehen. Das Büro war völlig durchwühlt. Akten lagen überall auf dem Boden. Die von Lettermans persönlich genutzten PCs waren verschwunden.

Antonio Paranese stand aufgeregt gestikulierend mit Telefon im Pool. Aurelia beobachtete ihren Mann von der Terrasse aus. Ihr Antonio war in letzter Zeit nervös, hektisch, manchmal schrie er sie sogar an. Selten blieb er abends zum Essen. Aurelia liebte es, als typische Neapolitanerin, ihren Mann zu bekochen. Sie mache die beste Pasta der Welt, hatte er sie immer gelobt. Beide hatten diese Abende zu Hause mit Blick in ihren fantastischen Park und auf die untergehende Sonne über dem Mittelmeer genossen. Jetzt schrie er vom Pool aus: „María José, bring meine Sachen, Juan, mach den Wagen fertig. Ich muss weg!" Manchmal fuhr er direkt zum Flughafen von Málaga. Tag und Nacht stand dort ein kleiner Düsenjet für ihn bereit. Sehr viel Zeit verbrachte er in Gibraltar. Einige der größten Holdings wurden dort von ihm unterhalten. Er beschäftigte zig Anwälte, bezahlte diese bestens und wurde in den Kanzleien wie ein Staatsgast behandelt und betreut. Für Belange, die mit Deutschland zu tun hatten, war Dr. Berger zuständig. Die Züricher VZU Bank hatte eine Filiale im Poseidons-House, direkt am Jachthafen. Die Jachten der Schönen und Reichen konnten hier ungehindert und ohne Kontrollen anlegen. Gierig erwarteten die Banker die Geldanlagen aus aller Welt. Mit Knopfdruck und völlig anonym war das eingezahlte Geld innerhalb von Sekunden nach Kundenwunsch an jeden Ort der Welt transferiert. Selbstverständlich half man reichen Kunden auch das Geld zu reinvestieren. In enger Kooperation mit den Anwaltskanzleien wurde es in Hotels, Spielclubs, Restaurants, vor allem aber in zahlreichen Neubauten in Andalusien angelegt. Niemand interessierte sich, aus welchen Quellen das Geld stammte. Der Bauboom beherrschte Andalusien. Ein kleines Wirtschaftswunder entstand in der armen Region. Korruption regierte diesen südlichsten Teil Spaniens. Gnadenlos wurde die Küste zugebaut und zugepflastert. Vor Naturschutzgebieten machte diese Entwicklung keinen Halt. Millionen an Bestechungsgeldern flossen. Die große „Geldwaschmaschine" funktionierte und zog immer mehr Menschen aus aller Welt an. Mittelpunkt dieses verbrecherischen Treibens war Marbella. Die Behörden waren involviert und bestochen. Ein Leben in Luxus stand den Willfährigen in den Ämtern bevor. Gerne wurde diese Chance wahrgenommen. Gelder aus Waffen- und Drogengeschäften wurden problemlos in den Wirtschaftskreislauf eingeschleust. Antonio Paranese war der „König" dieses Reiches. Mit besten Verbindungen zu Banken und Anwaltskanzleien leitete er über diverse Holdings sein gesamtes Imperium. Seine Verbindungen waren auch in USA ausgezeichnet. In letzter Zeit gab es allerdings Schwierigkeiten. Zunehmend mischte sich die CIA in seine Geschäfte. Bisher herrschte Antonio brutal und sicher dank seiner weltweiten Verbindungen und seines ausgezeichneten, mafiösen Netzwerkes. Es war ihm klar und deutlich bewusst, mit den Geheimdiensten kann man sich nicht anlegen. Geschicktes Taktieren und Arrangement war nötig. Er verfluchte den Terrorismus. Seit Entstehen dieses Phänomens war das weltweite Geschäft zunehmend schwieriger geworden. Große Geldsummen zu transferieren wurde immer mehr zum Risiko. Die Kontrollen waren überall verstärkt. Der sichere Anlageort Schweiz kämpfte zunehmend mit dem Verdacht, „Geldwäsche" zu betreiben. Der Seeweg, Kreuzfahrtschiffe, besonders aber die Jachten der Reichen boten immer noch die besten Möglichkeiten für einen ungestörten Transport. Ausgerüstet mit modernster Technik, Hubschrauberlandeplätzen, pfeilschnellen kleinen Beibooten waren sie der schlecht ausgerüsteten Küstenwache um Längen voraus.

So bildete die von einem iranischen Geschäftsmann anfangs gemietete und dann erworbene „El Efzar" einen wichtigen Mittelpunkt für Antonios Geschäfte. Häufiger blieb er über Nacht dort. Aurelia nahm ihm seine Begeisterung für die Hochseefischerei ab. Sie litt unter Seekrankheit, außerdem konnte sie nicht schwimmen. Daher vermied sie es gerne, die El Efzar zu besuchen. Aurelia war sehr stolz auf ihren Mann. Neulich sei sogar der italienische Präsident Gast auf der Jacht gewesen. Fische waren allerdings auf der grandiosen Super-Luxusjacht noch nie gefangen worden. Legendäre Partys wurden dort im kleinen, intimen Kreis gefeiert. Die hübschesten Mädchen aus aller Welt, so jung als möglich, wurden eingeflogen. Die Quellen dafür waren schier unerschöpflich. Geldgier, Karrieregeilheit und Abenteuerlust trieben die Mädchen an, bereitwillig dem Angebot zu folgen, ein paar Tage auf einer Jacht Urlaub zu machen. Vorstellung beim Starfotografen oder einem bekannten Modemacher wurde in Aussicht gestellt. Es war unglaublich, wie viele Mädchen diesem merkwürdigen Casting ohne Weiteres trauten und sich königlich freuten, wenn sie ausgesucht wurden. Sie unterschrieben, sie seien mindestens achtzehn Jahre bzw. volljährig, die sonstigen juristischen Feinheiten des „Vertrages" wurden ohne Nachfrage hingenommen, das ausdrückliche Handy- und Fotoverbot ohne Bedenken akzeptiert. Auf der Jacht angekommen, durften sie sich jede Menge Klamotten aussuchen, einzige Bedingung war, abends nett zu den meist älteren Herren zu sein, die als Gäste von Paranese die Party besuchten. Der Champagner floss in Strömen. Was die Mädchen nicht mitbekamen: Es wurde eine Droge beigemischt, die enthemmte und das Erinnerungsvermögen zerstörte. Am nächsten Morgen wurden tatsächlich ein paar Fotoshootings durchgeführt. Die Girls waren happy, der „Alkohol" hatte sie die Party vergessen lassen. Who cares! Glücklich flogen sie nach Hause. Auf dem Weg zu ihrem Ziel, ein „Star" zu werden, hatten sie, ihrer Annahme nach, mit Sicherheit die erste Stufe erklommen. Antonio kannte auf diese Weise alle Schwächen und Vorlieben seiner Geschäftspartner und der politischen Prominenz. Er wusste es für sich zu nutzen.

Waren hübsche junge Boys gefragt, war er auch darum nicht verlegen. Keinesfalls wollte man die Neugier der Leute an Land oder gar der Journalisten erwecken. Die gesamte Versorgung und der Nachschub auf der Jacht sowie „besondere Transporte", seien es kleine Drogen-, Waffenmengen oder Sonstiges, wurden von seiner Mannschaft in der Nacht übers Meer mit dem Hubschrauber oder den Beibooten durchgeführt. Tagsüber lag die El Efzar still, faul und majestätisch als Blickfang für die zahlreichen Touristen im Hafen von Puerto Banús. Die Liegegebühren für die Boote waren eine gute Einnahmequelle für die Orte. Die Zöllner waren wenig interessiert, private Jachten aufzusuchen. Sollte doch mal einer neugierig sein, ein entsprechender Geldbetrag half bei den schlecht verdienenden Beamten immer. Im Zeichen einer total kontrollierten, weltweiten Mobilität mit Flugzeug, Auto und Zug war die private Jacht das einzige Verkehrsmittel, mit dem man sich ungestört und frei bewegen konnte. Nebenher transportierte man, was immer einem nützlich war. Mr. Paranese, die saudischen Prinzen, russische und amerikanische Milliardäre, die Reichen dieser Welt machten sich diese Tatsache zunutze.

In letzter Zeit hatte Antonio zunehmend Sorgen und Schwierigkeiten. Es gab Unruhen und Machtkämpfe in Nordafrika. Alte und sichere Kontakte waren verloren gegangen. Auch in Nahost hatte sich viel verändert. Seine Freunde im Libanon hatten das Land verlassen müssen, einige saßen im Gefängnis. Die alte verlässliche Garde löste sich nach und nach auf. Die Jungen machten ihre Geschäfte auf eigene Rechnung. Die Gefolgschaft ließ sich nicht mehr voraussetzen. Paraneses Beziehungen bröckelten immer stärker. Das gefährliche Geschäft zwischen den Grenzlinien der Staaten, den Geheimdiensten und wer sonst noch mitmischte, duldete keine Schwäche oder Zaudern eines älter werdenden Mannes! Seine Hoffnung war Raoul. Da Antonio keine Kinder hatte, hoffte er, immer mehr an ihn delegieren zu können. In letzter Zeit war diese enge Freundschaft aber merklich abgekühlt. Raoul begründete es damit, er sei zeitlich in seinem Job stark gefordert. Berufliche Angebote seitens Antonios wolle und könne er nicht annehmen. Marbella veränderte sich ebenfalls, seit der alte Bürgermeister, ein guter Freund von ihm, nicht mehr im Amt war. Ernsthaft erwog Antonio seinen Wohnsitz nach Paraguay zu verlegen und seine diversen, gefährlichen Geschäfte in Europa nach und nach abzubauen. Einzig Aurelia, sie fing sofort zu weinen an, wenn er einen Umzug nach Südamerika vorschlug. Niemals würde sie ihre Eltern und Geschwister allein zurücklassen. Eher wolle sie sterben! Erstmals in seinem Leben war Antonio unschlüssig und zögerlich. Er liebte Aurelia auf seine Weise, keinesfalls wollte er sie verlieren. Doch der Druck auf ihn stieg. In Europa und in den USA wurde zu viel geschnüffelt. Die Geheimdienste verschiedenster Länder interessierten sich für ihn. Die Zeit der ungestörten Abwicklung seiner Geschäfte und Geldwäsche über Marbella, über Südspanien neigte sich dem Ende zu. Er spürte es deutlich. Die großen Villen standen zum Verkauf, Gelder wurden verschoben und abgezogen. Die Banken, die „Private Banking" im Hafen von Puerto Banús anboten, sprich, jeder konnte dort ungestört und anonym Geld von seinem Schweizer Konto abholen, schlossen ihre Filialen. Die Steuerabkommen zwischen den europäischen Ländern lösten eine Wanderbewegung des Geldes in Richtung des asiatischen Raums und der arabischen Emirate wie Dubai aus. Für die Reichen dieser Welt kein Problem. Sie ließen ihre Anwälte in aller Welt neue Holdings an sicheren Orten gründen. Antonio beschloss, zumindest sein Vermögen zu transferieren, seine Geschäfte vorübergehend ruhen zu lassen und eine Villa in Dubai zu kaufen. Vielleicht konnte er Aurelia davon eher überzeugen.

Käthchen Sebert, treue Haushälterin im Hause Lettermans, hatte bereits alle persönlichen Sachen der Familie zusammengepackt. Der Rest würde von der Umzugsfirma erledigt werden. Traurig stand sie auf der Leiter. Wenn in den nächsten Tagen die Hausbesichtigungen zwecks Verkaufs der Villa losgingen, sollten wenigstens die Fenster sauber sein. Plötzlich klingelte es Sturm. Sie schaute auf den Monitor der Überwachungskamera und sah mindestens fünf Männer vor der Haustür stehen. Die großzügige Einfahrt zum Wacholderberg 7 war zugeparkt mit Limousinen. Käthe ängstigte sich und beschloss, das Klingeln zu ignorieren. Schrill ging die Alarmanlage los. Offensichtlich waren die Männer über den Zaun gestiegen. Ehe Frau Sebert die hintere Terrassentür schließen, die Notrufnummer wählen konnte, standen zwei Männer vor ihr und hielten ihr ein amtliches Schreiben unter die Nase. „Bitte beunruhigen Sie sich nicht und machen Sie uns die Haustür auf. Frau Lettermans ist benachrichtigt. Steuerfahndung Bad Homburg, mein Name ist Geisendörfer", stellte sich der ältere der beiden Männer vor. Käthchen hatte schon so manchen Sturm im Hause Lettermans erlebt. Doch dies war ihr wirklich zu viel! Sie begann lauthals zu schimpfen: „Klären Sie lieber den Mord an dem armen Herrn Lettermans auf und überhaupt, was ist das für ein Benehmen, einfach in die Villa einzudringen." Außerdem müsse sie nun endlich die Fenster putzen, die Herren sollten sofort verschwinden. „Es tut uns leid, Frau Sebert, wir warten auf Ihre Chefin, dann fangen wir an. Sie müssen uns so lange zum Auto begleiten." Widerwillig nahm die Haushälterin in einer der Limousinen der Steuerfahnder Platz. Sie schwieg zu allen Gesprächsversuchen. Wiederholte nur immer wieder zwei Sätze: „Lettermans sind anständige, nette Leute. Kümmern Sie sich lieber um die Verbrecher und klären Sie endlich den Mord auf!"

Frau Lettermans freute sich gerade am sechzehnten Loch, einem Par 3, über einen schönen Drive. Der Ball lag neben der Fahne. Zwei Männer kamen aus dem Gebüsch und hielten ihr Ausweise und ein amtliches Schreiben hin. Energisch, das Auftreten der beiden duldete keinen Widerspruch, wurde sie veranlasst ihr

Golfspiel abzubrechen und die Herren unverzüglich zu begleiten. Entsetzt, ihre Proteste blieben ihr im Hals stecken, las sie: „Steuerfahndung". Angekommen in Kronberg, konnte sie ihre Tränen nicht mehr zurückhalten. Wie durch einen Schleier sah sie fremde Männer kistenweise sämtliche Akten von ihrem Wolfi aus dem Haus schleppen. Die von Frau Sebert mühevoll gepackten Umzugskartons waren alle wieder geöffnet. Der junge Anwalt der Kanzlei Jacob & Partner stand mit professionellem Lächeln etwas abseits und verhandelte mit einem der Fahnder. Beim Anblick der weinenden Frau Lettermans wandte er sich höflich um und versuchte sie zu beruhigen. „Unsere Steuerfachanwälte werden alles in die Hand nehmen, machen Sie sich keine Sorgen. Da Sie nicht in die Geschäfte Ihres Mannes involviert sind, werden Sie nur die Steuern nachzahlen und ein Steuerstrafgeld entrichten", versuchte er sie zu trösten. „Alles Weitere besprechen wir morgen nach der Testamentseröffnung in unserer Kanzlei."

Der nächste Morgen versprach ein wunderschöner Frühlingstag in Frankfurt zu werden. In der Taunusanlage blühten die Krokusse und die Forsythien. Die Vögel zwitscherten lauter als sonst. Viele Jogger waren unterwegs. Bei den zur Arbeit hastenden Menschen konnte man ab und zu ein kleines Lächeln im Gesicht entdecken. Mutter und Tochter Lettermans entstiegen vor einem wunderschön restaurierten Patrizierhaus einer dunklen Limousine. Mit eisiger Miene, ein Versuch die gesamte unfassbare Situation nach außen zu beherrschen, betraten beide die Kanzlei ihres verstorbenen Freundes Bubi Jacob. Merkwürdigerweise saß Manuela Schwarz, attraktiv wie immer, aber kreideblass und übernächtigt, schon an dem dunklen, schweren Eichentisch im Besprechungszimmer. Gedanken an früher, an fröhliche Zeiten überwältigten Frau Lettermans. Sie vermisste Bubi so sehr. Die Klärung seines Flugzeugabsturzes stand noch aus. Es wurde ein Motorschaden vermutet. Während ihre Gedanken zwischen ihrem Wolfi und dem guten Freund Bubi hin- und herflogen, war die Sitzung bereits von den Anwälten eröffnet worden. Beim Verlesen der Formalitäten übermannten sie immer wieder Erinnerungen: Mit Wolfi und Bubi in Davos, in Bubis schönem Haus in Ascona, gemeinsame Zeit in Zürich und herrliche Urlaubstage in Marbella. Hatte sie sich gerade verhört? „Können Sie die letzten Sätze bitte wiederholen", bat sie den Anwalt. „Selbstverständlich, Frau Lettermans", „Frau Manuela Schwarz vermache ich das Haus in der Nassauer Straße in Wiesbaden, fünfhunderttausend Euro aus meinem Barvermögen, meine Goldmünzensammlung sowie meinen alten Mercedes SL, Jahrgang 1970." „Das ist nicht wahr!", schrie sie. Chiara musste sie stützen. Die Sitzung wurde unterbrochen. Man reichte ihr ein Glas Wasser …

Der Anwalt fuhr mit dem Verlesen des Testaments fort, seine Stimme klang mitleidsvoll und tröstend: „Das Vermögen Ihres Mannes beläuft sich auf einhundertzwanzig Millionen Euro, verteilt auf diverse Immobilien und Banken in aller Welt. Sie und Ihre Tochter erben den Rest zu gleichen Teilen." In sich zusammengesunken, alle Farbe war aus ihrem Gesicht gewichen, versuchte Frau Lettermans, den Worten des Notars zu folgen. Sie glitten an ihr vorbei. Wie benommen leistete sie Unterschrift auf Unterschrift. Als sie aufsah, war Manuela Schwarz verschwunden. „Wir kümmern uns um die Steuersache, erholen Sie sich erst mal!" Mit der professionellen, leicht übertriebenen Freundlichkeit, die Anwälte Klienten entgegenbringen, die hervorragenden Profit versprechen, wurden beide zum Auto geleitet. Zwei Tage später charterte Chiara in Neu-Isenburg einen Privatjet. Am Abend saßen sie auf ihrer Terrasse in Marbella. Was sie jetzt dringend brauchten, war Erholung. Insgeheim hoffte Chiara, Raoul wiedertreffen und ihn um Rat fragen zu können. Ein Anruf am späten Abend ließ beide nicht mehr an Schlaf und Erholung denken. Auf ihrem Heimweg zu Fuß von einem Konzert in der Alten Oper trafen mehrere, gezielte Schüsse Manuela Schwarz. Im Moment kämpfe man auf der Intensivstation des Universitätsklinikums um ihr Leben. Ihre Handtasche hatte man durchwühlt, Geld und Wertsachen achtlos auf den Bürgersteig geworfen. Die Wohnung war aufgebrochen und im heillosen Durcheinander hinterlassen worden. Die Täter hatten offensichtlich etwas Bestimmtes gesucht. Sie seien äußerst brutal vorgegangen. Der Tathergang ließe auf erfahrene Profis schließen, mutmaßte die Polizei.

Gemächlich ließ Carla ihren Wagen am Frankfurter Hauptbahnhof an einer Kreuzung – die Ampel stand auf Rot – ausrollen. Plötzlich fuhr der Wagen vor ihr rückwärts. Sie hupte. Das gewagte Manöver in einer Einbahnstraße erschien ihr vollkommen sinnlos. Sie beobachtete, wie der Fahrer des Wagens mit äußerst angespannter Miene versuchte, sein Auto um Millimeter an ihrem Wagen vorbei in eine Parklücke zu lenken. Nochmals drückte sie lang und intensiv auf die Hupe. Voller Schreck brüllte sie zusätzlich laut aus dem heruntergekurbelten Fenster: „Idiot!" Ein Kölner Kennzeichen blieb ihr in Erinnerung. Fünf Minuten später parkte Carla vor der Garage ihrer Freundin im Westend. In ihrer Lieblingspizzeria im Kettenhofweg fand das Treffen der Freundinnen statt. Es gab viel zu erzählen. Der ärgerliche Vorfall am Hauptbahnhof war bald vergessen. Am nächsten Morgen, es war spät geworden beim „Tratsch" beider Freundinnen, klingelte es heftig und unaufhörlich. Völlig verschlafen öffnete Carla im Bademantel die Haustür. „Sind Sie Carla Bergmann?" Erschrocken bejahte sie die Frage der Polizisten. Sie wiesen sich aus und hielten ihr ein amtliches Schreiben unter die Nase. „Wir müssen Sie leider mitnehmen wegen Fahrerflucht und dem Verdacht, eine kriminelle Vereinigung zu unterstützen." Carla wurde schwarz vor den Augen. Sie zitterte am ganzen Körper. Was lief hier schief? Ihr ganzes Leben hatte sie als korrekter, ehrlicher, gewissenhafter Bürger verbracht. Manchmal etwas kritisch, spontan und extrem wahrheitsliebend vielleicht, dies war aber nach ihrer Kenntnis nicht strafbar! Nun standen drei Polizisten, eine Polizistin und ein Kommissar vor ihrer

Tür. Mit einem Hausdurchsuchungsbefehl und dem amtlichen Auftrag, sie abzuholen. Carla würgte. Ihr war schlecht. Gleich würde sie aus diesem Alptraum erwachen … Eine Polizistin riss sie rau aus ihren Gedanken. Sie solle ein paar Sachen zusammenzupacken und sich ankleiden. Wie in Trance folgte Carla ihren Anweisungen. Zum ersten Mal in ihrem Leben saß sie anschließend in einem Polizeiauto. Ein Mann in Zivilkleidung stellte sich als Kommissar Kellner vor. „Wir haben einen Hausdurchsuchungsbefehl wegen Unterstützung einer kriminellen Vereinigung", teilte er ihr nüchtern mit. Dabei sah er sie forschend und durchdringend an. „Die Kollegen werden das übernehmen." Vom Auto aus konnte sie beobachten, wie die Polizisten mit entsicherten Pistolen von allen Seiten des Gartens auf ihr gemütliches, noch hell erleuchtetes Reinheimer Haus zuliefen. Es war wie im Freitagsabendkrimi. Nur saß sie in aller Frühe mit einem fremden Kommissar im Polizeiwagen. Die Tränen liefen in Strömen. Ansonsten hatte es Carla die Sprache verschlagen. Wie ausgeschaltet ihr Denken, sie war vor Schreck erstarrt. Die Mitteilung des Kommissars, es liege auch eine Anzeige wegen Fahrerflucht gegen sie vor, drang nicht zu ihr durch. Fassungslos starrte sie vom hinteren Sitz des Polizeiautos auf ihr Zuhause. In der Ferne konnte man wolkenverhangen die Veste Otzberg liegen sehen. Unverändert, trutzig, schutzgewährend, stand die alte Burg auf ihrer Anhöhe. Ruhig und beschaulich wie immer umgaben sie die grünen Hügel des Odenwalds. Ein paar Nachbarn hatten sich trotz der frühen Stunde tuschelnd am Straßenrand versammelt. Carla nahm es nicht war. Der Schreck der Ereignisse ließ sie völlig verstummen. Erst auf dem Revier, nachdem man ihr einen Kaffee angeboten hatte, war sie in der Lage, die persönlichen Daten anzugeben. Ihr Verstand versuchte die Vorwürfe zu realisieren. Es gelang nicht. Sie fühlte sich vollkommen unschuldig. Sie war freie Bürgerin eines freien Landes, des Rechtsstaates Deutschland. In Diskussionen hatte sie diese Position immer verteidigt: Natürlich gäbe es in unserer Republik Mängel. Eine Beurteilung könne jedoch nur im Vergleich mit anderen Ländern erfolgen. Dabei schneide Deutschland hervorragend ab. In Erinnerung daran begann Carla sich wieder sicherer zu fühlen. Ihr Schockzustand wurde abgelöst von der festen Überzeugung, die Angelegenheit werde bald erledigt sein. Ihre Unschuld würde sich in den nächsten Stunden herausstellen. Acht Tage später saß Carla noch immer in Untersuchungshaft. Wieder und wieder wurde sie verhört. Dieselben Fragen, dieselben Antworten. „Woher kennen Sie Antonio Paranese und seine Leute?“, ihre stereotype Antwort: „Ich kenne weder ihn noch seine Freunde, einmal war ich zu einer Party eingeladen. Sir Forster, Chef einer bekannten Kanzlei in London, hat die Einladung vermittelt und kann es bezeugen.“ „Wir werden Ihre Aussagen überprüfen!“, entgegnete der Kommissar. Offensichtlich hielt man Carla für schuldig. Langsam begriff sie den Ernst der Lage. Nur ein Anwalt konnte die Situation retten. Die bisherigen Verhöre hatten ungeheuer angestrengt. Vor

Aufregung fand sie keinen Schlaf. Das Essen im Untersuchungsgefängnis ließ sie unberührt stehen. Ausgelaugt, am Ende ihrer Kräfte, fühlte sie sich krank. Ihrem anfänglichen Selbstvertrauen, Glauben an den Rechtsstaat, ihrer Überzeugung, unschuldig wie sie war, sofort freizukommen, folgte eine tiefe Hoffnungslosigkeit, eine fürchterlich depressive Phase. Sie weinte, schrie, trommelte mit den Händen gegen die Zellentür und Wände. Ihre Finger waren bereits blutig. Auf Ansprache schwieg sie mit leerer Miene. Gespräche waren nicht möglich. Ein Arzt kümmerte sich um sie, gab ihr eine beruhigende Spritze und versorgte sie mit entsprechenden Tabletten. Als Folge der Tabletteneinnahme übermannte Carla tiefe Gleichgültigkeit. Ein Tag verging wie der andere. Sie zählte sie nicht mehr. Apathisch ertrug sie den Gefängnisalltag, nur unterbrochen von Gesprächen mit ihrem Anwalt. Aus der Erinnerung versuchte sie ihm jede Einzelheit der Party in Marbella zu schildern. Eines Tages fragte er, was in den Briefen gestanden hätte, die sie zur Kanzlei Jacob & Partner transportiert hätte. „Keine Ahnung", antwortete Carla, „die waren versiegelt und außerdem lese ich die Post fremder Leute nicht." „Man nimmt aber auch keine Briefe und Päckchen fremder Leute mit", mahnte der Anwalt. Die spezielle Situation damals hatte Carla ihm schon x-mal erklärt. Auf Grund der tollen Partyeinladung wollte sie sich gegenüber Sir Forster erkenntlich zeigen.

Die Adresse auf den Briefen: Jacob & Partner, eines der bekannten Notariate in Frankfurt, bürge für

Anstand und Solidität. So zumindest ihre Annahme. Anwalt Petri äußerte sich nicht zu dieser Darstellung. Emotionslos, rein sachlich übermittelte er die schockierende Nachricht: „Ihr Partygastgeber, Antonio Paranese, ist flüchtig. Er wird wegen Waffenhandel, Drogenschmuggel, Geldwäsche und diverser Steuervergehen mit internationalem Haftbefehl gesucht. Besonders die USA hätten Interesse daran, ihn festzunehmen." „Und Aurelia, seine Frau?", wandte Carla ein. „Sie hat einen Selbstmordversuch begangen, liegt vorläufig im Costa del Sol Krankenhaus von Marbella." Tiefe Erschütterung ließ Carla erschaudern. Der Boden ihrer kleinen Zelle schien zu schwanken. Erinnerungen an die wunderschöne Party mit dem traumhaften Ambiente standen plötzlich vor ihr: der riesige Park, die schlossartige Villa, das Feuerwerk. Die High Society von Marbella feierte, ebenso Industrielle, Anwälte, Banker, Milliardäre und Künstler aus aller Welt. Teilweise kannte sie die Gesichter aus der Yellow Press. Paranese war ihr vom flüchtigen Eindruck der Begrüßung nicht sonderlich sympathisch gewesen, aber ein international gesuchter Verbrecher? Carla verstand die Welt nicht mehr, geschweige irgendwelche Zusammenhänge. Und vor allem, was dies alles mit ihr zu tun haben könnte … Nur, dass sie vollkommen unschuldig in U-Haft saß … Ihr Anwalt holte sie mit klaren, deutlichen Fragen in die Wirklichkeit zurück. „Carla, jedes Detail ist wichtig, bitte denken Sie genau nach!" Eine Szene war deutlich im Gedächtnis geblieben, das Fotoverbot und der Rausschmiss der

Fotografen. Das sympathische Gesicht von Raoul Engelmann, später vermisste sie ihn auf dem Fest. Aurelia und Frau Lettermans, die Bankersfrau, sah sie deutlich vor sich. Charme, nette, freundliche Art der Damen blieben unvergessen, fest und positiv ihrer Erinnerung eingeprägt. Diese Fakten konnten allerdings wenig zu ihrer Entlastung beitragen. Anwalt Petri versprach, sich sofort mit Sir Forster in Verbindung zu setzen. Bubi Jacob, Briefempfänger, war mit dem Flugzeug abgestürzt, Aufklärung von dieser Seite nicht zu erwarten. Die Verbindung Carlas zu Antonio Paranese und seinen Partygästen beruhte auf einem Zufall. Carla hatte der Einladung Sir Forsters vertrauensvoll Folge geleistet. Beweise, die diese Tatsache belegten, mussten gefunden werden. Kommissar Kellner fragte immer wieder nach ihren finanziellen Verhältnissen. Ihr Lebensstil sei gemessen an ihren Vermögensverhältnissen doch recht aufwändig. Man frage sich, wie Carla Haus, Sportwagen und vor allem die vielen Reisen finanziere. Ihre häufigen Reisen nach Zürich, Besuche bei diversen Banken, würden den Verdacht nahelegen, Carla hätte kleinere „Nebentätigkeiten" ausgeführt. Demnach schien sich Kellners Vermutung zu bestätigen, sie gehöre dem Kreis um Antonio Paranese an.

Einige Tage später erhielt Carla unerwarteten Besuch, Bobby Busker. Wie hatte er von ihrem Missgeschick erfahren? Sie weinte vor Rührung und Freude. Keiner ihrer vielen Bekannten und Freunde hatte sich bisher blicken lassen. Und jetzt Bobby … nach all den Jahren. Aus dem schlanken, sportlichen Bobby, mit dem sie lustige Zeiten am La Jolla Beach in San Diego verbracht hatte, war ein ernster, düster blickender, immer noch gut durchtrainierter Mann geworden. Er trug eine randlose Brille, sein Kopf war fast kahl geschoren. Irgendwie hatte seine Erscheinung etwas Militärisches. Nun stand er vor ihr, betrachtete sie forschend mit einem freundlichen Lächeln. Es entstand eine peinliche Pause. Carla schämte sich, ein Wiedersehen mit Bobby unter diesen Umständen. „Hi", sagte er, „was machst du Sachen?" Sein Deutsch war etwas besser geworden seit damals. Sie vermied es, über ihre momentane Situation zu reden, und fragte ihn nach seiner Familie.

Alles Mögliche wurde besprochen. Eine angeregte Unterhaltung entwickelte sich, als säßen sie im Café um die Ecke. Zum Schluss sagte Bobby merkwürdigerweise: „Vielleicht, ich dir kann helfen!" „Wie nett von ihm", dachte Carla. Er wollte trösten und ihr Hoffnung machen. Die Gesprächszeit war zur Ende. Mit dem Satz: „Bye Dear, werde kommen wieder!", verließ er den Gesprächsraum des Untersuchungsgefängnisses. Die Nachrichten, die Anwalt Petri mitbrachte, waren deprimierend. Sir Forster war bei der Einreise in New York wegen eines schweren Zollvergehens festgenommen worden. Seine Frau habe sich die besten Anwälte genommen und versuche ihn gegen Kaution frei zu bekommen. Da er Engländer sei, bestehe Fluchtgefahr, eventuell solle er seinen Prozess in einer New Yorker Wohnung unter polizeilicher Aufsicht abwarten. Zu Briefen geschäftlicher Art könne sie sich nicht äußern. Sie habe keine Ahnung. Ihr Mann habe andere Sorgen.

Eine Befragung sei zurzeit nicht möglich. Erneut eine Hiobsbotschaft für Carla. Sir Forster war der Einzige, der alles lückenlos bezeugen konnte. Ihre Hoffnung auf Entlassung aus der U-Haft schwand. Ihre Gesundheit verschlechterte sich von Tag zu Tag. Essen und Schlafen waren trotz ärztlicher Versorgung und Medikation kaum mehr möglich. Selbstmord erschien in ihrer Verzweiflung eine Lösung. Gedanken an Freitod beherrschten sie. Zu allem kam noch hinzu: Frau Paranese, Aurelia, hatte bei ihrer Vernehmung im Krankenhaus angegeben, Carla habe sich bei einem Bootsausflug mit der Al Efzar vom „Marbella Club Hotel" zum alten Jachthafen und zurück unter den Gästen befunden. Es stimmte, ein reiner Ladies-Ausflug, ein Nachmittag mit einem köstlichen Essen, Tratsch und viel Champagner. Sie hatte diesem Ereignis keine Bedeutung beigemessen und in der Vernehmung nicht für erwähnenswert gehalten. Kommissar Kellner sah dies völlig anders. Es zeige klar, sie hätte nähere Kontakte zur Familie Paranese. Anwalt Jackie Petri reagierte wütend. „Wie konnten Sie das verschweigen, Carla?" Er war richtig sauer. Irgendwie machte sie alles verkehrt. Alle Umstände wandten sich gegen ihre Person. Müde betrachtete sie die Zellenwände. Ihr Körper wurde von Weinkrämpfen geschüttelt. Trockene Tränen. Es war keine Tränenflüssigkeit mehr vorhanden. Zu viel hatte sie geweint und geschrien. „Bitte erklären Sie mir ihre jährlichen Reisen nach Zürich", forderte Kommissar Kellner sie auf. Das ließ sich rasch aufklären. Die Beweise hierfür lagen im Tresor einer Bank in der Bahnhofstrasse in Zürich. Es würde nicht leicht werden für Anwalt Jackie Petri, sich ohne Carla Zugang zu den Tiefen ihres Schweizer Safes zu verschaffen. Vierzehn Tage waren vergangen. Wegen Fluchtgefahr hielt man sie nach wie vor in Untersuchungshaft fest. Die Lage schien hoffnungslos. Offensichtlich war Carla für die Polizei das einzige Bindeglied zur „Familia Paranese", dessen sie habhaft werden konnten. Ihre Zeugen, auf die sie gesetzt hatte, fielen sämtlich aus. Es ließ sich nicht abschätzen, wann Sir Forster der Prozess gemacht würde und ob er überhaupt eine Chance auf Freispruch hatte. In jedem Fall wollte ihr Anwalt Kontakt zu den amerikanischen Kollegen aufnehmen. Vielleicht würde man Auskunft erhalten bezüglich der Briefe und ihrer Anwesenheit auf der Paranese-Party. Ein vager Hoffnungsschimmer im Grau der letzten Tage, mit einem kleinen Lächeln verabschiedete Carla Jackie Petri. Besuch kündigte sich an, immer etwas Erfreuliches im trägen Ablauf des Gefängnisalltages. Raoul, frisch, braungebrannt, strahlend, Zuversicht und Hoffnung ausströmend, stand er da. „Hier haben Sie Zeit, Ihr Bridge zu verbessern, Carla", scherzte er. Der harmlose Scherz wirkte irgendwie befreiend. Plötzlich war sie wieder in der Lage zu erzählen. Partydetails fielen ihr ein. Sie redete und redete wie ein Wasserfall. Es war, als ob ihre Seele einen Befreiungsschlag ausführte. Nachdem Carla ihm alles, aber auch alles, was sie wusste, berichtet hatte, ging es ihr wesentlich besser.

Raoul hörte interessiert zu. Am Ende ihrer Erzählungen sagte er nur: „Carla, gedulden Sie sich noch ein wenig, Sie werden bald freikommen. Bitte seien Sie vorsichtig mit Bobby Busker, erzählen Sie ihm nur das Nötigste!" Mit dieser Mahnung verließ Raoul Carla. Erstmals seit sie einsaß, fasste sie wieder Mut, ihr Kampfgeist erwachte. Sie war unbescholtene Bürgerin eines freien Landes, eines Rechtsstaates! Es war nichts Ungesetzliches, Verbotenes, eine Party zu besuchen. Was sollte sie, Carla Bergmann, wohnhaft im Odenwald, mit den mafiösen Strukturen italienischer Familien und Kreise, die offensichtlich weltweit arbeiteten, zu tun haben?

Der Wiederaufbau der IWI-Werke in Henningstedt erfolgte reibungslos und mit großer Eile. Die amerikanische Firma erledigte die Aufräumarbeiten mit Schnelligkeit, dabei aber äußerst professionell. Der Standort der riesigen Anlage wurde stark verkleinert wieder errichtet. Die Belegschaft sollte um zweitausendfünfhundert Mitarbeiter verringert werden. Der ehemalige Vorstandsvorsitzende Thorsten Walter war nach Veröffentlichung seiner privaten Neigungen aus gesundheitlichen Gründen zurückgetreten. Eine großzügige Abfindung erleichterte diesen Schritt. Die polizeilichen Ermittlungen führten zur Verurteilung der beiden Syrer und des Nigerianers. Eventuelle Hintermänner des terroristischen Anschlags blieben im Dunkeln. Für die minutiöse Planung und Ausführung musste es noch mehr Verantwortliche geben. Von den drei Angeklagten waren keine Hinweise zu erhalten. Immer mal wieder wurden Zweifel zur Beweisführung im Gerichtsverfahren und zur publizierten Schilderung des Anschlagherganges laut. Journalisten der örtlichen Zeitungen schrieben kritische Artikel zur Ermittlungsarbeit der Polizei. Vermutungen, Wirtschaftskriminalität sowie das organisierte Verbrechen aus dem italienischen Mafiamilieu habe die Hände im Spiel, wurden geäußert. Niemand interessierte sich wirklich für die „Verschwörungstheorien" in der Presse. Bald wurde der schlimmste Anschlag in der Nachkriegsgeschichte Deutschlands von neuen Nachrichten verdrängt. Die Menschen begannen zu vergessen und gingen zur Tagesordnung über. Am Ende schwiegen Zweifler und Kritiker.

Langsam kehrte in Henningstedt Normalität ein. Die Übernahme der traditionsreichen IWI-Werke durch die Havaria-Chemie war leise, konsequent und ohne Aufhebens vollzogen worden. Der neue Arbeitgeber zeigte sich anfangs äußerst spendabel gegenüber der kleinen Gemeinde. Der größte Teil der Arbeitsplätze blieb zumindest vorläufig erhalten. Der Rest der Belegschaft wurde abgefunden und mit Aussicht auf Übernahme an anderen Standorten vertröstet.

Raoul wohnte in einem kleinen Hotel in Jaffa, im arabischen Teil von Tel Aviv. Er liebte das bunte Treiben dort und zog es der sterilen Atmosphäre im modernen Teil der Stadt vor. Deutschland und Südspanien waren Heimat für ihn, weil seine Eltern und viele Freunde dort wohnten. Gegenüber Israel fühlte er tiefe Liebe und Verbundenheit. Endlich gab es einen kulturellen und sprachlichen Mittelpunkt für die in aller Welt verstreuten Juden. Eine Heimat für diejenigen, die es vorzogen, sich unmittelbar in ihrem kleinen „Streifchen Land" anzusiedeln. Es war ein offenes, herzliches, feierfreudiges Land. Wie in Spanien ging man in den Städten bis in die frühen Morgenstunden aus. Eine Überlebensfrage stellte es für Israel dar, sich nach außen mächtig, kompromisslos und hart zu zeigen. Für Außenstehende blieb diese Politik oft unverständlich. Auch die Jugend, polyglott, lebhaft und aufgeschlossen, zeigte wenig Sinn für das Motto der Alten: „Nur der Mächtige und Starke überlebt!". Man träumte vom Miteinander zweier gleichberechtigter Staaten: Israel und Palästina. Unter den Intellektuellen bestanden bereits recht gute Kontakte und Verbindungen zwischen den Volksgruppen. Anschläge von palästinensischen Fanatikern machten die Bestrebungen des friedlichen Miteinanders immer wieder zunichte. Der Staat Israel schlug mit aller Härte zurück. Leidtragende waren wie immer in solchen politischen Dauerkonflikten die unmittelbar Betroffenen, die Menschen, die dort lebten. Im Gegensatz zu seinen Eltern, die Deutschland den rauen Lebensbedingungen in Israel vorzogen, fuhr Raoul, so häufig er konnte, nach Tel Aviv. Er folgte seinem Herzen. Aus vielerlei Gründen hielt er die Reisen geheim. Seine strenge Offiziersausbildung verpflichtete ihn zusätzlich, im Dienste seines Landes zu agieren. Sein ehemaliger Vorgesetzter David hatte ihn zum Gespräch ins Hotel „Dan" gebeten. Raouls Talent, Kontakte zu pflegen, sein Charme, seine Durchsetzungskraft ließen ihn Freunde in der ganzen Welt gewinnen. Der Staat Israel wusste sich diese Begabung zunutze zu machen. Überall, wo es galt, wichtige, politische Trends zu verfolgen, wesentliche Informationen zu ermitteln, wurde Raoul mit bestem Erfolg eingesetzt. In den USA verhalfen ihm vor allem sein einstelliges Golfhandicup und sein ausgezeichnetes Bridgespiel zum Eintritt in entsprechende Kreise. Er war gern gesehener Gast der internationalen Gesellschaft, der „High Society". Raoul sah die Sache spielerisch mit den Augen der Jugend. Mit Ausübung seiner Hobbys machte er interessante Bekanntschaften, gleichzeitig half und diente er seinem Land, indem er ein paar Informationen weitergab. Seinen größten und besten Coup, so sahen es seine Vorgesetzten, bildete die enge Freundschaft mit Antonio Paranese. Dessen Geschäfte, Kontakte, Pläne, der weltweite Handel mit Waffen, waren auf diese Weise den Israelis bis ins Detail bekannt. Völlig unerwartet und überraschend hatte sich Antonio Paranese abgesetzt. Er war einfach verschwunden …

In den USA hatte man Aktivitäten des Mossad festgestellt. Ein Berater in nächster Nähe des Präsidenten war als Angehöriger des israelischen Geheimdienstes aufgeflogen. Ein absolutes No-Go zwischen verbündeten Staaten. Die Amerikaner waren äußerst verstimmt. Während man in den meisten Ländern Intellektuellen mit Misstrauen begegnete, brachte der Staat Israel ihnen hohen Respekt entgegen. Erfolgreich nutzte man die Intelligenzija zum Wohle des Landes und für geheimdienstliche Tätigkeiten. Mit Neid blickte die CIA auf den Mossad, der sensationelle Erfolgsquoten in seiner Arbeit aufwies. Die CIA, zu groß, zu bürokratisch, hatte Mühe, mit den geschickten, hoch motivierten, in vielen Sprachen und vor Ort tätigen Mossad-Agenten Schritt zu halten. Die Weltmacht USA musste zähneknirschend zuschauen, das kleine Land Israel lief ihr bezüglich Erfolgsquote in geheimdienstlicher Arbeit den Rang ab. Es zeigte keine Hemmungen, die CIA zu überlisten und sich beim befreundeten Partner USA an entsprechend brisanten Stellen einzuklinken.

Raoul hörte seinem ehemaligen Vorgesetzten aus der Militärzeit aufmerksam zu. David ließ sich nicht genau über seine Tätigkeit beim Mossad aus. Offensichtlich gehörte er oberen Entscheidungsgremien an. Er verfügte über beste Kontakte und war ohne weitere Nachfragen stets in der Lage, Raoul mit allen erdenklichen Vollmachten und Finanzmitteln auszustatten. Meist nutzten sie für ihre Treffen sein Büro in Wien. Heute saßen sie im Foyer, in einem abgetrennten, geschützten Teil des gemütlichen, altehrwürdigen Hotel „Dan". Raoul machte sich Notizen. Details seiner Tätigkeiten wurden vorgegeben. Er hatte die Angewohnheit, seine Aufzeichnungen im Anschluss nochmals genauestens zu studieren. Danach warf er die Zettelchen in die Toilette. Alles war in seinem Kopf abgespeichert. Sein junges, bridgetrainiertes Gehirn verfügte über ein ausgezeichnetes Gedächtnis. David nippte an seinem Glas und fuhr fort: „Aurelia muss beschattet werden. Ihr Mann wird Kontakt zu ihr aufnehmen. Wir müssen seinen Aufenthaltsort herausfinden. Wir wollen ihn lebend. Er allein kann die weltweite Vernetzung seiner kriminellen Aktivitäten entwirren und aufklären. Höchste Geheimhaltung und Diskretion ist erforderlich, da CIA und andere Dienste ebenfalls hinter ihm her sind." David musterte Raoul nachdenklich. „Es ist keine leichte Aufgabe, Raoul, es könnte zu Verwicklungen kommen. Unsere Gegner sind schlau und hochgefährlich! Vorerst werden Sie allein arbeiten, zum entsprechenden Zeitpunkt werden Sie Unterstützung erhalten." Raoul war bei der Erwähnung von Aurelias Namen zusammengezuckt. „Aurelia hat überhaupt nichts, rein gar nichts mit der Arbeit ihres Mannes zu tun. Sie weiß nichts und kennt sich in seinen Geschäften in keiner Weise aus!" „Umso besser", entgegnete David, „ziehen Sie Aurelia auf Ihre Seite, wie auch immer", dabei lächelte er Raoul vielsagend an. „Finden Sie am besten gemeinsam heraus, wo er ist, was er treibt und wie wir an ihn herankommen. Sie machen einen Krankenbesuch bei ihr in Marbella. Alles Weitere überlasse ich Ihnen und Ihrer Kreativität." Raoul wurde es abwechselnd heiß und kalt. Er war bei diesen Anweisungen kreidebleich geworden. Seine bisherigen Aufgaben, Weitergabe von Informationen, bildeten eine mehr oder weniger angenehme Nebentätigkeit. Jetzt sollte er einen Menschen bespitzeln und überwachen, ausgerechnet die schöne, sanftmütige, großherzige Aurelia. Insgeheim hegte er eine schwärmerische Verehrung für sie. „Das ist ein Befehl von ganz oben!", beendete David das Gespräch. „Wir sehen uns in Wien zur Besprechung wieder. Sie werden auf dem üblichem Weg verständigt." Sprach's, stand auf und ging. Diese Nacht saß Raoul auf der Terrasse seines kleinen Hotels in Jaffa und grübelte. Die Sache mit Carla musste geklärt werden. Sie war ebenfalls unschuldig zwischen die „Fronten" geraten. Ahnungslos, freundlich und hilfsbereit, benutzte man sie gezielt zum Transport der Briefe. Nur vor diesem Hintergrund war die Einladung zur Party erfolgt. Eine unbescholtene, deutsche Bürgerin, die 15–20-mal im Jahr die Strecke Frankfurt-Málaga flog. Eine perfekte Tarnung. Niemand würde bei ihr brisante Nachrichten vermuten. In ihrer absoluten Ahnungslosigkeit und Naivität schien Carla für den „Job" hervorragend geeignet.

Und Aurelia … Sein Herz tat ihm weh … Er durfte nicht über seine neue Aufgabe nachdenken. Früher hatte er sich die Nächte in Tel Aviv mit Disco- und Barbesuchen um die Ohren geschlagen. Heute war ihm nicht nach Ausgehen zu Mute. Raoul ertränkte Trauer und Kummer mit einer Flasche Whisky. Von seiner Terrasse aus beobachtete er das bunte Treiben in Jaffa. Bald verschwammen die Personen und Autos in den Straßen unter einem Alkoholschleier. Er schlief unruhig ein. Von Alpträumen geplagt, hörte er Davids Stimme: „Befehl ist Befehl!" Das Gesicht

Aurelias erschien immer wieder dicht vor ihm. Er griff nach ihr und sie verschwand. Schweißgebadet wachte er am nächsten Morgen auf. Gerade noch erwischte er die El-Al-Maschine nach Frankfurt. Der Weiterflug nach Málaga war am nächsten Tag mit LH 1150 um 13.25 Uhr für ihn gebucht. Am liebsten hätte er sich erst mal wie ein kleiner Junge von seiner Mama herzen und drücken lassen. Ein paar Tage im Frankfurter Westend-Zuhause hätten ihm jetzt gutgetan. Er hatte einen Auftrag, es gab kein Ausweichen oder Hinauszögern. Noch nie war Raoul so ungern und schweren Herzens nach Málaga geflogen.

Aurelia lag in einem der schönsten Krankenzimmer im dritten Stock der Costa del Sol Klinik in Marbella. Ihr Mann und einige der saudischen Prinzen hatten den Bau der Klinik durch großzügige Spenden unterstützt. Ihre Eltern waren aus Italien gekommen. Sie überschütteten Aurelia mit ihrer Fürsorge. Das Klinikpersonal gab sich alle Mühe, die prominente Patientin zufriedenzustellen. Die anfänglichen Fragen nach ihrem Mann gab man nach einer Weile taktvollerweise auf. Doch der Stachel der Enttäuschung saß tief in Aurelias Herz. Ihr über alles geliebter Antonio war einfach ohne jede Nachricht aus ihrem Leben verschwunden. Sie konnte es nicht fassen. Sein Jet stand unbewegt am Flughafen von Málaga. Die Al Efzar war, wie man ihr mitteilte, einige Tage auf See gewesen. Nun lag sie wieder wie immer still und majestätisch im Hafen von Puerto Banús. Aurelia hatte durch ihre Eltern die Mannschaft der Jacht befragen lassen. Es war keine Auskunft zu bekommen. Keiner der Stewards, die sie flüchtig gekannt hatte, arbeitete mehr an Bord. Mannschaft und Kapitän waren komplett ausgewechselt worden. Außer dem Kapitän, einem Neuseeländer, waren alle Filipinos. Der Kapitän erklärte, seinen Sold erhalte er von einer griechischen Reederei. Er kenne keinen Mr. Paranese. Die Filipinos verstanden außer ein paar Brocken Englisch kein Wort. Über Mobiltelefon oder E-Mail war keine Nachricht von Antonio eingetroffen. Aurelia checkte beides stündlich Tag und Nacht. Dank der liebevollen Pflege ihrer Eltern erholte sie sich nach und nach, und es ging ihr zusehends besser. Ihre Erinnerung an den schrecklichen Abend kam langsam wieder. Sie hatte wie jede Nacht ihren Manzanilla mit ein paar Schlaftabletten getrunken. Sie litt schon lange unter Schlafstörungen. Die Ärzte im Krankenhaus erzählten ihr, sie sei mit mehreren leeren Tablettenröhrchen auf dem Nachttisch gefunden worden. Nur ein sofortiges Auspumpen des Magens habe ihr das Leben gerettet. Zufälligerweise habe María José, die Haushälterin, die etwas vergessen hatte, in den oberen Räumen den Fernseher überlaut gehört. Auf ihr Rufen habe niemand reagiert. So habe sie nochmals nach Aurelia geschaut und sie in letzter Minute gefunden. Aurelias Erinnerungen stimmten nicht mit den Schilderungen von María José und denen der Notärzte überein. Man beruhigte sie in der Klinik. Dies sei völlig normal, die Psyche reagiere nach so einer Tat mit Verdrängung. Tabletten gegen Depression und zur Beruhigung verhinderten, dass sich Aurelia weitere

Gedanken um jenen Abend machte. Sie war beschäftigt mit der Wiederherstellung ihrer Gesundheit. Ihre Eltern halfen ihr in rührender Weise. Nur Antonio, warum in aller Welt meldete er sich nicht? Antonio, ihr Mann, ihr Lebensmittelpunkt, die Ehe mit ihm erfüllte ihr Leben. Sie machte sich große Sorgen. Es musste ihm etwas zugestoßen sein. Sie ahnte, es könne mit seinen weltweiten Geschäften zusammenhängen. Er hatte es immer abgelehnt, mit ihr über seine geschäftlichen Aktionen zu sprechen. „Das ist nichts für dich, Vögelchen", waren seine Worte. So kam es, dass sie nicht die leiseste Ahnung hatte, wo sie mit ihrer Suche nach ihm anfangen sollte. Sämtliche Freunde in Marbella und die ihr sonst noch einfielen, hatte sie schon befragt. Keiner wusste etwas. Alle waren über sein Verschwinden geschockt. Niemand konnte es sich erklären. In einem war Aurelia sicher, keinesfalls würde sie alleine in die riesige Villa in der Sierra Blanca zurückkehren. Trotz ihrer Angestellten erschien ihr das große Anwesen kalt und unheimlich, unvorstellbar, dort ohne Antonio zu leben. Nach sechs Wochen Klinikaufenthalt stand sie vor der Entscheidung, eventuell ihr schönes Zuhause zu verlassen. Ihre Eltern drängten sie, mit ihnen nach Italien zu gehen. Sie zögerte … Was, wenn Antonio sich meldete? Nein, sie würde in Marbella bleiben. Es musste eine Lösung geben. Nachdenklich, tief in Gedanken versunken, starrte sie auf ihre Bettdecke. Gedankenverloren fiel ihr Blick auf die Tür des Krankenzimmers. Sie öffnete sich, ein riesiger Blumenstrauß tauchte auf. Lachend stand Raoul mit einem prächtigen Blumenbouquet vor ihr. Er verschwand fast dahinter. Sein Lachen war ansteckend, sie errötete wie ein Schulmädchen. Raoul umarmte sie herzlich. Sie genoss es, sich an ihn zu schmiegen, ein Gefühl totaler Entspannung überkam sie. Die Tränen flossen, sie schämte sich nicht. Aurelia schüttete ihm ihr Herz aus. Sie erzählte alles in allen Einzelheiten, von ihrem angeblichen Selbstmord, dem Abend, an dem ihre Erinnerung vollkommen von den Schilderungen der Ärzte divergierte. Vom Verschwinden Antonios. Wo war er? Warum meldete er sich nicht? Raoul hörte aufmerksam zu. Zwei Dinge prägten sich ihm besonders ein: Die Tatsache, dass Aurelia nach ihrer Ansicht gar keinen Selbstmordversuch begangen hatte. Er glaubte Aurelias Version. Das aber hieß, sie war in Gefahr! Das Weitere, was ihm auffiel: Antonios Jet stand noch am Flughafen. Die Al Efzar hingegen war einige Tage aus dem Jachthafen verschwunden, die Mannschaft inzwischen ausgewechselt. Alles sprach für eine Flucht Antonios über den Seeweg. Aurelia sah ihn mit ihren verweinten Augen forschend an. Raoul beschloss, ihr nicht alles zu erzählen. Sie war noch zu krank und zu schwach, um die volle Wahrheit zu verkraften. Außerdem war er sicher, sie würde ihn als Lügner bezeichnen, ihm die Geschichte über die kriminellen Machenschaften ihres Mannes gar nicht abnehmen. Antonio, weltweit per internationalem Haftbefehl gesucht, niemals, Aurelia würde es nicht glauben. Sie liebte und verehrte ihren Mann. Raoul überkam Mitleid, Mitgefühl, sein Herz klopfte wie wild. Er musste dagegen ankämpfen, Aurelia fest in seine Arme zu nehmen, zu küssen und sie zu beschützen. Denn Schutz brauchte sie jetzt, da war er sicher. Was war los mit ihm? Hin- und hergerissen zwischen zwiespältigen Gefühlen, gab er sich einen inneren Ruck. Er hatte einen Auftrag zu erfüllen. Er musste einen Befehl ausführen. In erster Linie hatte er seinem Land zu dienen! Diese Verpflichtung war er freiwillig eingegangen. In seinem jungen Leben brachte dieser Dienst ihm viele Vorteile. Erstmals befand er sich in einer Konfliktsituation. Sein Entschluss stand fest, pragmatisch vorzugehen und die Dinge an sich herankommen zu lassen. Tiefere Gefühle gegenüber Aurelia musste er im Zaum halten. Sie war eine verheiratete Frau, dazu mit einem der zurzeit meistgesuchten Verbrecher liiert. „Stopp!", befahl er sich selbst. Er merkte, es fiel ihm schwer, Aurelia direkt in die Augen zu sehen. Diese großen, tiefschwarzen, warmherzigen Augen hatten ihn schon immer fasziniert. Alle fanden Aurelia schön und sexy. Ihre Superfigur, ihr überschäumendes, italienisches Temperament, fesselte die meisten Männer. Das war es nicht, was ihn anzog. Es gab viele schöne, sexy Frauen auf der Welt. Auf diesem Gebiet hatte Raoul seine Erfahrungen und kannte sich aus. Aurelia rief in ihm etwas hervor, was er tief in seinem Innersten verbarg. Sie berührte sein Herz, seine Seele. Wie sie jetzt traurig, krank und blass, die dunklen Augen von tiefen Schatten umrändert, vor ihm saß, plagte ihn wieder das Bedürfnis, sie spontan zu umarmen und zu küssen. Er riss sich aus seinen träumerischen Gedanken, sein Auftrag hatte Vorrang. Es war ihm ausdrücklich untersagt, Gefühle, nähere Kontakte zu seinen „Zielpersonen" zu entwickeln. Nur wenn es der „Sache" dienlich war. Ruhig und freundlich ging er daher auf ihre Erzählungen ein, versprach Hilfe bei der Suche nach ihrem Mann. Als vorübergehende Wohnlösung schlug er sein Apartment an der „Goldenen Meile" in Marbella vor. Im Ferienhaus seiner Eltern, im Stadtteil Nueva Andalucia, stehe ihm sein ehemaliges Kinderzimmer sowie das Gästehaus im hinteren Teil des großen Gartens jederzeit zur Verfügung. Aurelia lebte auf. Die Aussicht, in Raouls Penthouse am Meer einzuziehen, ihn als Berater und Freund zur Seite zu haben, beflügelte sie. Raoul blieben nur wenige Tage Zeit, seine Wohnung mit allen Finessen der Abhörtechnik auszustatten. Ein entsprechendes Softwareprogramm war bereits eingerichtet. Alle Kontakte nach außen per Internet, was immer, wurden überwacht. Telefonanschluss und Mobilfon waren angezapft. Kameras zeichneten jede Bewegung auf. Per GPS wurden Fahrten mit dem Auto überwacht. „Auftrag geht okay", gab er David durch. Dabei fühlte er sich mies und schlecht. Jedoch musste er David zustimmen, nur über Aurelia gab es eine Chance, an Paranese heranzukommen. Sie vertraute ihm völlig und freute sich wie ein Kind über die wunderbare Aussicht von der Penthouse-Terrasse auf Meer und Berge. Die treue María José half Aurelia, sich häuslich in Raouls Wohnung einzurichten. Raoul schärfte beiden ein, sämtliche Riegel der Eingangstür verschlossen zu halten, außerdem nachts die Terrassentüren zu schließen. Hier protestierte Aurelia, sie schlafe immer bei offenen Fenstern und Balkontüren. Es sei ja wohl unmöglich, über die Terrasse des im sechsten Stock gelegenen Apartments einzusteigen. Schließlich fügte sie sich Raouls Anweisungen. Sie war krank vor Sehnsucht und Einsamkeit. Von Antonio gab es nach wie vor kein Lebenszeichen. Sie liebte Raoul wie einen Bruder. In letzter Zeit verhielt er sich, wie sie fand, merkwürdig reserviert. Sie sahen sich kaum. Manchmal war Raoul in der Wohnung, wenn sie vom Einkaufen kam. Er entschuldigte sich, er müsse ein paar Sachen holen. Der gewohnte, offene, herzliche Umgang miteinander blieb aus. Aurelia spürte die unsichtbare Mauer zwischen ihnen. Eine Erklärung hierfür fand sie nicht. Weiterhin checkte sie alle Stunde ihre Mails, SMS und Anrufbeantworter. Eine Nachricht von Antonio war nicht dabei. Beim Einkauf im Supermarkt fühlte sie plötzlich einen kräftigen Stoß in ihre linke Seite. Sie fiel hin. Ein Mann fing sie auf, zerrte sie hinter einen großen Stand mit Konservenbüchsen. „Nicht schreien", flüsterte er, „eine Nachricht von Antonio, es geht ihm gut. Er umarmt sie. Sie werden von ihm hören." Bevor Aurelia sich von ihrem Schrecken erholt hatte, war der Mann verschwunden. Sie rieb sich die Augen. Nein, sie hatte nicht geträumt. Ihr Knie schmerzte. Sie zahlte ihre Einkäufe und fuhr auf direktem Wege nach Hause. Sofort checkte sie Mails, Post und Telefonnachrichten. Kein Zeichen von Antonio! Das Geschehene beschäftigte sie, wäh-

94

rend sie sich einen Campari-Orange mixte. Ihre Eltern und Raoul mussten informiert und um Rat gefragt werden. Am nächsten Morgen kam Raoul vorbei. Sie plauderten wie gute Bekannte. Ihre Mutter rief wie jeden Tag an. Aurelia erzählte wie immer ihren Tagesablauf. Merkwürdigerweise, sie wusste selbst nicht warum, verschwieg sie die Ereignisse im Supermarkt.

Chiara freute sich. Ihre einzige Abwechslung zurzeit waren die morgendlichen Golfrunden mit Raoul. Ihre Mutter stand noch immer unter Schock. Gemeinsame Unternehmungen waren nicht möglich. Raoul spielte unkonzentriert, seine Gedanken waren offensichtlich woanders. Er berichtete über einen wichtigen Auftrag für eine Firma in Málaga, der ihn völlig in Anspruch nahm. Chiara beobachtete ihn, seine Nervosität war auffallend und ungewöhnlich. Sie fragte nicht weiter und forschte nicht nach. „Einfach nur das Golfspiel und die morgendlich frische Stimmung in der Natur genießen", dachte sie. Mit lustigen Erzählungen versuchte sie, ihn ein wenig aufzuheitern. Über seinem herzhaften Lachen vergaß sie ihren eigenen Kummer. Ärztlich betreut und medikamentös behandelt, ging ihre Mutter kaum aus dem Haus. Sie brauchte viel Ruhe. Die Ermordung ihres Mannes, der Flugzeugabsturz des Familienanwaltes und Freundes Bubi Jacob, dazu die Steuerfahndung, machten ihr schwer zu schaffen. Vor allem die bitterste aller Wahrheiten … Offensichtlich hatte ihr Mann, ihr geliebter „Wolfi", jahrelang ein Verhältnis mit seiner Sekretärin, Manuela Schwarz.

Vielleicht hatte er sogar geplant, sie zu verlassen. Das Schlimmste war, sie konnte ihn nicht mehr fragen. So sehr sie Manuela Schwarz zum Teufel wünschte, insgeheim hoffte sie, Gelegenheit zu einem klärenden Gespräch zu haben. Leider gab die Uniklinik in Frankfurt keine Auskunft über ihren Gesundheitszustand. Schließlich riefen Frau Lettermans und Chiara Kommissar Kellner an. „Sie ist noch immer im Koma und schwebt in Lebensgefahr", teilte er bereitwillig mit. „Ich hoffe sehr auf baldige Besserung. Sie ist eine meiner wichtigsten Zeuginnen. Leider gibt es ansonsten keine neuen Erkenntnisse im Mordfall Lettermans, was ich zutiefst bedaure. Selbstverständlich werde ich Sie auf dem Laufenden halten und ganz besonders wünsche ich Ihnen, verehrte Frau Lettermans, weiterhin gute Besserung. Ich hoffe, die spanische Sonne wird zur raschen Genesung beitragen", beendete er das Telefonat. Chiara unternahm alles Mögliche, ihre Mutter von der Trauer und den Schmerzen abzulenken. Meist saß sie im Wohnzimmer und starrte vor sich hin. Manchmal stand sie gar nicht aus dem Bett auf. Chiara musste zurück an die Uni in München. Das Semester fing bald an. Dankbar nahmen sie den Rat des Arztes an, einen Klinik- und Kuraufenthalt für ihre Mutter am Tegernsee zu buchen. Nach anfänglichem Sträuben gestand sich Frau Lettermans ein, professionelle Hilfe war nötig. Sie stimmte der Behandlung am Tegernsee zu. Vor allem wirkte überzeugend, Chiara konnte am Wochenende aus München vorbeikommen. Sie spürte, es war dringend erforderlich, sich zu stabilisieren und neue Kraft zu schöpfen. Der Mord an ihrem Mann musste aufgeklärt, das Vermögen vernünftig verwaltet, das Steuerverfahren durchgestanden werden. Chiara sollte sich ihren Studien widmen, keinesfalls konnte man sie noch mehr belasten.

Aurelia schwamm abends sehr gerne noch ein paar Runden im Pool. Der Lift ging vom Penthouse direkt in die Schwimmhalle. Von dort liebte sie es, von dem großen Innenbecken in den offenen Bereich draußen im Garten zu schwimmen. Der Mond schien, Jasmin duftete, Grillen zirpten, während sie im Außenpool ihre Runden drehte. Es war einer jener Abende im Süden, der sie all ihre Sorgen vergessen ließ. Die romantische Stimmung wirkte versöhnend und tröstend auf ihr Leid, ihren großen Kummer über das spurlose Verschwinden ihres geliebten Antonio. Ganz besonders gefiel ihr ein Wasserfall am Ende des Pools. Sie stellte sich darunter. Das Wasser lief ihr über Gesicht und Haare. Ihre angespannten Nerven beruhigten sich. Anschließend wechselte sie im Umkleideraum des Kellergeschosses ihren Bikini gegen einen leichten Hausanzug. Gedankenverloren föhnte sie ihre Haare. Sie gähnte, die abendlichen Schwimmrunden ermüdeten angenehm. Die monotonen Geräusche des Haartrockners, dazu die warme Luft, verstärkten ihre Schläfrigkeit. Unbemerkt schlichen zwei Männer heran. Einer drückte ihr ein mit Chloroform getränktes Taschentuch aufs Gesicht. Aurelia fiel in einen tiefen, narkotisierten Schlaf. Ein leichtes Schwanken ließ sie aus ihren benebelten Träumen erwachen. Der Mond schien ihr ins Gesicht. Es war, als lache er sie aus. Wo war sie? Ihr Kopf tat weh und war schwer wie Blei. Sie hörte ein leises Motorengeräusch. Ein Asiate erschien und fragte: „Señora, du haben Hunger?" „Nein, aber ich verdurste, ich habe ganz schrecklichen Durst!" Man brachte ihr Wasser. Hastig trank sie es. Bevor sie weitere Fragen stellen konnte, fiel sie wieder in einen tiefen, traumlosen Schlaf. Eine fürchterliche Hitze weckte sie am nächsten Morgen. Die Sonne strahlte durch ein kleines Fenster direkt auf ihr Gesicht. Der kleine Asiate stand plötzlich mit einem Tablett vor ihr. Der Geruch von frischem Kaffee stieg ihr in die Nase. Gierig stopfte sie Toast und Marmelade in sich hinein. Sie war sehr hungrig. „Ich heiße Can", sagte der Fremde, „wenn du einen Wunsch hast, ich bringe." Mit wackeligen Füßen stand sie auf. Was war geschehen? Ihre Erinnerung versagte. Inzwischen hatte sie eine Erklärung für das ständige Schwanken gefunden. Durch ein kleines, rundes Fenster konnte sie das Meer sehen. Sie hatte keine Ahnung, warum und wieso sie sich an Bord eines Schiffes befand. Ihre Kabine war winzig, aber hübsch und nützlich eingerichtet. Ein Bad schloss sich an. Verzweifelt suchte sie ihr Handy. Sie musste ihren Eltern Bescheid geben und Raoul. Sie würden sich große Sorgen machen. Ihr Mobiltelefon war nirgends zu finden. Sie lief die Stufen hoch. Auf dem Deck des kleinen Frachters hörte man Stimmengewirr in einer unbekannten Sprache. Es schienen nur Asiaten an Bord zu sein. Aurelia hatte tausende Fragen. Ein junger Asiate, offensichtlich der Kapitän, teilte ihr in gebrochenem Englisch mit: „Wir bringen sie nach Bengasi." Freundlich und respektvoll wich man weiteren Fragen aus. Einmal sah sie in der Ferne ein Schiff der Küstenwache. Mit einer schnellen Wende drehte das Boot ab. Aurelia wunderte sich, welche Kraft und Motorstärke der alte Frachter aufbrachte. Eines Nachts stoppte das Schiff plötzlich. Ein Motorboot legte an. Der Kapitän verneigte sich vor ihr in asiatischer Höflichkeit. „Du gehen mit Boot, bringt dich nach Libyen." Im Morgengrauen kamen sie in Bengasi an. Unauffällig, ohne dass jemand Notiz nahm, legten sie an einer Jacht im Hafen an. Man wies Aurelia einen Raum zu. Frische Kleider hingen dort. Aurelia war froh, endlich ihren schmutzigen Hausanzug gegen saubere Sachen tauschen zu können. Die Badeschlappen warf sie in den Müll und zog bequeme Turnschuhe an. Zwei Männer standen in der Tür und drängten zum Aufbruch. Instinktiv wusste sie, die beiden meinten es gut mit ihr. Draußen stand ein Jeep. Einer ihrer Begleiter gab ihr einen Zettel. Aurelias Herz klopfte bis zum Hals. Es war eine Nachricht von Antonio. Ein gemaltes Herz, in der Mitte standen drei Buchstaben: „I L Y". Aurelia wusste, wie auch immer, die Reise würde sie zu ihrem Mann führen. Voller Vertrauen und Hoffnung bestieg sie mit den beiden Männern den Jeep. Die Reise quer durch Afrika mit Jeep und kleinmotorigen Flugzeugen im Wechsel erschien ihr endlos. Sie übernachteten in staubigen Hotels. Total erschöpft nahm sie die Strapazen hin. Jede Kontaktaufnahme per Telefon oder Mail war ihr strengstens aus Sicherheitsgründen untersagt. Sie verstand zwar nicht warum, hielt sich aber aus Angst, Antonio eventuell zu schaden, streng und genau an die Regeln. Ihre Begleiter wurden immer wieder ausgewechselt. Alles geschah bestens organisiert und von unsichtbarer Hand geleitet. Da sie mit niemandem sprechen konnte, fühlte sie sich einsam wie noch nie in ihrem Leben. Auf einem der kleinen Flugplätze sprach sie ein Mann in Italienisch an. Gerade als sie eine Antwort geben wollte, zog einer ihrer Begleiter eine Schusswaffe und streckte den Mann mit einem gezielten Schuss nieder. Die kleine zweimotorige Maschine startete, ließ den Mann auf dem Rollfeld liegen. Aurelia wandte sich voller Schrecken ab. Sie weinte in sich hinein. Ihre Mitreisenden nahmen keine Notiz und gaben keinen Kommentar ab. Endlich erreichten sie Lomé, die Hauptstadt von Togo, einem kleinen Staat an der westafrikanischen Atlantikküste. Ihr neues Zuhause für mehrere Wochen würde ein Frachtschiff nach Rio de Janeiro sein. Als sie die Christusfigur auf dem Gipfel des Corcovado erblickte, wusste sie, ihr Ziel war fast erreicht. Eine Maschine der TAM Airlines brachte sie am nächsten Morgen nach Asunción in Paraguay. Die Stadt liegt am linken Ufer des Flusses Paraguay an einer Bucht. Über der Stadt erhebt sich der Cerro Lambaré, ein beliebtes Ausflugsziel und der höchste Punkt der Hauptstadt. Beim Anflug erblickte Aurelia eine hässliche Skyline von ungepflegten Hochhäusern. Viele kleine Bäche durchliefen die Stadt. Alle mündeten in den Fluss Paraguay. Ein amerikanischer Straßenkreuzer holte sie vom internationalen Flughafen Silvio Pettirossi ab. Im Casino Yacht & Golf Club, etwa 25 Kilometer vom Flughafen entfernt, war die Presidential Suite für sie reserviert. Aurelia beschloss, sich erst mal ein bisschen von der anstrengenden Reise zu erholen. Von Antonio fand sie kein Lebenszeichen. Sie war sicher, er war in ihrer Nähe. Sie spürte es. Bald würde er sich melden …

Raoul suchte verzweifelt nach Aurelia. Er machte sich ernste Sorgen und Vorwürfe. Sie war verschwunden, ohne ihm irgendein Lebenszeichen zu hinterlassen. Es wollte so gar nicht zu ihr passen. Wieder und wieder sah er sich die Videoaufzeichnungen der verschiedenen, überall im Haus postierten Kameras an. Jeder ihrer Schritte war dokumentiert, jedes Telefonat oder Gespräch aufgezeichnet worden. Die Bilder am Pool wurden plötzlich undeutlich, schwarze Punkte tauchten auf, dann war nichts mehr zu erkennen. Jemand mit besten Ortskenntnissen hatte alle Poolkameras außer Betrieb gesetzt. Es blieb für Raoul völlig unverständlich, wie das geschehen konnte. Hatte Aurelia das Grundstück verlassen? Freiwillig oder gezwungen? Sie war und blieb im wahrsten Sinne des Wortes wie vom Erdboden verschluckt. Aus den Videoaufnahmen ging hervor, mehrere Lieferwagen hatten das sechsstöckige Haus an der „Goldenen Meile" angefahren. Er hoffte, eine Befragung der Hausbewohner würde ihm weiterhelfen und eventuell Aufschluss geben. Gemäß Auftrag hatte er seine Gefühle für Aurelia im Zaum gehalten. Treffen, Telefonate mit ihr auf möglichst sachlicher Ebene abgewickelt. Trotzdem, ihre langjährige, herzliche Freundschaft ließ ihn annehmen, ihr absolutes Vertrauen zu genießen. Plante sie, Antonio nachzureisen oder mit ihm in Kontakt zu treten? Sie hätte ihn in ihr Vorhaben eingeweiht und selbstverständlich einbezogen, davon war er überzeugt. Aurelia musste ihre Entführer gekannt oder ihnen vertraut haben. Anders war ein unbemerktes Entkommen nicht möglich. Raoul fühlte sich in seinem Innersten verletzt, gedemütigt und tief enttäuscht. Zusätzlich belastete ihn, er konnte Aurelia nicht mehr schützen. Der sogenannte „Selbstmordversuch", ein Anschlag auf ihr Leben, bewies, sie schwebte in höchster Gefahr. Das Sicherheitsrisiko, welches Aurelia darstellte, war offensichtlich, nicht nur für Antonio, sondern für die gesamte, mächtige Organisation dahinter. Die Verfolgung durch die Geheimdienste und internationale Polizei als Bindeglied zu Antonio konnte ebenfalls gefährlich werden. Er schämte sich ob seiner Unfähigkeit als Beschützer. Er litt. Er war in tiefer Sorge um sie. Er vermisste sie unendlich. Erstmals vergaß er seine strenge, unerbittliche Ausbildung als Offizier, die klaren Prämissen, die sein Land in solchen Fällen vorgab. Er musste Aurelia finden, er liebte sie.

Raoul wurde von seinem Chef ins „Hotel Arts" nach Barcelona bestellt. Wütend wie ein Tiger im Käfig ging David im Zimmer auf und ab. „Wie konnte das passieren?", wiederholte er immer wieder. Raoul schaute ihn hilflos an. Er wusste keine Antwort. Erstmals in seinem jungen Leben verschlug es ihm, dem erfolgsverwöhnten, optimistischen, nie um Lösungen verlegenen, die Sprache. Sein Selbstbewusstsein hatte einen Knacks erlitten. Aurelia war aus seinem Leben verschwunden, er litt wie ein Hund. Wie von Ferne hörte er David sagen: „Sie sind bis auf Weiteres von Ihren Aufgaben in diesem Fall entbunden. Meine Vorgesetzten sind der Meinung, Sie sollten einen mehrwöchigen Aufenthalt in einem Ausbildungscamp möglichst bald einplanen. Bescheidenheit, Disziplin, Gemeinwohl, Sammlung und Konzentration auf das Wesentliche. Ihrem Land ergeben über das Private hinausgehend dienen. Besinnung auf unsere Werte, das wird Ihnen guttun. Diese Werte haben unser kleines Land und unsere Organisation weltweit überlebensfähig und erfolgreich gemacht. Vergessen Sie dies nie! Für den Fall Antonio werden wir andere Lösungen finden." David verließ den Raum. Mit einem lauten Knall schlug er die Tür hinter sich zu. Mit trüben Augen und dickem Kopf erwachte Raoul am nächsten Tag. An der Poolbar hatte er fast eine ganze Flasche Whisky geleert. Mühsam versuchte er sich an das Geschehene zu erinnern. Er war out, er war raus, sein Land hatte ihn aus den Diensten geworfen. Sein Stolz war tief getroffen. Er zwang sich, nicht schon am Frühstücksbüfett den Champagner zu leeren. Insgeheim stand sein Entschluss fest, er würde auf eigene Faust Ermittlungen anstellen.

Die Maschine der Spanair setzte unsanft auf dem Rollfeld des Flughafens von Málaga auf. Eine Runde

Golf würde ihm gegen seinen noch immer leicht alkoholisierten Brummschädel guttun. Chiara freute sich über seinen Anruf. Zwei Stunden später schlug er mit Chiara am ersten Tee des Las Brisas Golfplatzes ab. Sie gewann das Lochspiel haushoch. Raoul spielte grauenhaft. Er traf keinen Ball. Erstaunt schaute Chiara ihn von der Seite an. Sie sprachen nicht viel. Irgendetwas stimmte nicht mit Raoul. Chiara spürte es. Sie wagte nicht zu fragen. Gerne hätte sie ihre vielen Probleme mit ihm besprochen und seinen Rat gehört. Seit dem Mord an ihrem Vater stürmte alles auf sie ein. Nochmals musterte sie Raoul genauestens. Sein frisches, jungenhaftes Gesicht zeigte bittere Züge. Eine tiefe Falte hatte sich in der Mitte der Stirn eingegraben. Sein Blick war düster. Chiara zog es vor zu schweigen. Beide verabschiedeten sich mit einer Umarmung. Chiara gab ihm, wie sie es schon in ihren Kindertagen getan hatte, einen Kuss auf die Wangen. Raoul erwiderte die Umarmung fester und herzlicher als sonst. Er drückte sie, als wollte er Halt suchen. Chiara wurde es heiß, ein unbeschreibliches Gefühl von Wärme durchströmte sie. Seit ihren Mädchentagen verehrte sie Raoul. Am liebsten hätte sie ihn hier und jetzt auf den Mund geküsst. Sie wagte es nicht. Sie schmiegte sich eng an ihn, genoss die Umarmung. Raoul roch ein wenig wie ihr geliebter Papa. Sie kannte den Geruch, es war Chivas Regal.

Bobby Busker konnte sein Vorhaben, Carla zu helfen, nicht verwirklichen. Urplötzlich wurde sein Einsatzort nach Mexiko verlegt. Es fiel ihm schwer, Deutschland zu verlassen. Land und Leute waren ihm ans Herz gewachsen. Immer wieder begegnete er großen Vorurteilen gegenüber den USA. In gemütlichen Wein- oder Bierkneipen wurde bis in die frühen Morgenstunden diskutiert. Am Ende ging man als Kumpel und Freund auseinander. Die gegenseitigen Vorurteile waren ausgeräumt. Echte Freundschaften entstanden. Bobby hatte keine Wahl. Es blieb nicht mal Zeit, sich von seinen Freunden zu verabschieden. Getarnt als Tourist sollte er über Tijuana, der Grenzstadt in Kalifornien, nach Mexiko einreisen. Die USA führten dort seit Jahren einen Kampf gegen die Drogenbanden. Seitens der Mafia wurde heftiger Widerstand geleistet. Der Waffen- und Drogenhandel zwischen USA und Mexiko blühte. Das einträgliche Geschäft spülte jedes Jahr Millionen Dollar zwischen beiden Ländern hin und her. Die CIA hatte in Mexiko äußerst risikoreiche, gefährliche Einsätze. Enttarnung bedeutete meist den sicheren Tod. Immer wieder kam es zu Straßen- und Häuserkämpfen. Die Auseinandersetzung wurde mit aller Härte und Brutalität geführt. In letzter Zeit beklagten sich CIA-Mitarbeiter, ihre Leute würden durch amerikanische Waffen sterben. Die CIA-Agenten empfanden es als Zynismus, im Einsatz für ihr Vaterland starben sie durch in ihrer Heimat produzierte Waffen. Der Kongress wurde informiert. Ziele amerikanischer Waffenlieferungen sollten genauer überwacht werden. Ausgerechnet dieses gefährliche Gebiet wurde Einsatzort für Bobbys zukünftige Operationen.

Seine Aufgaben in Deutschland waren unter anderem, Standpunkte, Meinungen, Denkweisen intellektueller Kreise zu ermitteln. Über seine Jugendfreundin Carla sollte der Zugang zu dieser Gruppe entsprechend erleichtert werden. Lange Zeit vorher hatte man Carla genauestens beobachtet, abgehört und Informationen jeglicher Art über sie gesammelt. Man hatte nichts, rein gar nichts Negatives herausfinden können. Sie las sehr viel, war äußerst kritisch, hatte Zweifel an „politischen Wahrheiten". In der Öffentlichkeit hielt sie sich aber völlig zurück. Ihre Standpunkte äußerte sie nur innerhalb der Familie. Sie war Hillary-Clinton-Fan. Ansonsten war es schwierig, sie politisch einzuordnen. Bobby hatte die Absicht, der deutschen SoKo Berichte und Dossiers über Carla zuzuspielen. Es ging eindeutig daraus hervor, sie hatte keine näheren Kontakte zur „Familia Paranese". Die CIA-Papiere bewiesen Carlas Unschuld. Sie war ein Opfer unglücklicher Zufälle. Drei Tage gab man ihm zur Abwicklung seiner Tätigkeit in Deutschland. Die überraschende Versetzung nach Mexiko bot keine Gelegenheit mehr, Carla beizustehen. Traurig dachte er an seine hübsche Jugendliebe. Die Militärmaschine, die ihn von Ramstein nach Miami brachte, von dort weiter nach San Diego, schüttelte ihn ordentlich durch. Ein mulmiges Gefühl beschlich Bobby, als er an seinen Einsatz in Mexiko dachte.

Auftragsgemäß leitete Herr Rütli den Transfer des Geldes nach Dubai in die Wege. Lokale Anwälte sorgten dafür, es floss in die Investitionen der weltweit operierenden Holdings. Über Boten versuchte er wie stets, entsprechende Nachrichten und Papiere an den Auftraggeber zu leiten. Die Mittel der modernen Technik wurden vermieden. Kommunikation per Mail, Telefon, Post wurde aufgezeichnet, abgehört oder kopiert. Wie im alten Griechenland wurden „Top-Secret"-Nachrichten nur über Boten erledigt. Bankintern lief dieses Vorgehen unter dem Deckwort „Hermes". Die „Hermes-Boten" wurden sorgfältig ausgewählt. Junge, unerfahrene Mitarbeiter, harmlosen Gemütes, hielt man für besonders geeignet. Die jungen Leute rissen sich um diese angenehme Tätigkeit. Eine Reise auf Kosten der Bank. Oft gab es von den Empfängern noch stattliche Trinkgelder. Es war ihnen in keiner Weise bewusst, öfter schwebten sie in Gefahr. Andere Organisationen, Geheimdienste, kriminelle Vereinigungen interessierten sich manchmal für die „Postsendung". Autounfälle mit tödlichem Ausgang, ein Sturz aus einem Hotelfenster im achten Stock, alles war schon vorgekommen. Niemand machte sich ernsthafte Gedanken, Pech für die Opfer, was sonst. Bestimmte, brisante Kundenkontakte wurden ebenfalls nur persönlich oder über „Hermes" gepflegt. Nun war Herr Rütli ratlos. Unverrichteter Dinge war der Bote aus Marbella zurückgekehrt. Zum fest verabredeten Termin im Restaurant „Cipriano" in Puerto Banús war niemand erschienen. Nach genauen Anweisungen seitens der Bank versuchte der Mitarbeiter drei Tage lang, Kontakt herzustellen. Unter der Mobilnummer sprang ein Band an. Es erfolgte kein Rückruf. Weitere

Entscheidungen zu diesem Fall wurden Herrn Rütli abgenommen. Im persönlichen Gespräch mit dem Vorstandsvorsitzenden erhielt er Anweisung, sämtliche Konten des Herrn Paranese aufzulösen, die Gelder nach Dubai, Zypern und Singapur zu transferieren. Das Ganze sollte sofort und unter absoluter Diskretion geschehen. Der milliardenschwere Deal bzw. Transfer stellte einen herben Verlust für die VZU Bank dar. Die Geldwäscheermittlungen und Vorwürfe gegen Schweizer Banken wurden immer massiver. Manche Kunden konnte man sich, zumindest unter dem Standort Schweiz, nicht mehr leisten. Die Aktie der VZU Bank zeigte sich „underperform", sie wurde von Tag zu Tag schwächer. Misstrauen verbreitete sich. Die Kunden zogen ihr Geld ab.

Politik und Presse wollten im Fall Lettermans Ermittlungserfolge sehen. Kommissar Kellner und seine SoKos arbeiteten mit Hochdruck. Die Sache zog immer größere Kreise. Eine Verbindung Lettermans zu Paranese wurde festgestellt. Energisch bestritt die Bank jegliche Kontakte zu dem italienischen Geschäftsmann. Eine Sichtung der beschlagnahmten Unterlagen Manuela Schwarz' ergab ein anderes Bild. Unter Stichwort „Davos" stand: „15.2. – 14.00 Uhr – Treffen mit A. P." Weiterhin fand man eine Eintragung: „16.4. – 9.00 Uhr – A. P. Ffm, Bank". Einer der Pförtner identifizierte auf dem vorgelegten Foto zweifelsfrei Antonio Paranese. Ein- bis zweimal im Jahr sei er Gast des Bankvorstandes gewesen. Erst nach mehreren Vernehmungen, Androhung von Strafe, da es um die Aufklärung eines Mordfalls ginge, brachte man den verängstigten Rentner zu einer Aussage. Ende des Monats wurde dieser Pförtner mit einer fadenscheinigen Begründung seitens der AF Bank entlassen. Kommissar Kellner gab auf, weitere Befragungen in der Bank durchzuführen. Vom Vorstand bis zum Hausmeister hüllte man sich in Schweigen. Schließlich ließen sich die Juristen der Bank zu dem Statement herab: „Wenn es überhaupt einen Kontakt gab, was die Bank bezweifelt, dann war er rein privater Natur. Die AF Bank lehnt weitere Stellungnahmen zu einer ihr vollkommen unbekannten Person wie Herrn Paranese ab." Die Aussagen des entlassenen Pförtners seien nicht haltbar. Laut ärztlicher Bescheinigung leide er an psychischen Störungen, damit einhergehend unter starker Sehschwäche. Die Bank bitte, die Ermittlungen sachbezogen durchzuführen und endlich den Mord an ihrem Vorstandsvorsitzenden aufzuklären. Unverhohlen drohte sie in dem Schreiben: Die Bank sähe sich sonst gezwungen an höherer Stelle, z. B. beim Justizminister, zu intervenieren. Man gäbe Kommissar Kellner noch ein wenig Zeit, seine Aufgaben zu erfüllen. Ansonsten müsse man über die Möglichkeit seiner Abberufung, in Abstimmung mit dem zuständigen Ministerium, nachdenken, so der Wortlaut des an Kellner gerichteten Briefes.

Kommissar Kellners wichtigste Zeugin, Manuela Schwarz, lag noch immer im Koma. Laut Auskunft der Ärzte war beim Aufwachen nach dieser langen

Zeit mit dauerhaften Hirnschädigungen zu rechnen. Carlas Leben hatte man von vorne bis hinten durchleuchtet. Die Verhöre führten nicht weiter. Außer einer oberflächlichen Bekanntschaft zu Paranese konnte nichts festgestellt werden. Ihr Anwalt belegte mit Hilfe der Unterlagen aus dem Züricher Safe eindeutig die Herkunft ihres Geldes aus Erbe und Scheidung. Es gab keine verdächtigen Ein- und Auszahlungen, auffällige Kontobewegungen waren nirgends festzustellen. Kellner plädierte beim Staatsanwalt für ihre Entlassung aus der Untersuchungshaft. Carla würde sich mit einem Steuerstrafverfahren und einer Anzeige wegen Fahrerflucht herumschlagen müssen. Zur Aufklärung seines Falls konnte sie nichts beitragen. Kontakte und Zusammenarbeit mit einer kriminellen Vereinigung lagen nachweislich nicht vor. An einem Montagmorgen nach vier Wochen Untersuchungshaft wurde Carla entlassen. Kommissar Kellner verabschiedete sich mit mahnenden Worten. Bei der Auswahl ihrer Freunde und Botendiensten für Fremde möge sie in Zukunft vorsichtiger sein. Carla schwieg erschöpft und ausgelaugt. Unfähig sich zu äußern, zeigten die Strapazen und der Stress der letzten vier Wochen ihre Wirkung. Ihr Anwalt fuhr sie nach Hause. Freunde und Bekannte waren nicht auf die Idee gekommen, sie abzuholen oder im Gefängnis zu besuchen. Bis zum heutigen Tag lag keine Nachricht von Sir Forster vor. Vielleicht wurde er noch in New York festgehalten, niemand wusste Genaueres. Sie freute sich einfach nur auf ihr Bett, ein schönes Bad und den Blick ins Grüne.

Kommissar Kellner saß an seinem Schreibtisch und ging alle Lettermans-Unterlagen nochmals durch. Er gab nie auf. Je mehr Widerstände, je entschlossener kämpfte er. Sie würden den Fall lösen. Es würde viel Zeit und Geduld in Anspruch nehmen. Die Spuren führten nach Italien, Rumänien, Südamerika, in den Nahen Osten und in die USA. Antonio Paranese und seine Leute arbeiteten weltweit. Kriminelle, mafiöse Kreise wussten um die Vorteile der Globalisierung und nutzten sie. Starre, nationale Gesetzgebungen verhinderten die wichtige, unbedingt erforderliche Zusammenarbeit in der Verbrechensbekämpfung. Technisch aufs Modernste ausgerüstet, global operierend, waren die kriminellen Banden ihren Verfolgern um Längen voraus. Oftmals genossen sie zusätzlich Schutz von „ganz oben". Verstrickung höchster Kreise von Politik und Wirtschaft in kriminelle Machenschaften war leider keine Ausnahme mehr. Für die deutsche SoKo war die Arbeit im Ausland mit besonderen Schwierigkeiten verbunden. Man war auf Amtshilfe angewiesen. Oftmals mussten sich die Ermittler mit Behinderung ihrer Aufgaben und schlechter Zusammenarbeit mit den verschiedenen Diensten auseinandersetzen. Kommissar Kellner hatte einen Plan. Noch am selben Tag setzte er sich mit seinen Leuten zusammen, um das weitere Vorgehen zu besprechen.

Tag um Tag verging, einer verlief wie der andere. Aurelia langweilte sich. Nichts geschah. Kein Anruf, kein Lebenszeichen von Antonio. Sie wagte nicht, sich weit vom Hotel zu entfernen oder an Ausflügen teilzunehmen. Die gepflegte Hotelanlage, eingerahmt von üppiger, blühender Vegetation, lag direkt am Fluss an einem zweihundert Meter langen Sandstrand. Sie fühlte sich fast wie in Andalusien. Es gab fünf Restaurants und zwei Bars. Vor Aufregung, in Erwartung Antonios, brachte sie kaum einen Bissen herunter. Meist aß sie in ihrer Suite. Nicht mal zum Shopping nach Asunción fuhr sie. Jede Minute könnte Antonio auftauchen. Unvorstellbar, wenn sie dann unterwegs wäre. Dieses Risiko wollte sie in ihrer unstillbaren Sehnsucht nach ihrem Mann keinesfalls eingehen. Eines Morgens stand ein etwas schmierig aussehender Mann vor ihr. Er war klein und hatte fettige, ölige, pechschwarze Haare. Seine tiefdunklen, braunen Augen blickten sie listig an. „Guten Morgen, Señora, ich soll Sie im Auftrag ihres Mannes abholen." In einer alten, amerikanischen Klapperkiste, einem Fünfziger-Jahre-Ford, fuhr er sie, wie es ihr erschien, endlos durch die Straßen. Durchgeschüttelt, nassgeschwitzt, zerzaust, da der Wagen keine Klimaanlage hatte, hielten sie plötzlich vor einer großen, rot getünchten Mauer. Bevor Aurelia ihre Umgebung näher inspizieren konnte, schob ihr Begleiter sie durch ein kleines Tor. Auf einer riesigen, gepflegten Rasenfläche fand sie sich wieder. Kein Baum oder Strauch verschönerte die Anlage. Überall standen schwer bewaffnete Männer. Einer kam schweigend auf sie zu. Er geleitete sie in den Salon einer am Ende des Grundstückes gelegenen mächtigen, alten Backsteinvilla mit einem imposanten Säulenvorbau. Am Ende des saalartigen Wohnzimmers saß in einem Sessel ein Mann, der sich jetzt erhob und auf sie zueilte. Er hatte hellblonde Haare und einen blonden Vollbart. Seine Knubbelnase im tief gebräunten Gesicht wirkte abstoßend. Aurelia konnte sich nicht entsinnen, ihn jemals vorher gesehen zu haben. Er kam auf sie zu, umarmte und drückte sie fest an sich. „Aurelia, mein Schatz, mein Vögelchen, wie schön, wie wunderbar, endlich habe ich dich wieder!" Aurelia wollte die Annäherung erschrocken abwehren. Beim Klang der Stimme horchte sie auf. Es war Antonio, ihr Antonio, ihr gut aussehender Sizilianer aus Palermo mit den dunklen, blitzenden Augen, die sie so liebte. Sein Gesicht, sein gesamtes Aussehen völlig verändert. Sie konnte es nicht fassen. Kalte, stahlblaue Augen, offensichtlich Kontaktlinsen, starrten sie an. Die hässliche Knubbelnase entstellte sein Gesicht. An Wange und Kinn entdeckte sie rote, entzündete Pusteln und Pickel. Aurelia konnte ihren Schreck kaum verbergen. Unwillkürlich wich sie zurück. Die Augen hatten jede Ausstrahlung verloren. Ein Fremder stand vor ihr. Entsetzen packte Aurelia. Sie befreite sich aus der Umarmung und wollte fortlaufen. Bevor sie sich versah, hatte er sie auf eines der Sofas gezerrt und riss ihr die Kleider vom Leib. Sie schrie auf. Er ließ nicht nach und nahm sie brutal. Völlig aufgelöst und weinend blieb Aurelia auf dem Sofa liegen. Bevor sie irgendwelche Fragen stellen konnte, war er verschwunden. Aurelia hörte die harte, befehlende Stimme Antonios und einen Wagen vorfahren. Fassungslos, in Tränen aufgelöst, blieb sie zurück. Völlig erschöpft fiel sie in einen tiefen, traumlosen Schlaf. Am nächsten Morgen wurde sie durch das kräftige Surren einer Klimaanlage geweckt. Ihre Schultern, kalt von Zugluft, schmerzten. Sie lag in einem Seidenpyjama in einem riesigen Bett. Ihr Blick fiel auf ein großes, vergittertes Fenster. Davor schimmerte tiefblau und einladend ein langgestreckter Pool. Wo um alles in der Welt war sie? Langsam kam die Erinnerung wieder. Noch immer konnte sie die Begegnung mit ihrem Mann nicht fassen. Sein verändertes Aussehen, sein brutales Vorgehen, das schwerbewachte Haus. Sie fand keine Antworten auf die vielen Fragen. Der Duft von frischem Toast und Kaffee stieg ihr in die Nase. Sie merkte, wie hungrig sie war. Eine freundliche, kleine, junge Frau mit blauem Kittel und weißem Schürzchen stand, ein Tablett in der Hand, vor ihr. Gierig nahm sie das Frühstück zu sich. Danach wollte sie das Haus erkunden. Sicherlich gab es Erklärungen für ihre seltsame Lage und das Verhalten Antonios. Vor allem musste sie ihren Eltern ein Lebenszeichen geben. Sie würden sich große Sorgen machen. Erfrischt trat sie den Rundgang durchs Haus auf der Suche nach einem Telefon, einem PC, Fax oder wenigstens einem Mobil-Phone an. Es war ein riesiges Anwesen mit mehreren Garagen, einem Gästehaus und einem Nebengebäude für die Angestellten, in dem sich auch die Küche befand. Die Größe erinnerte an ihre Villa in Marbella. Als sie an ihr gemütliches spanisches Heim dachte, kamen ihr die Tränen. Die Räume hier wirkten kalt und tot. Weiße Wände, weißer Marmor, überall mehrfach vergitterte Fenster. Auf der roten, hohen Mauer, die das Grundstück umgab, war, mindestens einen Meter hoch, Stacheldraht angebracht. Schwerbewaffnete Männer mit Pitbulls patrouillierten auf den Kieswegen. Kameras zeichneten jede Bewegung auf. Aurelia fühlte sich wie in einem luxuriösem Gefängnis. Ihr Unbehagen wuchs von Minute zu Minute. Das Personal verhielt sich freundlich und respektvoll. Antworten auf ihre Fragen gab niemand. Die kleine, freundliche Pilar, die ihr das Frühstück gebracht hatte, wich nicht von ihrer Seite. Bei der Frage nach dem Telefon schaute sie ängstlich zu Aurelia auf. „No, Señora, no hay!", wiederholte sie immer wieder. Man zeigte ihr den Filmraum mit der großen Leinwand und massenhafter Auswahl an DVDs. Auch dort fand sich weder ein PC noch ein Telefon. Aurelia konnte es nicht fassen. Eine riesige Luxusvilla ohne Möglichkeit der Kommunikation nach außen. Sie beschloss, sofort einen langen Brief an ihre Eltern zu schreiben. Noch heute würde sie Pilar zur Post schicken. Per Express müsste die Nachricht ihre Familie in zwei bis drei Tagen erreichen. Außerdem nahm sie sich vor, von Antonio Antworten auf ihre Fragen zu verlangen. Was immer geschehen war, sie war seine Frau und Aufklärung stand ihr zu. Sie wollte ihm vorschlagen, lieber in Spanien oder Italien zu warten, bis er seine Geschäfte hier erledigt hätte. So bald wie möglich, so ihr Plan, wollte sie nach Hause fliegen. Tief verletzt und gekränkt, dieses Eingeständnis fiel ihr schwer, beschlich sie eine leise Angst. Ihr Antonio hatte sich nicht nur äußerlich total verändert. Ihr Vertrauen zu ihrem Mann war nachhaltig erschüttert.

Mehrere Wochen lang beobachteten Bobby und sein CIA-Team das Haus in der Valle Cortega in Asunción. Sie kannten alle Personen, die im Haus ein und aus gingen. Jede Bewegung in und um das Areal wurde registriert. Aurelias Ankunft war genauestens aufgezeichnet worden. Seltsamerweise wurde Antonio Paranese nicht gesichtet. Die CIA-Leute in Mexiko teilten Bobby mit, die Abwicklung der Drogen- und Waffengeschäfte liefe wie in der Vergangenheit exakt nach Antonios Plänen und Befehlen. Zu Gesicht bekommen hatte ihn merkwürdigerweise auch dort niemand. Bobbys Spürnase sagte ihm: „Wir brauchen Geduld. Wo sich Aurelia aufhält, wird auch irgendwann Antonio auftauchen." Sie berieten sich mit ihrer Zentrale in Langley. „Zeit lassen, im geeigneten Moment zuschlagen!", war die lakonische Antwort.

Der ehemalige Vorstandsvorsitzende der IWI-AG, Thorsten Walter, saß im Büro des Kommissars Kellner. Unter normalen Umständen hätte er seinen Ruhestand in seiner Villa auf der Halbinsel Cap d'Antibes in Südfrankreich genossen. Der Prozess gegen die drei beschuldigten Attentäter war abgeschlossen. Der neue Eigentümer der IWI-Werke richtete die zerstörten Gebäude in Windeseile notdürftig wieder auf. Seit einiger Zeit wurde bereits in den Neubauten gearbeitet. Mit Entsetzen hörte Walter von der Entlassung eines

Großteiles seiner alten, getreuen Mitarbeiter. Der neue Investor verkaufte das Firmengelände. Anschließend wurde es für einen sündhaft teuren Betrag angemietet. Havaria-Chemie schob interne Gründe und schlechte Betriebsergebnisse für die Entlassungen und den Verkauf des Grundstückes vor. Walter erboste sich im Gespräch mit Kellner über das rabiate Vorgehen, die Vernichtung eines gesunden Betriebes, letztendlich die Zerstörung seines Lebenswerkes. Es tat ihm weh, und er fühlte sich tief getroffen. Die Taktik der Investoren war ihm hinreichend bekannt: Im Zuge der Globalisierung wurden gesunde Firmen, wie auch die IWI-AG, gekauft oder „übernommen". Alles von Wert, Grundstücke, Gebäude etc., zu Geld gemacht. Gewinne, sämtliches Kapital verlagert und abgezogen. Mit der Aussicht darauf, den Arbeitsplatz trotz schlechter Firmenbilanz halten zu können, wurde gegen geringes Gehalt oder sogar mit Lohnverzicht der Angestellten weitergearbeitet. Man presste den letzten Pfennig aus dem Betrieb, aus seinem „Humankapital". Anschließend meldete man Insolvenz an. Schlimmstenfalls konfiszierte der Insolvenzverwalter sogar die nicht bezahlten Gehälter. Die engagierten Mitarbeiter erhielten „zum Dank" für ihren Fleiß und freiwilligen Lohnverzicht keine Gehaltsnachzahlungen. Im oberen Management machte man sich mit Millionenabfindungen aus dem Staub. Man überließ es dem Staat, dem Steuerzahler, sich um die geprellten Mitarbeiter zu kümmern. Der Betrieb wurde geschlossen oder an den nächsten Investor weitergereicht. Staat und Ge-

werkschaften schauten diesen Machenschaften hilflos
zu. Kontrollmechanismen funktionierten in der globalisierten Wirtschaft kaum, sie waren international
nicht durchzusetzen! Mit Grausen beobachtete Thorsten Walter ähnliche Vorgänge in seinem ehemaligen
Werk. Diese Geschehnisse ließen ihn nicht ruhen.
Seine angestaute Wut bewirkte, dass er bereitwillig
auf alle Fragen des Kommissars zu betriebsinternen
Vorgängen und Geschäftsverbindungen Auskunft
gab. Vorher hatte er sich mit seinen Freunden aus der
mittelständischen Wirtschaft beraten. Harte Arbeit,
strenge Leistungskriterien, aber auch Menschlichkeit
und Gemeinschaftssinn prägten die Betriebsatmo-
sphäre. Die Menschen dort arbeiteten gern. Sie waren in der Verantwortung und ihre Leistung wurde
geschätzt. Thorsten Walter und seine Freunde waren
der Überzeugung, was sich in der globalisierten Wirtschaft bzw. in den IWI-Werken abspielte, verletze die
Würde des Menschen. Die im Grundgesetz zugesi-
cherte Unantastbarkeit wurde mit diesen Vorgängen,
nach ihrer Meinung, mit Füßen getreten. Ein hoch
industrialisiertes, zivilisiertes Land wie Deutschland
sei verpflichtet, solche kriminellen, globalen Machenschaften zum Schutze seiner Arbeiter zu unterbinden.
Daher fiel es dem ehemaligen Vorstandsvorsitzenden
leicht, dem Kommissar die gesamte Geschichte einschließlich der Erpressungsversuche durch die Havaria zu berichten. Im höchsten Maße interessiert hörte
Kommissar Kellner zu. Er machte sich immer wieder
Notizen. Anschließend legte er dem ehemaligen Chef

der IWI ein Protokoll seiner Aussagen zur Unterschrift vor. „Sie sind in einem eventuellen Prozess ein wichtiger Zeuge", bemerkte er. „Passen Sie gut auf sich auf! Schade, dass Sie nicht früher gekommen sind." Beide unterhielten sich noch eine ganze Weile angeregt.

Walter erzählte von gemeinsamen Jagdausflügen mit Lettermans. Er habe ihn gut gekannt, im Grunde sei er einer von den Netten, Anständigen gewesen. Ganz privat habe er sich auch bei ihm über gewisse Dinge im Geschäftsablauf seiner Bank beklagt. Einer seiner Vorgänger unternahm den Versuch, Änderungen herbeizuführen. Leider fiel er einem Anschlag – angeblich durch die linke Szene – zum Opfer. „Zwischen Paranese und der AF Bank gab es in jedem Fall Kontakte", fuhr Walter fort. „Der Italiener sowie Vorstandsmitglieder der Frankfurter AF und der Züricher VZU Bank saßen einträchtig beim Austernessen mit Champagner in einem bekannten Nobelhotel in Davos", konnte er beobachten. „Paranese zeigte sich überall großzügig und trat ganz gentlemanlike auf. Die Veranstaltungen, Vorträge und Galas des inzwischen weltweit Gesuchten, waren beliebt und gut frequentiert. Hochrangige Gäste aus aller Welt, der italienische Präsident gehörte dazu, nahmen daran teil." So berichtete Thorsten Walter dem Kommissar. Er bat darum, die letzten Informationen rein privat zu handhaben. Man verabschiedete sich freundschaftlich. Kommissar Kellner blieb mit sorgenvoller Miene zurück. Er wusste, hier stieß die Polizei an Grenzen.

Korrupte Politiker und gefährliche, mächtige Wirtschaftsverbrecher bildeten ein Netzwerk. Dazu spielte sich alles weltweit – global – ab. Die Grenzen zur normalen, nicht kriminellen Welt waren fließend. Dies machte die Lage besonders schwierig, undurchsichtig und kompliziert. Kein Fehler durfte ihm unterlaufen. Man wartete nur darauf, seine Ermittlungen mit fadenscheinigen Begründungen zu behindern oder ihm den Fall abzunehmen. Noch hatte er die volle Unterstützung des BKA. Sein Freund dort riet, mit äußerster Vorsicht vorzugehen. Den mit seinen Mitarbeitern entwickelten Plan schmiss er kurzfristig um. Die Aussagen von Walter warfen ein neues Licht auf die Geschehnisse. Es musste einen Zusammenhang zwischen dem Mord an Lettermans, an seinem Anwalt Bubi Jacob, dem Anschlag auf Manuela Schwarz und den IWI-Werken geben. Die AF Bank sei mit 35 Prozent Aktienkapital an der Chemiefirma beteiligt, berichtete ihm Walter. Wie es nach der Übernahme durch die Havaria AG mit der Verteilung des Aktienkapitals aussehe, könne er nicht sagen. Die Rolle des „Königs von Marbella" schien bei allen Ereignissen offensichtlich von Bedeutung zu sein. Die Fäden des globalen, kriminellen Spiels liefen, nach Kellners Wahrnehmung, bei ihm zusammen. Inzwischen lag ihm der Untersuchungsbericht des Flugzeugabsturzes des Anwaltes Bubi Jacob vor. Eindeutig stellte man Manipulation am Fahrgestell und am Motor fest. Eiskalter, geplanter Mord, getarnt als Unfall. Kellner hatte in einer Stadt wie Frankfurt häufig mit Wirt-

schaftskriminalität zu tun. Eine solch brutale Vorgehensweise war ihm noch nicht untergekommen. Die
Ermittlungen auf dem kleinen Flughafen Egelsbach
in der Nähe von Frankfurt liefen auf Hochtouren. Vor
allem suchte man Zeugen. Merkwürdigerweise wollte
wie in Kronberg keiner irgendetwas gesehen oder bemerkt haben. Die Durchsuchung der Kanzlei Jacob &
Partner blieb ohne Ergebnis. Die von Carla transportierten Briefe fand man nicht. Niemand kannte Carla
oder wusste etwas von Postsendungen an den Chef.
Die langjährige Sekretärin Frau Krause gab sich alle
Mühe, Kommissar Kellner bei seinen Nachforschungen zu unterstützen. Unter Tränen versicherte sie, weder Brieftransporte noch die Person Carlas seien ihr
bekannt. Die Zustellung der Schriftstücke musste an
Bubi Jacob persönlich nach Dienstschluss erfolgt sein,
aufzufinden seien sie nirgends, nicht mal in seinem privaten Safe. Selbstverständlich kenne sie den Kollegen,
Sir Forster, in London. Mit ihm habe man in mehreren
Fällen zusammengearbeitet. Ein, nach ihrer Meinung,
absolut ehrbarer, netter, freundlicher Anwaltskollege.
Kommissar Kellner glaubte ihren Berichten. Bezüglich der Aktivitäten des Anwaltes, Sir Forster, war er
allerdings anderer Ansicht. Gegenüber Frau Krause
schwieg er. Nahm sich aber vor, die Londoner Kanzlei
genauer unter die Lupe zu nehmen. Kellner rief seinen
Freund im BKA an und bat um einen Termin. Danach
wandte er sich telefonisch an Carla Bergmann. In den
Vernehmungen war immer wieder der Name Raoul
Engelmann gefallen. Zu ihm wollte Kellner Kontakt

aufnehmen. Der Anruf des Kommissars erschreckte Carla. Kellner konnte sie kaum beruhigen. Der Schock der Untersuchungshaft war noch immer nicht überwunden. Seitdem lebte Carla völlig zurückgezogen. In einer Kurklinik am Tegernsee wollte sie sich demnächst erholen. Marbella hatte seinen Reiz verloren. High Society, Galas, Partys und Champagner, dafür war die hübsche, andalusische Stadt bekannt. Korruption, ansteigende Kriminalität, Zerstörung der Landschaft durch exzessive Bautätigkeit steigerten auf traurige Weise ihren Ruhm. Viel Schlamm lag im Champagner. Deshalb und auf Grund ihrer schlimmen, persönlichen Erfahrungen wollte Carla Marbella vorerst meiden, zu sehr plagten sie ihre Ängste. Freundlich und zuvorkommend erkundigte sich Kellner nach ihrem Befinden und bat um die Adresse von Raoul Engelmann. Carla teilte ihm die Anschrift der Eltern mit. Raouls Adresse in Frankfurt kenne sie nicht. Engelmanns erschraken, als der Kommissar sich nach ihrem Sohn erkundigte. Frau Engelmann beklagte sich bitter: „Er sagt uns nicht mehr, was er macht und wo er hinfährt." „Dein ‚Raouli' ist erwachsen, Sarah!", warf Dr. Engelmann ein und reichte dem Kommissar die gewünschten Adressen und Telefonnummern. „Wir hoffen sehr, er kann Ihnen weiterhelfen!" Kommissar Kellner bedankte sich und dachte, als er die Wohnung im Westend verließ: „Was für nette Leute."

Raoul saß in seiner Wohnung in Marbella. Die fantastische Aussicht auf das Mittelmeer und La Concha

konnte ihn nicht von seinen trüben Gedanken ablen-
ken. Vor ihm auf dem Tisch lag aufgeschlagen die
Zeitung „Marbella Absolute", ein Glas Scotch stand
daneben. Träumerisch starrte er auf die Großauf-
nahme von Aurelia im Abendkleid auf einem der vielen
Wohltätigkeitsbälle, die sie und ihr Mann mehrmals
im Jahr veranstaltet hatten. Raoul sah ihr strahlendes
Lächeln und nahm einen tiefen Schluck Whisky. Die
Sehnsucht nach Aurelia und die Sorge um sie machten
ihn krank. Er wusste, er trank zu viel in letzter Zeit.
Seine Liebe galt einer verheirateten Frau, noch dazu
der Frau eines per Haftbefehl gesuchten Waffen- und
Drogenhändlers. Sehnsucht und Begehren zehrten
ihn auf. Mit Sport versuchte er sich abzulenken. Die
Golfrunde mit Chiara strengte ihn sehr an. Sein Spiel
war katastrophal. Gerne hätte er ihre Einladung zum
Essen angenommen. Er mochte Frau Lettermans gern,
mit ihr und Chiara war es immer so gemütlich. Aber es
ging ihm schlecht, das Schlimmste war, er konnte zu
niemanden darüber sprechen. Noch nie hatte er seinen
Vorgesetzten so ärgerlich erlebt. David meinte es ernst,
ihn vom Dienst für sein Land zu suspendieren. Sein
Versagen traf ihn tief. Der Entschluss war gefasst, auf
eigene Faust wollte er Aurelia suchen und die Spur
Antonios aufnehmen. Aurelia, sie fehlte ihm so sehr …
Ein weiteres Glas Whisky leerte er in einem Zug.
Seine Nachforschungen im schicken Wohnhaus an der
„Goldenen Meile" Marbellas und die Sichtung der Ka-
merabilder ergaben: Gegen 21.00 Uhr waren mehrere
Teppiche aus dem Haus in einen Lieferwagen geladen

worden. Es handelte sich um einen gelben Kleinlaster mit der Aufschrift: „TAPIZES MORENO, ESTEPONA". Alle Firmen der näheren und weiteren Umgebung ließ er befragen und überprüfen. Keiner kannte einen Betrieb mit diesem Namen. Dieser Kleinlaster musste Aurelia zum Hafen gebracht haben. Seine Annahme, Antonio sei über den Seeweg entkommen, wohl die einzige, relativ gefahrlose Fluchtmöglichkeit, schien sich zu bestätigen. Aurelia musste ihm, freiwillig oder nicht, auf die gleiche Weise gefolgt sein. Es blieb nur dieser Weg offen. Die diversen kleineren und größeren Frachtschiffe nahmen gerne, gegen eine entsprechend stattliche Summe, Passagiere an Bord. Je nach Höhe des gezahlten Betrages wurden seitens der Schiffbesatzung keine weiteren Fragen gestellt. Die Küstenwache, mit der Überwachung der Straße von Gibraltar restlos überfordert, bildete keine ernsthafte Gefahr für die vielen, kleineren und größeren, pfeilschnellen Schmugglerboote. Die schmale Meerenge, die Afrika von Europa trennt, beliebt für Drogen-, Menschen- und sonstigen kriminellen Handel, stellt eine Herausforderung und totale Beanspruchung der spanischen Küstenpolizei dar. Draußen, auf dem offenen Meer, konnten sich die Schiffe daher in Sicherheit wiegen. Das Telefon schellte. Ein Anruf des Kommissars. Er bat um einen Gesprächstermin. Raoul willigte ein, beschloss kurzfristig, zwei Tage nach Frankfurt zu fliegen. Eine gute Gelegenheit, etwas Zeit mit seinen Eltern zu verbringen. Danach wollte er intensiv mit der Suche nach Aurelia beginnen. Kommissar Kellner erwartete Raoul am Flughafen. Aus vielerlei Gründen hielt er es für sinnvoll, dieses Gespräch nicht im Kommissariat zu führen. Sie gingen in die Bar des Sheraton-Flughafen-Hotels. Mit geübtem Blick erkannte Raoul, sie wurden beobachtet und verfolgt. Am Nebentisch hinter einer Zeitung verbarg sich der Unbekannte. So sprachen sie nur über Belanglosigkeiten und verabredeten ein Treffen am nächsten Tag in einem abhörsicheren Raum des BKA in Wiesbaden. Raoul erzählte dem Kommissar die gesamte Geschichte seiner Kontakte, seiner Freundschaft zur Familie Paranese. Er zeigte sich Kellner gegenüber sehr erstaunt ob der Tatsache, Antonio sei ein gesuchter Verbrecher. Sicherlich habe er ihm geschäftlich allerhand zugetraut. Wirtschaftlicher Erfolg sei nun mal kein „Zuckerlecken". Antonio habe über beste Kontakte in aller Welt verfügt. In Marbella sei die internationale Society bei ihm ein und aus gegangen. In Davos habe er Vorträge vor ausgesuchtem Publikum gehalten. Überall hätte man ihm Anerkennung gezollt. Der Kommissar wandte ein, er halte ihn für einen der wichtigsten Hintermänner der internationalen Wirtschaftskriminalität. Raoul schwieg. Den Auftrag des Mossad, Paranese aus genau diesen Gründen zu überwachen, erwähnte er nicht. Kellner fuhr fort, er sehe Verflechtungen zu den Vorgängen in Deutschland. Das BKA hege schon länger Verdacht. Die Beweislage sei aber äußerst dürftig. Offensichtlich jedoch machte sich Paranese in den USA Feinde. Vielleicht habe er die Drogen- und Waffengeschäfte zu sehr an sich gerissen. Die Amerikaner duldeten auf Dauer keine ausländische Konkurrenz in ihren „Handelsgebieten". Nun sei ihm schon längere Zeit die CIA auf den Fersen. Deren Ermittlungsergebnisse hätten dazu geführt, er werde mit internationalem Haftbefehl gesucht. Wesentlich sei, hier setze er stark auf Raoul, alle Kontakte und Verbindungen um Paranese aufzulisten. Sämtliche Namen der Partygäste wären von Bedeutung. Antonio genieße von vielen Seiten Schutz, da er über ein ausgezeichnetes Netzwerk verfüge und Freunde in aller Welt habe. Diese Protektion zu durchbrechen, benötige er stichhaltige Beweise. Carla hätte leider nicht weiterhelfen können. Anfangs hielt er sie für eine notorische Lügnerin, zum Kreise Paraneses gehörend. Ihre vollkommene Unschuld sei aber inzwischen erwiesen. Auch erinnerte sie sich nur an ganz wenige Namen der prominenten Gäste. Raoul wollte Kellner eine entsprechende Liste erstellen. Oftmals habe er die Einladungen gemeinsam mit Frau Paranese organisiert. Er sei bestens über die Kontakte Antonios, zumindest im europäischen Raum, informiert. Dieses Wissen gäbe er gerne an den Kommissar weiter. Große Sorgen mache er sich um Aurelia als einziges Bindeglied zu dem Gesuchten. Mit intimen Kenntnissen seiner Kontakte und eventuellen Aufenthaltsorten stelle sie eine Gefahr für ihn und seine Organisation dar.

Er berichtete dem Kommissar von dem angeblichen „Selbstmordversuch" in ihrem Haus in Marbella. Es sei ihm ein persönliches Anliegen, sie zu schützen. Sie sei genauso unschuldig wie Carla. Von den Machenschaften Paraneses habe sie keinerlei Kenntnis. Bereitwillig gab Raoul sämtliche Informationen preis. Bezüglich seiner Agententätigkeit hüllte er sich in Schweigen. Kommissar Kellner empfand er als intelligenten, sympathischen Mann. Seine ruhige, besonnene Art, die Dinge anzugehen, gefiel ihm. Soweit es in seiner Macht stand, so sein Entschluss, wollte er mit Kellner zusammenarbeiten und ihm helfen. Am späten Abend nach weiterem, regen Austausch verabschiedeten sich Kellner und Raoul freundschaftlich.

Es war bereits Mitternacht vorbei. Gerade wollte Raoul todmüde ins Bett fallen, da klingelte sein Spezialmobiltelefon. „Ich warte im Zimmer 2424 im Interconti auf dich, bitte in fünfzehn Minuten!" David ließ ihm keine Zeit zu einer Antwort und legte auf. „Wir sind einverstanden mit dem Kontakt zur deutschen Polizei", empfing David ihn an der Tür. „Wir möchten jedoch über jeden Schritt informiert werden. Bitte klare Absprachen einhalten!" Davids Worte waren Raoul Befehl. Schon am Flughafen wusste er, es waren Davids Leute, die ihn verfolgten und beobachteten. „Morgen Abend geht deine Maschine nach Asunción. Ich habe alle Papiere dabei. Unsere Kontaktleute helfen dir, falls erforderlich, weiter. Du hast Glück, wir haben zurzeit keine Person frei, die so gut Spanisch spricht wie du. Wenn du die Sache erfolgreich abschließt, plane bitte vier bis sechs Wochen Israel ein. An deiner Ausbildung muss gearbeitet werden, du verweichlichst!", knallte ihm David um die Ohren und fuhr fort: „Uns liegt die Kopie eines Briefes von Aurelia an ihre Eltern vor. Der Brief stammt aus Asunción. Sie schreibt etwas von einer starken Veränderung, die mit Antonio vorgegangen sei. Gehe bitte der Sache auf den Grund. Ihre Bewachung scheint mangelhaft. Verstärkung ist für dich, wie schon erwähnt, vor Ort vorhanden. Dein Flug geht über Madrid, denn ab morgen bist du ein spanischer Geschäftsmann." David, wie immer kurz angebunden, ließ keine Fragen Raouls zu. Er wünschte ihm viel Glück und verabschiedete ihn mit dem Hinweis, seine Reise auch gegenüber der deutschen Polizei geheim zu halten. Zuhause fiel Raoul sofort in einen unruhigen Schlaf. Alpträume plagten ihn. Seine Mutter rief immerzu nach ihm. Weit draußen auf dem Meer stand Aurelia auf einem Schiff und schrie gellend um Hilfe. Das Schiff sank und Aurelia war verschwunden. Schweißgebadet wachte er auf. Er musste packen. Sein Flieger ging um 18.00 Uhr.

Gemäß der Anweisung aus Langley beobachteten Bobby und sein Team weiterhin die Villa in der Valle Cortega. Bis jetzt ohne Ergebnis. Langsam wurden sie ungeduldig. Keine Maus konnte das Haus betreten oder verlassen, alles wurde aufgezeichnet. Nichts von Bedeutung ereignete sich. Schließlich erhielt Bobby aufgrund neuer Informationen über Antonios Aufenthalt den Befehl, mit seinen Leuten nach Tijuana zurückzukehren. Die Stadt liegt im Nordwesten von Mexiko im Bundesstaat Baja California. Ihre ständig steigende Einwohnerzahl hat die eineinhalb Millionen bereits überschritten. Die Grenzstadt, nur wenige Kilometer vom US-amerikanischen San Diego entfernt, wird als Mischung der guten und der schlechten Seiten Mexikos angesehen. Bekannt für historische Stätten, legendäre Stierkampfarenen und Strände, berüchtigt als Mexikos größtes Zentrum für illegale Drogen und Prostitution. Der Drogenkrieg dort wurde immer brutaler. Man vermutete Paranese in unmittelbarer Nähe, da große Transporte von USA nach Mexiko anstanden. Die sich bekämpfenden Kartelle benutzten amerikanische Waffen. Mit eiserner Hand und besten Beziehungen in die USA organisierte und lenkte Antonio bisher den größten Teil des Handels. Er galt als Spezialist, Waffen- und Drogengeschäfte waren seine Domäne. Die Gelder ließ er über internationale Holdings in den Wirtschaftskreislauf einfließen. Auf diese Weise investierte er über viele Jahre in Südspanien und brachte Wohlstand in die Region. Marbella blühte auf, die Stadt glänzte und glitzerte im Reichtum. Nicht umsonst wurde Antonio „Der König von Marbella" genannt. Seit dem Terroranschlag vom elften September veränderte sich vieles. Die Geldwäschegesetze wurden verschärft. Transaktionen größerer Geldmengen gestalteten sich zunehmend schwieriger. Die USA versuchten, Schwarzgeldaktionen und verbrecherischen Handel in den Griff zu bekommen. Die CIA wurde intensiv bei der Bekämpfung eingesetzt. Antonio mietete sich in einer Suite des „Coronado Beach Hotels" in San Diego ein. Die Berichte, die ihn erreichten, bereiteten ihm Sorgen. Den Gründer der Zeitung „Revista

Zeta" und zwei weitere Mitarbeiter ließ er beseitigen. Als sie nach einem Restaurantbesuch mit dem Auto wegfahren wollten, explodierte die Bombe. Sie waren sofort tot. Paranese hoffte mit dem Anschlag, die Journalisten zum Schweigen zu bringen. Jedoch ungerührt davon, berichtete das Blatt weiter über Korruption in der Politik und die Verflechtungen des Waffen- und Drogenhandels bis in höchste Kreise. Tijuana, eine der lukrativsten Nahtstellen zwischen USA und Lateinamerika bezüglich Waffen- und Drogenhandels, erwies sich mehr und mehr als Risiko für den Mafia-Chef. Seine geschäftlichen Angelegenheiten musste er schnellstens zu Ende bringen. Er bewegte sich auf heißem, gefährlichem Pflaster: Geheimdienste und Polizei nahmen die Verfolgung auf. Man suchte ihn mit internationalem Haftbefehl. Europa und USA würde er für einen längeren Zeitraum meiden. Verlagerung seiner Aktivitäten in den asiatischen Raum schien ihm eine gute Möglichkeit. In Afghanistan arbeiteten seine Leute bereits mit Erfolg. Aurelia war das größte Risiko. Sie musste bald erledigt werden. Sein Herz blutete bei dem Gedanken. Es blieb ihm keine Wahl. Der Gifttod in Marbella wäre eine elegante, schmerzlose Lösung gewesen. Jeder hätte ihren „verzweifelten Selbstmord" verstanden und geglaubt. Nun musste er sich eine neue Version ihres Todes ausdenken. Er dachte an ihren Luxuskörper, an ihre strahlende Erscheinung. Es überlief ihn heiß. Er roch ihr Parfüm, Jasminduft. Er fühlte ihre starke, erotische Ausstrahlung. Sein Körper begann auf die heißen Gedanken zu reagieren, er sprang unter die kühlende Dusche. Die Erinnerungen an Aurelias Superfigur, ihre gazellenartigen Bewegungen beherrschten ihn.

Laut aufstöhnend, ließ er seiner Lust freien Lauf. Erfrischt konnte er sich danach wieder seinen Plänen zuwenden. Seine Leute berichteten ihm, die Villa in Asunción werde von CIA-Agenten überwacht. Am späten Abend überbrachte ihm ein Bote eine kurze Nachricht, fünf Worte: „BRINGEN SIE ES IN ORDNUNG!" Die CLOM, die „Organisation", rührte sich. Die „Central Lobby of Michele" kannte kein Pardon. Im Schutz der Dunkelheit fuhr er nach Tijuana. Seine Anweisungen waren kurz und prägnant. Die CLOM erwartete Erfolg.

Am Abend saß Bobby mit seinem engsten Team im Fischrestaurant „El Pescador" in Tijuana. Sie verzehrten gerade die leckere Vorspeise, besprachen die weitere Planung ihres Einsatzes. Drei Männer kamen herein. Sie zogen ihre Schnellfeuerwaffen, erschossen damit Bobby und seine Begleiter. Bobby richtete sich noch einmal kurz auf, bevor er blutüberströmt liegenblieb. Seine letzten Gedanken waren: „Ich muss doch Carla helfen, ich will zurück nach Deutschland." Er blutete und blutete. Nebelschleier legten sich über seine Gedanken. Er verlor das Bewusstsein. Wenig später starb er. Eilig verließen die Täter das Lokal. Fassungslos blieben der Wirt und die übrigen Gäste zurück. Für die drei CIA-Mitarbeiter kam jede Hilfe zu spät.

Immer wieder wurde Antonio im Hotel von Deutschen und Nordländern angesprochen. Sie hielten ihn für einen Landsmann. „Der Chirurg hat exzellente Arbeit geleistet", dachte Antonio und bedauerte zutiefst, kein Deutsch zu sprechen. Es wäre die perfekte Tarnung gewesen. So gab er sich als Amerikaner aus Chicago mit deutschen Vorfahren aus. Sein Englisch war fließend, wenn auch mit Akzent. Dies kümmerte in USA mit ihren vielen Nationalitäten niemanden. Er war zu allen höflich und zuvorkommend. Seine Suite verließ er kaum, nahm dort auch seine Mahlzeiten ein. Gleich bei seiner Ankunft erzählte er dem Rezeptionschef mit leiser, trauriger Stimme, er habe gerade seine Frau an Krebs verloren. Nun wolle er sich hier ein wenig erholen, mit langen Strandspaziergängen und in der Einsamkeit seiner Suite. Er bitte um Verständnis, größtmögliche Ruhe und Abgeschiedenheit seien für ihn hoffentlich eine Möglichkeit der Trauerbewältigung. Selbstverständlich wurde sein Wunsch mit freundlichem Respekt von den Hotelangestellten berücksichtigt. Schließlich hatte er eine der teuren Suiten des „Coronado Beach Hotels" für mehrere Wochen gebucht. Das Telefon war auf Wunsch abgeschaltet worden. Man vermied jede Störung. Die nächtlichen Besucher, die ab und zu kamen, wurden ohne weitere Beachtung toleriert.

San Diego ist die zweitgrößte Stadt im Bundesstaat Kalifornien. Sie liegt im Südwesten des Staates an einem künstlichen Hafenbecken etwa eine halbe Stunde nördlich von Tijuana. Im Westen wird die Stadt vom Pazifischen Ozean begrenzt. Fantastische Sonnenuntergänge über dem Meer locken jeden Abend staunende Hotelgäste des „Coronado Beach" auf die Terrassen und an die Strände. Im Osten bilden Berge sowie der Anza-Borrego-Wüstenpark eine natürliche Grenze. Das Stadtgebiet dehnt sich immer weiter ins Landesinnere aus, im Süden reicht es fast bis Mexiko. Die meiste Zeit des Jahres herrscht ein angenehmes Klima. Das umfangreiche Schnellstraßen- und Autobahnnetz ermöglicht rasche Verbindungen in alle Richtungen. Dies und das angenehme Klima waren die Gründe, warum sich Antonio San Diego als Rückzugsort aussuchte. Er liebte das alte, traditionsreiche Hotel. Hier fand er totale Entspannung von seinem aufreibenden Handel mit Drogen und Waffen im schmutzigen, armen Tijuana. Niemand vermutete, Antonio könnte es wagen, sich in den USA aufzuhalten. Keiner ahnte: Aus der „Höhle des Löwen" heraus wickelte er seine illegalen Geschäfte ab.

Die CLOM – Central Lobby of Michele – ist eine der mächtigsten, geheimen Organisationen der Welt. Gegründet wurde sie in den siebziger Jahren des zwanzigsten Jahrhunderts in einem Privathaus unweit der Abtei San Michele auf Procido, der kleinsten und ursprünglichsten Insel im Golf von Neapel. Blühende, wilde Gärten, duftende Zitronen- und Orangenhaine betören den Besucher mit ihrer üppigen Pracht. Niemand, der mit der Fähre von Neapel auf das blühende

Eiland fährt, würde auf dem friedlichen Inselchen den Ursprung gemeinen, verbrecherischen Treibens vermuten. Von dort breitete sich die CLOM in Politikerkreisen, Unternehmen, in der Justiz, beim Militär, in Banken und Geheimdiensten wie eine Krake aus. Enge Zusammenarbeit mit der Mafia ermöglichte bald ein weltweites Netzwerk. Ehrgeizig, menschenverachtend und rücksichtslos verfolgte sie ihre Ziele: Machtausweitung, Geld- und Vermögensanhäufung, Wahlfälschungen, Einfluss auf Verfassungsorgane gehörten dazu. Letztendlich Kontrolle der Regierungen und Aushebelung der demokratischen Systeme. In Brüssel kassierte die CLOM über den Weg des „Lobbyismus" Millionen von Subventionen. Das Geld verschwand in „schwarzen Kanälen", bei den Unterstützungsbedürftigen kam es nicht an. Immer mal wieder wurde ein Mitglied der korrupten Bande vor Gericht gestellt. Meist fehlten Beweise und Zeugen. Aus Angst oder gegen hohe Geldbeträge wurden Aussagen verweigert. Die Leitsätze der CLOM waren simpel und extrem wirksam: – „Jeder ist käuflich. – Jeder hat einen Schwachpunkt." Ließen sich diese beiden Punkte bei einer Person nicht anwenden, erreichte man sein Ziel mit massiven Drohungen, dem Unfall eines Familienmitgliedes oder des Betroffenen selbst. Professionelle Killer erledigten ihre Arbeit sauber und ohne Aufhebens. Ein Land wie Italien, erfahren mit mafiösen Strukturen, hatte eine fast perfekte, kriminelle Organisation hervorgebracht. Die mächtigen, weltweit verstreuten Hintermänner beachteten die Gesetze einer geheimen Loge. Allein mit dem Hin- und Herschieben ihrer Milliardenvermögen beeinflussten sie den Aktienmarkt oder konnten Staatshaushalte ins Wanken bringen. Seriöse Analysten waren nicht mehr in der Lage, die ökonomischen Entwicklungen einzuschätzen oder Prognosen zu erstellen.

Krisen wurden künstlich erzeugt und gesteuert. Spekulativer Handel gewann Oberhand über Geschäfte mit realen Gütern. Zum Wohle weniger und zum Leidwesen des Bürgers und Steuerzahlers. Die Immobilien- und Bankenkrise in den USA, mit ihren weltweiten Auswirkungen, zeigte die typischen Symptome. Sie manifestierten sich in der bis heute andauernden Eurokrise. In den letzten Jahren stiegen Reichtum und Macht der CLOM ins Unermessliche. Holdings, eingerichtet durch Anwälte in Steueroasen, gewähren völlige Anonymität. Steuergeschützt, sicher vor Einblicken in Vermögen und Anlagen, bleibt es ein streng gehütetes Geheimnis: Wer, wo, mit wie viel beteiligt ist und seine Interessen geltend macht.

An der Südwestküste Procidos mit seinen schönen Stränden lag, in der Nähe des Jachthafens Chiaiolella, landeinwärts an einer abgelegenen Straße, ein altes, verfallenes Bauernhaus. Vor Jahren, so erzählte man sich, hatte ein reicher Amerikaner das Gebäude und einige tausend Quadratmeter Land für einen Spottpreis gekauft. Die Einwohner Procidos, meist Fischer, wunderten sich über den spleenigen Ausländer. Auf dem Grundstück wurde zuerst ein Hubschrauberlandeplatz gebaut. Danach wurde das Gelände mit einer riesigen Mauer umzäunt. Eine hohe Hecke versperrte zusätzlich die Sicht. Das alte Haus wurde abgerissen und durch ein großes, stabiles Backsteinhaus ersetzt. Man vermutete mindestens zwanzig Zimmer darin. Zu ihrem großen Ärger wurden bei dessen Bau nur Handwerker aus Neapel beschäftigt. Keiner der Inselbewohner sah die „Casa" jemals von innen. Ein riesiges, schweres Holztor schützte vor ungewollten Einblicken. Kameras überwachten das Anwesen von allen Seiten. Das Merkwürdigste war, die Eigentümer besuchten es nur alle ein bis zwei Jahre. Dann schienen sie ein großes Fest zu feiern. Jachten legten im Hafen von Chiaiolella an. Hubschrauber brachten die Gäste von dort direkt zum Haus. Limousinen mit verdunkelten Scheiben fuhren vor. Die Menschen auf Procido hatten zu ihrem großen Ärger keinerlei Einnahmen durch die Besucher. Als bekannt wurde, der „spleenige Ami" gab jedes Jahr einhundertfünfzigtausend Dollar als Spende in die Gemeindekasse, beruhigte sich die aufgebrachte Stimmung. Die Insulaner waren zufrieden und schwiegen. Die übrige Zeit stand die „Casa San Michele", das Backsteinhaus an der „Alten Landstraße", leer. Jeden Tag sorgte ein Hausmeisterehepaar aus Neapel für Sauberkeit und Ordnung. Sie kümmerten sich nicht um die Leute aus Procido. Einmal sprach sie der Besitzer des Hafen-Cafés an. Die einzige Information, die er herauslocken konnte, war: Der Amerikaner sei italienischer Abstammung, er habe in den USA ein Vermögen gemacht. Alle ein bis zwei Jahre veranstalte er ein Familien- und Verwandtentreffen. Zu allen anderen Fragen schwiegen Pedro und Mara beharrlich.

Ende September in Procido. Sonne und Regenschauer wechselten sich ab. An manchen Tagen wehte ein eisiger Wind. Dunkle Wolken zogen auf. Der Herbst kündigte sich an. Die Fähre von Neapel nach Procido blieb leer. Touristen verirrten sich kaum noch auf die Insel. Die eleganten Hochseejachten schwankten kräftig hin und her. Sie beherrschten den kleinen, gemütlichen Hafen mit ihrer Betriebsamkeit und wollten so gar nicht zur ruhigen, ländlichen Atmosphäre des kleinen Inselchens passen. Einige der ganz großen Jachten ankerten draußen auf dem Meer. Mit kleinen, flinken Motorbooten oder Hubschraubern stellten sie eine schnelle Verbindung zum Land her. Die Einwohner Procidos wussten, der „spleenige Ami" veranstaltete wieder mal sein großes Familien- und Verwandtentreffen. Die Insulaner, meist Fischer, von Natur aus schweigsam, in sich gekehrt, beschäftigt mit den täglichen Existenzsorgen, kümmerten sich nicht um die Vorgänge im Jachthafen und der „Casa San Michele". Manche behaupteten, den italienische Präsidenten und andere bekannte Persönlichkeiten gesehen zu haben. Es gab viele Gerüchte. Sicher konnte man nicht sein. Blitzschnell waren die illustren Gäste hinter den Mauern des Landsitzes verschwunden.

Traditionsgemäß trafen sich die Mitglieder der CLOM alle zwei Jahre an ihrem Gründungsort im

Ursprungsland Italien. Ehemalige und aktuelle Politiker mit besten Beziehungen weltweit. Russische Oligarchen, englische Adelige, amerikanische, chinesische, indische Milliardäre sowie deutsche Banker. Eine bunte, internationale Mischung der Superreichen und Mächtigen. Die heimliche Weltregierung, nicht gewählt, sondern selbst ernannt. Auswahlkriterien der CLOM: Viel, sehr viel Geld oder Macht. Am besten beides. Mit Hilfe und im Interesse der CLOM wurde man noch reicher und mächtiger. Es ging um Ausbreitung und Stabilisierung eines globalisierten, uneingeschränkten, ungebremsten Kapitalismus. Große Detekteien und Anwaltskanzleien arbeiteten für die CLOM und verschafften die nötigen, wichtigen Daten. Geschickte Manipulationen ermöglichten, sich an den Schaltstellen der Macht einzunisten und auf Entscheidungsträger einzuwirken. Die Grenzen zwischen Legalität und Illegalität waren fließend. Dies machte es so schwer für die Systeme und ihre echten Demokraten, sich zur Wehr zu setzen. „Weltweit sind Demokratie und Rechtsstaatlichkeit in Gefahr. Es hat sich eine legal operierende Wirtschaft herausgebildet, die sich aller Regulierung entzieht. Eine ‚Schurkenwirtschaft‘, Triumph des globalen Kapitalismus, an dem die Mafia und das internationale Verbrechen entscheidenden Anteil nehmen."*

Keinen der Anwesenden in der „Casa San Michele" plagte ein Unrechtsbewusstsein oder gar ein Gespür für die Verwicklung in kriminelle Machenschaften. Im Gegenteil, man fühlte sich hoch geehrt und geschätzt,

Mitglied einer so kleinen, elitären Gruppe zu sein. Die Einladungen nach Davos und Procido zeigten, man war ganz oben angekommen. Stolz verwies man in Vorträgen auf die erfolgreiche Arbeit zum Nutzen und Wohl aller Menschen. Großzügige Spenden sollten die Armut in der Welt lindern. Die verschiedensten Projekte hierzu wurden vorgestellt. Besonders die Afrika-Stiftungen hob man lobend hervor. Man lieferte riesige Mengen Impfstoff an den schwarzen Kontinent, finanziert durch privates Sponsoring. Dankbar wurde dieser entgegengenommen und so viele Menschen als möglich geimpft. Klagen über Spätfolgen der Impfung oder Unverträglichkeiten waren von den ungeschulten, nicht aufgeklärten, mittellosen Afrikanern nicht zu erwarten. Ungebremst, unkontrolliert konnte man Impfstoffe und Medikamente ausprobieren. Die Spender sparten erhebliche Steuern. Gleichzeitig konnten sie sich im Glanz ihrer Wohltaten sonnen. Die Aktien der chemischen bzw. Pharmaindustrie stiegen. Die in die Stiftungen investierten Gelder flossen über Gewinne doppelt und dreifach in die Taschen ihrer Sponsoren zurück.

Der exklusive, kleine Kreis der „Central Lobby of Michele" tauschte sich drei Tage lang auf seiner im hohen Maße diskreten, geheimen Tagung aus. Das kleine, hübsche Inselchen Procido gab die kitschig schöne Kulisse zum Treffen der kriminellen Vereinigung. Zufrieden mit dem Erreichten, im Bestreben an die Erfolge anzuknüpfen, pflegte man Kontakte. Eine gewisse Realitätsferne schlich sich unbemerkt bei diesen Reichsten der Reichen ein. Abgehoben, im wahrsten Sinne des Wortes, mit eigenen Düsenjets fliegend, mit Superjachten unterwegs, in schlossähnlichen Anwesen wohnend, waren sie korrumpiert durch zu viel Geld und Macht. Das Konzept der CLOM förderte inhumanes Verhalten. Menschlichkeit war etwas für Schwächlinge. So verlor man bei dem Treffen kein Wort über das Gründungsmitglied Paranese. Wer dumm genug war, sich mit den USA und den Geheimdiensten anzulegen, hatte verspielt. Für die CLOM zur „Unperson" geworden, galt nur noch das eine, das unwürdige Mitglied so schnell als möglich auf elegante Weise loszuwerden. Zuerst, so kalkulierte man, sollte Paranese noch eine Menge „Drecksarbeit" erledigen. Die italienischen Mitglieder, mit ihren ausgezeichneten Verbindungen zur Mafia, würden sich danach um den Fall kümmern. „Verrat und Auslieferung an die Geheimdienste", lautete der grausame, interne Plan. Antonio war so gut wie tot! Freundschaftlich verabschiedeten sich die Tagungsteilnehmer, in dem Bewusstsein, einem ganz besonderen, illustren Kreis anzugehören. Niemand stellte Fragen zu abwesenden Mitgliedern wie dem deutschen Topbanker Lettermans oder Paranese. Wie gewohnt übte man sich in Diskretion und hüllte sich in Schweigen. Einhundertfünfzigtausend Dollar waren auf dem Konto der kleinen Gemeinde Procido eingegangen. In einem Telefonat wurde die ausdrückliche Bitte des „feinen Clubs" übermittelt, keine Informationen an die Presse zu geben. Der Bürgermeister und der Gemeinderat rieben sich die Hände. Sie mochten die aufgeregten „Pressefuzzis" sowieso nicht.

Die deutsche Öffentlichkeit war erschüttert. Berichte über Anlagebetrug im großen Stil, viele Menschen verloren ihre gesamten Ersparnisse, beschäftigten die Medien. Dem ehemaligen Anlagebetrüger aus Frankfurt konnte nichts nachgewiesen werden. Zudem waren die Vorgänge inzwischen verjährt. Mit riesigen Spenden unterstützte er Parteien und Wahlkämpfe. Ließ Spitzenpolitiker in seinen Villen Urlaub machen, verschaffte sich auf diese Weise wichtige, einflussreiche Freunde. Vergeblich versuchten geprellte Anleger sich Gehör zu verschaffen. Presseberichte wurden im Keim durch massiven Druck mächtiger Anwaltskanzleien gestoppt. Gegnerische Anwälte brachte man durch Zusicherung von Großaufträgen zum Schweigen. Ein kleiner Anruf beim Chef der Kanzlei, schon wurden die eifrigen, jungen, noch an den Rechtsstaat glaubenden Anwälte zurückgepfiffen. Geschickt verbandelte sich der Unternehmer auf Anraten der CLOM mit einer sehr beliebten, weltbekannten italienischen Opernsängerin, spendete großzügig auf allen Bällen und Galas. Er war mit Hilfe des „Clubs" und dessen kriminellen Machenschaften angekommen an der „Spitze der Gesellschaft". Das große Rad der Zeit drehte sich weiter und sorgte für Vergessen. Langsam verstummten die bösen Gerüchte und das Medieninteresse erlosch. Wenn nicht, half man mit allen Methoden der Macht und des Geldes nach!

Tatsächlich, die Berichte in den Medien wurden leiser und hörten schließlich ganz auf. Waren Oberflächlichkeit, Bequemlichkeit, gesellschaftliche Schnelllebigkeit verantwortlich für die kommentarlose, schweigsame Akzeptanz von Macht und Ungerechtigkeit? Oder spielte Angst um berufliche Existenz, schlimmstenfalls ums eigene Leben und das der Angehörigen, eine Rolle? Dies würde bedeuten: Die wichtigsten Werte unserer Demokratie sind bereits verloren. Die CLOM ist auf dem Vormarsch. ADE FREIHEIT!

Entsetzt schaute Carla auf das amtliche Schreiben. Es war eine Vorladung. Ihre „Fahrerflucht" sollte vor Gericht verhandelt werden. Sie zitterte. Der harmlose Anruf Kommissars Kellners, der sich nach der Adresse Raouls erkundigte, führte ihr die vierwöchige Untersuchungshaft in ihrer ganzen Unerträglichkeit und Ungerechtigkeit wieder vor Augen. Sie musste sich festhalten. Ihr wurde schlecht. Sie hörte die Geräusche aus den Nachbarzellen, den barschen Ton der Aufseherinnen. Sie sah sich verzweifelt gegen die Zellentür klopfen. Nirgends eine Reaktion. Sie lief in ihrer Zelle auf und ab, hämmerte gegen die massive Eisentür, bis ihre Finger wund waren. Sie schrie und weinte, bis vor Heiserkeit nur noch ein trockenes, leises Schluchzen ihren müden Körper schüttelte. Am meisten fürchtete sie den Hofgang. Ihre Gefängnisgenossinnen bespuckten und beschimpften sie als „reiche Marbella-Tussi". Die „stille Post" im Knast funktionierte ausgezeichnet.

Offiziell waren die Gründe des Einsitzens geheim. Die Mitgefangenen wussten jedoch in den meisten Fällen genau Bescheid. Niemand glaubte an ihre Unschuld. Sie solle endlich ein Geständnis ablegen. Dies wirke sich strafmildernd aus, teilte man ihr in den zahlreichen Verhören mit. Und nun fand dieser Alptraum eine Fortsetzung. Carla starrte auf den Brief in ihrer Hand, auch in diesem Fall fühlte sie sich völlig unschuldig. Die Polizei stellte an ihrem Wagen außer Gebrauchsspuren nichts fest. Die zusammengekehrten Lackreste, angeblich von ihrem Fahrzeug, waren schwarz. Die Farbe ihres Autos war dunkelblau. Ihr Unfallgegner war in einer Einbahnstraße am Hauptbahnhof in Frankfurt mindestens zwanzig Meter von der roten Ampelkreuzung an rückwärts gefahren, um sich dann mit einem rücksichtslosen Einparkmanöver auf Zentimeterdistanz an ihr vorbeizuquetschen. Carla hatte das Fenster runtergekurbelt und „Idiot" geschrien. Hätte sie nur die geringste Vorstellung einer Berührung der beiden Autos gehabt, wäre sie sofort stehen geblieben. Zumal sie sich völlig im Recht glaubte. Fahrerflucht sah ja wohl anders aus. Sie saß gemütlich mit ihrer Freundin in der Pizzeria im Kettenhofweg. Ihr Wagen stand vor dem Restaurant, anschließend fuhr sie gemächlich nach Hause in den Odenwald. Das seltsame Einparkmanöver fand Zuspruch durch einen Zeugen. Aus dem „Nichts" tauchte er „rein zufällig" auf, selbstverständlich konnte er sich im Sinne ihres Prozessgegners genau an jede Einzelheit erinnern. Zu den weiteren Ungereimtheiten zählte: Der Fahrer des gegnerischen Fahrzeugs konnte, obwohl die Passage der beiden Wagen in Sekundenschnelle vonstattenging, Carla genauestens mit exakter Altersangabe beschreiben. Sein Auto war inzwischen abgemeldet. Ein unmittelbarer Abgleich und Untersuchung der beiden Fahrzeuge durch einen Sachverständigen war auf diese Weise unmöglich. Verzweifelt, innerlich vollkommen aufgelöst, folgte Carla dem Prozess. Ihr Anwalt verteidigte sie äußerst lasch. Alles schien irgendwie abgesprochen. Carla durfte den Führerschein behalten, erhielt eine hohe Geldstrafe und musste die Prozesskosten bezahlen. Weinend fügte sie sich dem ungerechten, völlig absurden Urteilsspruch. Ihr Anwalt riet, auf die Berufung zu verzichten. Locker bemerkte er: „Es hat halt mal die Falsche getroffen."

Nach den Erfahrungen der Untersuchungshaft und diesem Urteilsspruch beschloss Carla, sich erst mal völlig zurückzuziehen. Carla, die temperamentvolle, selbstbewusste, nie um eine Antwort verlegene, flotte, junge Frau fühlte sich plattgedrückt wie ein Blümchen im Poesiealbum. Manchmal plagten sie trübe Gedanken oder wie es so schön heißt, „Verschwörungstheorien". Steckte hinter dem sogenannten „Unfall" mehr? Wollte man an gewissen Stellen ihr Schweigen? Sie würde keine Antworten finden. In jedem Fall war es gelungen, ihr Selbstbewusstsein, ihre unbekümmerte Art und Spontanität durch Zurückhaltung und Misstrauen zu ersetzen. Die Selbstanzeige zog sie durch, bezahlte ihre Steuern nach und eine nicht unerhebliche Summe als Strafe. Kommissar Kellner verlangte

Beweise für die Herkunft ihres Geldes, wenn es denn nicht von Tätigkeiten für Paranese käme. Es blieb keine Wahl. Die Unterlagen mussten dem Kommissar und anschließend den Steuerfahndern zur Verfügung gestellt werden. Carla, von Depression und tiefer Traurigkeit geplagt, beschloss, ihre Kur am Tegernsee bald anzutreten. Ein bisschen weiß-blauer Himmel, die Berge, der See, bayrische Gemütlichkeit würden guttun. Sie brauchte Ruhe, Rückzugsmöglichkeiten, Erholung und Streicheleinheiten für ihre verwundete Seele. Das Telefon schellte. Aus London meldete sich die Sekretärin Sir Forsters und fragte um eine Verbindung mit ihrem Chef nach. „Zu spät!", dachte Carla wütend, nahm aber trotzdem erwartungsvoll den Anruf an. Sir Forster bat um Entschuldigung wegen ihrer erlebten Unannehmlichkeiten. Er sei selbst in USA festgehalten worden. Angeblich ein Zollvergehen. Der wahre Grund, wie sich herausstellte, waren seine Kontakte zu Paranese. In ständigen Verhören versuchte man von ihm, Aufenthaltsort des Italieners und Näheres zur Arbeitsweise seiner Organisation herauszubekommen. Forster betonte, keine Informationen zur gesuchten Person geben zu können. Es habe Wochen gedauert und einer hohen Kautionssumme bedurft, bis ihm die Amerikaner Glauben schenkten und er freikam. Carla fiel es schwer, höflich und freundlich zuzuhören oder Anteilnahme zu zeigen. Diesem Mann und ihrer naiven Vertrauensseligkeit verdankte sie all die schlimmen Ereignisse der letzten Monate. Sie erkundigte sich nach dem Inhalt der von ihr beförderten Briefe. Sir Forster wich ihrer Frage aus. Seine Geschäftsbeziehungen liefen über London, Frankfurt am Main, Marbella, Zürich. Hohe Diskretion sei nun mal Berufsethos. Das habe er Kommissar Kellner auch mitgeteilt. Dieser drohte mit einem Durchsuchungsbefehl. Da müsse er mit großen Schwierigkeiten rechnen, die englische Polizei würde nicht ohne Weiteres Einmischung der deutschen Justiz in ihre Angelegenheiten dulden. Im Übrigen erinnere er sich weder an Postsendungen noch an deren Inhalt. Die polizeilichen Ermittlungen unterstütze er, so weit es ihm möglich sei. Als korrekter Anwalt fühle er sich in erster Linie gegenüber seinen Klienten verpflichtet, deren Privatsphäre er vorrangig für schützenswert erachte. Wie leid ihm das mit Carla täte, könne er gar nicht sagen. Gerne wolle er ihr helfen und sich irgendwie erkenntlich zeigen. Carla ging das „Höflichkeitsgeschwätz" auf die Nerven. Sie wollte ihn nie wiedersehen und auch nicht weiter anhören. Nach Austausch weiterer Phrasen, wie Carla es empfand, teilte sie mit, es klingelte an der Tür und schmiss den Hörer auf. Das Telefonat, ohne jede innere Anteilnahme ihres Gesprächspartners, war ihr, nach allem, was sie durchgemacht hatte, unerträglich. Marbella, die Ereignisse und ihre Folgen hatten sie in einen tiefen, schlammigen Abgrund gezogen. Es würde sie viel Kraft, gute psychologische Betreuung und Disziplin kosten, die Geschehnisse zu verarbeiten. Die stabile, barocke, bayrische Lebensart und die wunderbare, ursprüngliche Natur der Berge und Seen sollten dabei helfen.

Das Treffen der CLOM, die Tage auf Procido gingen ungestört, fast lautlos zu Ende. Es bestand Einigkeit unter den Mitgliedern, die globalisierte Wirtschaft zielgerichtet und intensiv, im Sinne der CLOM, voranzutreiben. Gegner sollten mit den üblichen Mitteln bekämpft und klein gehalten werden. Ein mächtiger Kontrahent setzte sich energisch und wirksam mit der CLOM auseinander. Bisher konnte er nicht von der kriminellen Vereinigung „Michele" erkannt und ermittelt werden. Längst hatte der Mossad Mitarbeiter in den „feinen Club" eingeschleust. Ein Großteil der Pläne und Aktivitäten der CLOM lagen dem israelischen Geheimdienst vor. In den Führungsgremien saßen Wirtschaftsbosse, die freiwillig, mit Überzeugung, Israel die wichtigsten entsprechenden Daten lieferten. Es bestand Eigeninteresse des kleinen Landes. Würden die Demokratien in Europa ausgehöhlt und vernichtet, wäre auch Israel betroffen. Klug, wie immer in der politischen Analyse einen Schritt voraus, wusste Israel sich zu schützen. Bisher erhielt Raoul über Paranese, Gründungs- und führendes Mitglied der CLOM, zusätzliche, interne, höchst brisante Informationen. Nun war er verschwunden und mit ihm seine Frau Aurelia, beide blieben wie vom Erdboden verschluckt. Es galt, sie zu fangen. Polizei und Geheimdienste verfolgten dasselbe Ziel. Die Jagd war eröffnet. Sie ahnten allerdings nicht, dass sie heimliche Mitarbeiter hatten. Der „feine Club" wollte den Aufenthaltsort eines seiner ältesten und treuesten Mitglieder schnellstens herausfinden, um ihn den staatlichen Stellen auszuliefern.

„Elegant loswerden" bezeichnete man es im kleinsten Machtzirkel der CLOM.

Im Gegensatz zu anderen Geheimdiensten waren die Mitarbeiter des Mossad schwierig zu erkennen und auszumachen. Freiwillige jeden Alters arbeiteten in allen Ländern der Erde zum Wohle ihres Heimatlandes Israel. Ihre Arbeit verrichteten sie mit Leidenschaft, extrem gründlich und sorgfältig. Ihr Erfolg war ihre absolute Unauffälligkeit. Als Bürger des Landes, in dem sie lebten, beherrschten sie die Sprache perfekt. Oftmals waren sie bereits Rentner, beruflich zurückgezogen, widmeten sie ihre gesamte Freizeit dem Dienst an ihrem Land. Informationen wurden nach dem Hermes-Prinzip nur über Boten weitergegeben. Peinliche PC-Pannen, wie bei CIA und anderen Diensten, Veröffentlichung von sensiblen Daten wurden auf diese Weise vermieden. Die ausgezeichnete, erfolgreiche Arbeit des israelischen Geheimdienstes beruhte darauf: Neben bestens ausgebildeten Spezialagenten ermittelten engagiert die weltweit verstreut lebenden jüdischen Glaubensbrüder und ihre Anhänger. Kein großer, träger, bürokratischer Apparat behinderte die Arbeit. Den Informanten ließ man in ihrer geheimdienstlichen Tätigkeit größtmögliche Freiheit. Sämtliche Unterlagen, Pläne der CLOM, die Mara und Pedro kopiert hatten, waren zwei Tage später bei David in Tel Aviv.

Raoul fiel während des Fluges nach Asunción in einen tiefen, traumlosen Schlaf. Die holprige Landung der

Maschine der TAM-Airlines weckte ihn. Sein Gepäck ließ er in dem geschmacklos modernen Stadthotel mitten in Asunción. Dort war ein Zimmer für ihn reserviert. Noch am selben Abend nahm er einen Mietwagen und fuhr in die Valle Cortega. Sein Herz klopfte bis zum Hals. Er wusste, sein Job war gefährlich. Er hatte schon einige gefahrvolle Einsätze hinter sich gebracht. Nie verspürte er eine derartige Aufregung. Vielleicht hatte David Recht, er war inzwischen verweichlicht. Es blieb keine Zeit, weitere Gedanken daran zu verschwenden. Auf den ersten Blick wurde die Villa Paranese nur lasch bewacht. Schwatzend standen die einheimischen Wachtposten herum. Sie waren schwer bewaffnet. Ihre Hunde zogen aufgeregt an den Leinen. Einer der Hunde riss sich los und stürmte einer Katze hinterher. Schreiend und fluchend folgte ihm sein Herrchen. Raoul amüsierte sich köstlich. Das Tor zum Grundstück stand weit auf. Er schaute auf das hell erleuchtete Backsteinhaus. Sein Herz klopfte noch stärker, es war nicht sein gefährlicher Auftrag. Er spürte Aurelia, sie war im Haus … Einige Tage wollte er die Villa beobachten, danach sofort Pläne zu ihrer Rettung machen. Sie sollte ihn, so Davids Befehl, zu Paranese führen. Seine Hände schwitzten, er hatte Angst um ihr Leben. Hoffentlich kam er noch rechtzeitig. Rund um das Gelände der Paranese-Villa hatte sich die CIA postiert. Er musste Aurelia aus dem Haus locken. Es war viel zu gefährlich, vor Ort eine Rettungsaktion zu starten. Eine wilde Schießerei wäre die Folge.

Aufgeregt kam Pilar zu Aurelia und steckte ihr ein kleines Briefchen zu. Auf der Straße sprach sie ein junges Mädchen an, die Nachricht sei für ihre Herrin. Erst nach Zusicherung der Übergabe erhalte sie von dem Fremden ihr Geld. Sie brauche die zwanzig Dollar dringend. Sie flehte und bettelte, bis Pilar ihr versprach, am nächsten Tag eine Bestätigung, ein kleines Zettelchen, zu bringen. Raoul erkannte sofort Aurelias Schrift: Groß, rund, in fast kindlichen Schriftzügen stand das Wort „BIJOUX" auf der Antwort. Er war überglücklich. Sie lebte. Alles andere würde sich regeln lassen. „Mon BIJOUX" nannte er sie manchmal zärtlich, wenn sie allein waren. In seinem Briefchen an Aurelia stand: „Tee Time 9.00, Golfclub, chawer", ein Codewort, das sie beide spaßeshalber immer wieder mal benutzten. Aurelia wusste, man würde ihr einen Bewacher auf die Golfrunde mitgeben. Sie musste ihn irgendwie loswerden. Ihre Hoffnung war Ramon, ein junger Wachmann, der gerade erst eine Familie gegründet hatte. Jede freie Minute schlich er sich davon. Er würde begeistert sein, wenn sie ihm einen Besuch bei Frau und Kind gestattete. Am nächsten Morgen war es tatsächlich Ramon, der mit müden Augen vor ihr stand. Als Aurelia ihm eröffnete, sie wolle den schönen Morgen auf dem Golfplatz allein genießen, schaute er sie dankbar und erleichtert an. Kaum war ihr Golfsack ausgeladen, sah Aurelia nur noch die Rücklichter seines alten amerikanischen Wagens. Es war ein angenehmer, kühler Morgen mit einer leichten Brise. Am ersten Tee war niemand zu sehen. Aurelia beschloss, schon mal abzuschlagen. Vielleicht verspätete sich Raoul oder war überhaupt verhindert. Sie wollte sich den schönen Golftag durch nichts verderben lassen. Ihr Heimweh war unermesslich. Weg von Asunción, war ihr ganzes Bestreben. Voller Sehnsucht dachte sie an ihr schönes Zuhause in Marbella. Am meisten vermisste sie ihre Eltern. Ihre Versuche, einen Flug zu buchen, waren fehlgeschlagen, die Ausweispapiere fehlten. Offenbar gleich bei ihrer Ankunft entfernten Antonios Leute heimlich ihren Pass aus dem Koffer. In den nächsten Tagen wollte sie die italienische Botschaft um Hilfe bitten. Aurelia konnte es nicht fassen, ihre Gefühle liefen Amok.

Tag und Nacht quälte sie die Frage, welche Veränderungen mit Antonio vorgegangen waren. Er hielt sie wie eine Gefangene, es gab keine Gespräche mehr zwischen ihnen. Nirgends war er erreichbar, niemand wusste, wo er sich aufhielt. Sein operiertes Gesicht mit den blond gefärbten Haaren und dem ebenso blonden Vollbart wirkten noch immer als Schock in ihr nach. Grob und grausam behandelte er sie. Die Vergewaltigung konnte sie nicht verwinden. Warum hatte er sie überhaupt kommen lassen? Es war nicht mehr der Antonio, den sie geliebt, dem sie vertraut und bewundert hatte. Etwas in ihr war zerbrochen. Sie spürte, es war irreparabel. Ein Gespräch mit ihren Eltern würde helfen. Sie musste sich Klarheit verschaffen. Es war das Ende ihrer Ehe. Sie plante, die Scheidung einzureichen. Gedankenversunken spielte Aurelia das erste Loch. Sie verlor ihren Ball. Schließlich schloss sie das

Golf Hole mit einer Neun ab. Es war ihr gleichgültig. Ein sonniger Morgen, fröhlich zwitscherten die Vögel, der Golfplatz lag ruhig und friedlich da. Zwischen hohen Bäumen und blühenden Büschen konnte man vereinzelt auf den anderen Fairways ein paar Golfspieler entdecken. Raoul beobachtete Aurelia. Er sah, sie war allein. Flott zog sie ihren Golfwagen, dabei schritt sie grazil voran. Ihr schwarzes, langes Haar wehte ihr ab und zu ins Gesicht. Mit einer energischen Bewegung schob sie es wieder zurück. „Wie immer hat sie ihr Haargummi vergessen", dachte Raoul. Es wurde ihm warm ums Herz. Ihre langen Beine steckten in weißen Bermudashorts. Sie erinnerte ihn an ein zartes Reh. Sein Herzklopfen wurde stärker. Es gelang ihm nicht, David und seinen Auftrag in den Vordergrund zu stellen. Hier lief die Frau seiner Träume. Die Sehnsucht nach ihr ließ ihn erschaudern. „Hi!", rief er Aurelia, hinter einem Baum hervortretend, zu. Voller Freude schmiss sie den Driver hin. Sie fielen sich in die Arme. Weinend drängte sie sich an ihn. „Hol mich hier raus, ich will hier weg, bitte hilf mir!" Ihre Tränen flossen in Strömen. Schmerzen und Kummer der letzten Wochen überwältigten sie. Noch fester presste sie sich an ihn. Um Raoul war es geschehen. Er fasste ihr tränennasses Gesicht und küsste sie. Es wurde ein langer, leidenschaftlicher Kuss. Sie vergaßen die Welt um sich herum. Raoul zog Aurelia hinter einen Geräteschuppen. Alle angestaute Leidenschaft der letzten Jahre entlud sich. Anfangs wehrte sich Aurelia noch ein bisschen, dann gab sie auf. „Ich liebe dich,

nur dich", keuchte Raoul, während seine Zunge über
ihren Körper zum Schoß herunterglitt. Aurelia ließ
sich verwöhnen. Sie stöhnte vor Lust. Raoul zog sie in
das kleine Gerätehaus auf eine Bank. Als er schließlich in ihr war, krallten sie sich in ekstatischer Trance
an- und ineinander. Aurelia stieß laute, spitze Schreie
aus. Raoul hielt ihr schließlich liebevoll den Mund zu.
„Mon Bijoux, die werden gleich die Sicherheitsleute
schicken." Nun mussten beide lachen. Eng aneinan-
dergeschmiegt lagen sie auf der harten Holzbank. Erst
jetzt nahmen sie die Umgebung in dem alten Schuppen
wahr. Ein Leguan huschte an ihnen vorbei. „Keine sehr
romantische Umgebung, mon Bijoux", sagte Raoul mit
einem Schmunzeln. „Ich werde dir die Welt zu Füßen legen", versprach er und küsste sie. Erneut überfiel
beide die Leidenschaft. Ein paar Körbe wurden umge-
stoßen. Range-Bälle rollten: „Klack, klack", über den
Boden. Die alte Bank knackte. Der kleine Holzschup-
pen wackelte bedenklich. Für Aurelia und Raoul war
die Zeit stehen geblieben. Sie vergaßen ihre Probleme,
ihre Umgebung. Es gab nur sie beide! Brutal wurde
die Tür des Schuppens geöffnet. Raoul und Aurelia
starrten in auf sie gerichtete Maschinenpistolen. Drei
Wachleute der Villa Paranese standen vor ihnen. Einer davon war Ramon. Verschreckt schaute er sie an.
Sein Kollege befahl: „Señora, Sie ziehen sich etwas an
und kommen sofort mit uns!" Raouls Pistole lag neben
seiner Hose in der hinteren Ecke des Gerätehauses. Er
hatte keine Chance. Sie fesselten ihm die Hände auf
dem Rücken und stießen ihn grob auf die Ladefläche

eines kleinen Lieferwagens. Die zitternde Aurelia nahmen sie in die Mitte zwischen Fahrer und Beifahrer. Rasch und unauffällig fuhr der Kombi über die Lieferantenausfahrt des Golfplatzes hinaus. In der Villa Paranese angekommen, wurde Raoul in einen Keller gesperrt, Aurelia in ihr Schlafzimmer. Pilar schlich mit rotgeweinten Augen umher. Offensichtlich hatte sie Probleme mit den Wachleuten. Man machte sie für die Ereignisse mitverantwortlich.

Vor dem Haus nahmen die Kameras der CIA-Leute den merkwürdigen Vorgang auf. Immer wieder sahen sie sich das Video an. „Gefesselte Person, Identität unbekannt, in Villa Paranese abgeliefert", gaben sie nach Langley durch. „Identität feststellen!", kam der Befehl zurück. „Die haben gut reden, diese Sesselfurzer," maulte einer der Agenten. Der Schock über den Tod Bobbys und zwei ihrer Kollegen saß tief. Sie wussten, ihre Mission war hochgefährlich. Man hatte es mit zu allem bereiten Profis zu tun. Eine entsprechende Strategie musste entwickelt werden. Man wollte mit Bedacht und Geschick vorgehen. Eine Schießerei sollte, wenn möglich, vermieden werden.

Raoul saß im Keller der Villa Paranese und schämte sich wie ein kleiner Junge für seine grenzenlose Dummheit. Einem verliebten Teenager ähnlich, hatte er seinen Auftrag hintangestellt und alles vermasselt. Sein Benehmen glich einem liebestollen Hengst. „Undiszipliniertes Weichei!", schalt er sich. Ein Versager, für den Dienst an seinem Land ungeeignet, konnte er davon ausgehen, die Karriere beim Mossad war beendet. Zusätzlich gefährdete er das Leben von Aurelia. Für sein Verhalten gab es keine Entschuldigung, eine dritte Chance würde es nicht geben, falls er hier überhaupt lebend herauskam. Das Einzige, was er sicher wusste, er liebte Aurelia über alles. Und nun hatte er sie und sein Land im Stich gelassen. Vielleicht würde man kurzen Prozess mit ihm machen, ihn sofort erschießen. Eigentlich war ihm alles egal, aber er wollte Aurelias Leben retten. In Gedanken versunken saß er da. Die schwere Eisentür öffnete sich. Ein blonder, bärtiger, unbekannter Mann stand vor ihm. „Du bumst also meine Frau, mein Freund!" Raoul verspürte einen Faustschlag in der Magengegend und einen zweiten im Gesicht. Er blutete. Kurzzeitig verlor er die Besinnung. Als er wieder zu sich kam, war der Mann verschwunden. Raoul zerbrach sich den Kopf. Hatte Antonio den „Blonden" auf ihn gehetzt? Er hielt es für sehr wahrscheinlich. Der Mann war ihm irgendwie bekannt vorgekommen. Das Blut lief an Raoul herunter. Wieder verlor er das Bewusstsein. Total geschwächt fiel er anschließend in einen tiefen Schlaf. „Na, mein Täubchen, du bumst fremd!" Verängstigt starrte Aurelia Antonio an, der plötzlich in ihrem Zimmer stand. Er versetzte ihr einen Faustschlag, warf sie auf den Boden, riss ihr die Kleider vom Leib und drang in sie ein. Aurelia schrie wie am Spieß. Es schien Antonio Spaß zu machen und ihn noch mehr zu erregen. Er drehte sie in die Bauchlage und nahm sie nochmals auf brutalste Weise von hinten. Aurelia heulte vor Schmerzen wie ein wundes Tier. Er versetzte ihr einen Fußtritt und schmiss sie in die Ecke. „Das war's, mein Vögelchen, den Rest erledigen andere." Mit hochrotem Kopf schmiss er die Tür zu und verschwand. Das Personal scharte sich aufgeregt um Antonio. Er hatte sie alle im Innenhof zusammenrufen lassen. Ramon musste niederknien. Er flehte und weinte. Drei gezielte Schüsse aus Maschinenpistolen streckten ihn nieder. Danach holten sie die verängstigte, laut schreiende Pilar.

Dieselben drei Wachmänner schnitten ihr ein Ohr ab. Sie jagten das blutende Häufchen Elend mit Fußtritten aus dem Haus. „Ihr wisst jetzt, was euch blüht, wenn ihr nicht bedingungslos gehorcht! Schert euch weg an die Arbeit!", befahl Antonio.

Wiederum verfolgten die CIA-Leute draußen vor dem Haus alles auf Video. Sie sendeten die Aufnahmen nach Langley. „Identität des Blonden feststellen!", kam der Befehl. Die nächsten Tage verliefen ruhig und ereignislos in der Villa Paranese. Das Personal erledigte die tägliche Arbeit gedrückt und missmutig. Der Blonde war verschwunden. „Er kann sich doch nicht in Luft aufgelöst haben", rätselte die CIA.

Antonio war längst wieder in San Diego und Tijuana. Mit seinem kleinen Düsenjet flog er noch am selben Abend in die USA. Die erfolgreichen Waffen- und Drogengeschäfte wollte er persönlich zu Ende führen. Die Umsätze waren immens. Demnächst würde er bei Herrn Rütli in Zürich Koffer, gefüllt mit Dollarnoten, abliefern. Seine Organisation sollte stolz auf ihn sein. Schon vor langer Zeit ließ er sich von seinem Arbeitszimmer aus hinter einem Bücherregal einen direkten Zugang zum Keller legen. Entlang der Abwasserleitung führte ein etwa sechshundert Meter langer Gang zu einem alten, verfallenen Wasserturm zwei Straßen weiter. Hier endete der geheime, unterirdische Weg an einem dicken Eisentor im Turm. Ein paar wacklige Stufen hoch und Antonio war im Freien. Gegenüber, in einer unauffälligen Wellblechgarage, stand eine vollgetankte Limousine für ihn startbereit. Unbeobachtet konnte er auf diese Weise seine Villa betreten und verlassen.

Carla war in einer kleinen Pension in Rottach-Egern am schönen Tegernsee untergebracht. Es stürmte und regnete seit Tagen. Auf den Gipfeln der Berge lag der erste Schnee. Jeden Morgen, wenn sie die Fensterläden des gemütlichen, bayrischen Hauses aufstieß, beugte sie sich weit hinaus. Tief einatmend zog sie die frische, unverbrauchte Bergluft ein. Sie freute sich auf ihre tägliche Wanderung. Das kräftige Frühstück und die gemütliche Brotzeit mit anderen Wanderern „auf der Hütten", wie man in Bayern sagte, waren ein Genuss. Der kurze Aufenthalt wirkte Wunder, sie fühlte sich bereits erholt. Die alte Power und ihr Lebensmut kamen langsam zurück. Marbella und das Frauengefängnis in Preungesheim waren weit weg, unwirklich, ein böser Traum. Eines Tages, sie genoss gerade auf der Almhütte Brezeln, Käse und Bier, schaute sie am anderen Ende des langen Holztisches einer blonden

Dame ins Gesicht. Diese erwiderte den Blick intensiv und forschend. Wie Schuppen fiel es Carla von den Augen, die nette Dame von der Party in Marbella. Da stand Frau Lettermans auch schon vor ihr. Die Begrüßung war lebhaft und herzlich. Sie fielen sich in die Arme, Tränen flossen. Etwas peinlich berührt stand Chiara daneben. „Mama, lass uns hinten an dem Vierertisch sitzen, dort können wir uns alles erzählen." Alle drei nahmen dort Platz. „Was machen Sie, liebe Carla, hier in Bayern?", fragte Frau Lettermans. Mit ungläubiger Miene hörten sich Mutter und Tochter Carlas Geschichte an. Eingesperrt, unschuldig vier Wochen in Untersuchungshaft, wie war das möglich? Beide waren geschockt und atmeten tief durch. Der noch immer unaufgeklärte Mord an ihrem Wolfi, am geliebten Papa, beschäftigte sie wie so oft und legte sich zentnerschwer auf ihr Gemüt. Lag es an der guten Bergluft, den kleinen Schnäpsen, die der Wirt zwischendurch verabreichte, Carla und Frau Lettermans erzählten sich ihre gesamten Erlebnisse und Kümmernisse. Erstmals sprach Marlene, längst war man beim „Du" angekommen, über ihren größten Schmerz, das Verhältnis ihres Mannes mit Manuela Schwarz. Am späten Abend fuhren die drei Damen mit der letzten Seilbahn ins Tal. Sie hatten sich alles von der Seele geredet. Alle drei fühlten sich besser. Seit langer Zeit sah Chiara ihre Mutter wieder lachen. So beschloss man, sich am nächsten Tag erneut zu treffen. Carla holte Lettermans in ihrem „Hotel Jägerwinkel" ab. Heute schien die Sonne. Endlich verzogen sich die dunklen

Regenwolken. Weiß-blauer Himmel, ein kalter Wind zeigte als Vorbote den kommenden Winter an. Die drei Frauen machten einen wunderschönen Spaziergang entlang des Sees. Sie schritten rasch voran. In angeregter Unterhaltung nahmen sie eine Brotzeit in der „Gaststätte Bräustüberl" ein. Sie lachten, scherzten und verstanden sich prächtig. Manchmal wurden sie von Traurigkeit eingeholt. Der unaufgeklärte Mord an Lettermans belastete alle drei. Chiara erwähnte Raoul. Normalerweise meldete er sich regelmäßig und nun? Seit Wochen kein Lebenszeichen, er war ein guter Freund der Lettermans seit Chiaras Kindertagen. Auch um Aurelia machten sie sich Sorgen. In Marbella versuchte man, Kontakt aufzunehmen, niemand wusste, wo sie sich aufhielt. Ihr Freundeskreis suchte nach ihr, man vermutete, ihr verbrecherischer Mann hätte sie entführt. Freiwillig, da war man sicher, wäre Aurelia niemals ohne ihre Eltern fortgegangen. Chiara war tief enttäuscht von Raoul. Warum meldete er sich nicht? Immer wieder hinterließ sie ihm Nachrichten auf dem Anrufbeantworter, kein Rückruf erfolgte. Es tat ihr weh, auch wenn sie sich nichts anmerken ließ. Raoul, ein wirklicher Freund, immer hilfsbereit und besorgt, war nicht zu erreichen. Hierfür fanden alle drei keine Erklärung. Nach Ankunft in Frankfurt wollte man Engelmanns nach dem Verbleib ihres Sohnes fragen. Kommissar Kellner sollte über den neuesten Stand der Ermittlungen berichten und wie es Manuela Schwarz ginge …? Gemeinsam mit Carla plante man, die Verletzte zu besuchen. Danach sollte

Chiara erst mal in Ruhe ihr Studium in München fortsetzen. Man erzählte und verschwatzte die Zeit. Sowohl Carla als auch Marlene spürten, Energie und Lebenskraft kehrten langsam zurück. Sie machten Pläne über zukünftige, gemeinsame Unternehmungen. Man verabredete regelmäßige Treffen. Am Ende des bayrischen Tages verabschiedeten sich drei Freundinnen.

In Tel Aviv starrte David entsetzt auf die Kopien der Pläne der CLOM aus Procido. Er war ein „alter Hase" im Geschäft. So schnell konnte ihn nichts erschüttern. Die Brisanz der Nachrichten war ungeheuerlich. Er bat, was sehr selten vorkam, um ein vertrauliches Gespräch beim Premierminister. Die Sache eilte und duldete keinen Aufschub. Nun war klar, warum der oberste deutsche Banker und sein Anwalt sterben mussten. Der Anschlag auf Manuela Schwarz ergab in diesem Zusammenhang einen Sinn. Sie war, sobald sie aus dem Koma erwachte, in höchster Lebensgefahr. Die deutsche Polizei und der BND sollten demnach dringend benachrichtigt werden. Am Nachmittag erwartete ihn der Premierminister. Kurz schaute er über die Unterlagen. Schnell und energisch kam seine Reaktion: „Wir werden die Aktionen der CLOM weiterhin ausspähen und wenn möglich bekämpfen. Niemals offiziell, nur streng geheim, mittels des Mossad und eventuell verbündeter Dienste. Die Papiere werden per sofort als Staatsgeheimnis an einem sicheren Ort aufbewahrt. Veröffentlichung könnte den Sturz von Regierungen in Europa und weltweit nach sich ziehen.

Einige Politiker in höchsten Ämtern sowie prominente Wirtschaftsbosse müssten ihren Hut nehmen und nicht nur das ... Destabilisierung westlicher Systeme kann nicht Ziel israelischer Politik sein", merkte er an. „Aber", betonte Bibi listig: „Diese Unterlagen sind von unschätzbarem Wert. Sie werden unserem Land noch großen Nutzen bringen, besonders die beiliegenden Namenslisten. Gute Arbeit geleistet, David! Sehr gut!" Mit diesen Worten verließ er den Raum. Entsetzt und schaudernd blieb David zurück, er verstand nichts von Politik. Als ehemaliger Offizier war er gewohnt, seinen Dienst ohne Murren und Widerrede zu erledigen. Der Inhalt der Papiere lag jenseits seiner schlimmsten Vorstellungen: Die vielen Toten beim Terroranschlag von Henningstedt, Unschuldige saßen dafür hinter Gittern. Die brutale Vorgehensweise der Großbanken, hier büßte der Steuerzahler. Die Subventionsbetrügereien in Europa. Die Milliardengräber, „Großbaustellen", kein Untersuchungsausschuss, kein Staatsanwalt forschte nach. Die Verbrechen der Pharmaindustrie. Räuberische Übernahmen von Betrieben auf Kosten der Mitarbeiter, Millionenabfindungen für ihre unfähigen Manager. Die Spekulationen auf Nahrungsmittel an der Börse, die ungebremsten Geschäfte dort wie im Kasino. Die Reihe ließe sich endlos fortsetzen. Und nun hatte man endlich Namen ermittelt. Man kannte die Organisation, die diese Verbrechen rückhaltlos plante und unterstützte. Und was geschah? NICHTS! Das war Politik! David begann zu begreifen. Er musste den Inhalt der Pläne und Unterlagen der CLOM verdrängen. Keine Chance, sein Land verlangte es von ihm, eine Zeitbombe tickte. Würde er auf den Auslöser drücken, war er so gut wie tot. Als Verräter seines Landes, seines Dienstes würde sich schnell die passende Legende für sein Leben und Sterben finden lassen. Wegen der Brisanz des Geschehens und der Beteiligten aus höchsten Staatsämtern waren der Presse in diesem Fall aus gesetzlichen Gründen –„Gefährdung nationaler Interessen" – die Hände gebunden. Selbst bei einer Veröffentlichung dieser Ungeheuerlichkeiten, wer würde sie glauben? Was würde sich ändern? Er hatte wieder nur eine Antwort: NICHTS! Schweigen, absolutes Schweigen, wie politisch verlangt, war die einzige Lösung. Niemals plagten David Zweifel an seiner Tätigkeit. Im Gegenteil, er liebte seine Arbeit und sein Land. Sein Handeln geschah aus Überzeugung, etwas Sinnvolles zu tun. Im Moment fühlte er sich mies. Das Wort „Gerechtigkeit", an die er immer geglaubt hatte, erhielt für ihn eine neue Bedeutung. „Gefühle sind etwas für alte Weiber", schalt er sich selbst. „Du arbeitest für den Mossad und nicht für die Heilsarmee! Vergiss alles, du hast drängendere Probleme zu lösen!", so sprach er mit sich selbst. Eiligst musste die Sache Paranese beendet und vor allem Raoul mit Geschick befreit werden. Noch heute Abend würde er die entsprechenden Befehle nach Asunción geben. „Der liebestolle Gockel", wie er Raoul insgeheim nannte, war in Lebensgefahr. „Ja, ja, die Liebe", mit Wehmut dachte David an seine Jugend, „die Liebe und die Frauen, schnell konnte man darüber den Verstand verlieren. Und es passiert nicht nur den jungen Leuten …" Bei diesen Gedanken wurde er wieder fröhlicher und vergaß die CLOM. Mit Bewunderung dachte er an das politische Geschick, die salomonische Einschätzung und Einordnung der Lage durch den Premierminister. Draufschlagen, Draufhalten, seine eigene Devise, hätte nichts gebracht. Eine solche Situation mit Ruhe anzugehen, dieses Wissen zu nutzen, Vorteile geschickt rauszuholen im Sinne des eigenen Landes sprach für Bedacht und Klugheit. Von großer Politik verstand er nichts. Wieder mal wurde es ihm klar vor Augen geführt. Er hatte den Kampf gegen die CLOM laut Weisung weiterhin im Kleinen zu bestreiten, das hieß, Paranese fangen und Raoul befreien.

Kommissar Kellner kämpfte ebenfalls „im Kleinen" gegen Wirtschaftskriminalität, gegen die schon überall in Industrie, Politik und Justiz verankerte Organisation der CLOM. Die Aussage Thorsten Walters über Erpressungsversuche durch die Havaria-Chemie warf ein neues Licht auf die Ereignisse in Henningstedt. Die Mitarbeiter der SoKo bezweifelten von vornherein einen Anschlag durch islamistische Terroristen. Die Indizien erschienen nicht ausreichend, die Beweise nicht stichhaltig genug. Direkt nach dem schrecklichen Ereignis war der Zugang zum Unglücksort strikt gesperrt. BND, unterstützt durch die CIA, ließen ihre Spezialisten ermitteln. Die Untersuchungsergebnisse wurden an höherer Stelle ausgewertet. Der deutschen

SoKo verwehrte man den Zutritt, versorgte sie nur spärlich mit Informationen. Tage später erst konnten Kellner und sein Team mit der Untersuchung des Geländes beginnen. Ein Großteil des Schutts war zu diesem Zeitpunkt schon beseitigt. Wichtige Spuren fehlten. Kellner und sein Team beklagten sich darüber erfolglos bei ihrer vorgesetzten Stelle.

In Wiesbaden, im Paulaner, traf sich Kellner mit seinem Freund aus dem BKA. Enttäuscht und frustriert fuhr er spätabends nach Frankfurt zurück. Sein Freund vermittelte klipp und klar, für weitere Untersuchungen im Fall Henningstedt gäbe es keinen Anlass und keine Unterstützung durch die leitenden Stellen. „Der Fall ist abgeschlossen! Die Täter sitzen ein!", bemerkte er. „Was, wenn sie unschuldig sind? Vieles spricht dafür", entgegnete Kellner. „Das, mein Lieber, entzieht sich unseren Möglichkeiten, unserem Entscheidungsbereich. Bitte, halte dich daran!" Ernst und eindringlich klangen die Worte seines Freundes. Ungläubig starrte Kellner ihn an. „Wir haben eine neue Ermittlungslage, die Aussage und Anzeige wegen Erpressung von Walter gegen Havaria", entgegnete er. „Ein paar Nummern zu groß für uns, wir sind nur kleine Rädchen im mächtigen Getriebe. Finde dich damit ab! Sprich morgen mit dem Staatsanwalt darüber. Ihm sind Unterlagen von Anwälten der Havaria-Chemie zugegangen. Mit Walter wird erneut verhandelt. Alles spricht für eine außergerichtliche Einigung der Parteien. Dies ist durchaus im Sinne deiner Vorgesetzten und des BKA." Er leerte sein Glas, klopfte

Kellner freundschaftlich auf die Schulter. „Nimm es nicht so tragisch! Wir sollten mal wieder eine Radtour am Rhein machen. Ruf mich an, wenn du Zeit hast", verabschiedete er sich und verließ das Lokal. Zu Hause angekommen, machte Kellner erst mal eine Flasche Wein auf. Er trank in schnellen Zügen. Der gute Assmanshäuser beruhigte die angespannten Nerven. Noch immer war sein Gesicht zornesrot. Das Gespräch in Wiesbaden hatte ihn erschüttert, innerlich aufgewühlt und den Blutdruck hochgetrieben. Dreißig Jahre tat er engagiert als Polizist, als Ermittler und Kommissar der SoKo Wirtschaftskriminalität seinen Dienst. Minutiös hatte er im Fall Paranese ermittelt und schließlich Verbindungen zum Unglück in Henningstedt, zum Mord an Lettermans, Bubi Jacob und zum Anschlag auf Manuela Schwarz entdeckt. Computerspezialisten beschäftigten sich tagelang mit dem zertrümmerten, privaten PC Lettermans, man fand ihn nach mühevollen Nachforschungen im Sondermüll der Bank. In schwieriger Kleinarbeit gelang es, die demolierte Festplatte wieder herzustellen. Lettermans wehrte sich energisch und entschieden in diversen Schreiben gegen bestimmte Vorhaben und Gängelung durch die CLOM. Er plante auszusteigen, sich von dem „feinen, elitären Club" abzusetzen, ergab die Analyse der PC-Texte. Geldtransfers führte er schließlich nur noch im Sinne und zum Nutzen seiner Bank durch. Mit anderen Machenschaften der CLOM wollte er offensichtlich nichts zu tun haben, wie zahlreiche Mails bewiesen. Hier musste der Grund für den

Anschlag auf den Bankenchef liegen. Den Mord durch die „Organisation" konnte Kellner nicht beweisen. Aber kriminelle Verbindungen zwischen Havaria, dem Ereignis in Henningstedt, Paranese und der AF Bank waren deutlich erkennbar. Er war auf eine heiße Spur gestoßen. Letztendlich machte die Aussage Thorsten Walters die Motive der Havaria transparent und zeigte, inwieweit die Bank in die unlauteren Aktiengeschäfte und Geldtransfers verwickelt war. Er setzte seine Hoffnung auf das Gespräch mit dem Oberstaatsanwalt am morgigen Tag. Eine kurze, knappe Mitteilung seitens der Staatsanwaltschaft erwartete ihn: Die Parteien Walter gegen Havaria-Chemie seien dabei, sich außergerichtlich zu einigen. Oberstaatsanwalt Schuster legte dem Kommissar Akten mit der Kopie eines anwaltlichen Schreibens vor. Sinngemäß hieß es dort: Walter habe die Firma ausgezeichnet geführt. Den Schock der Ereignisse in Henningstedt habe er wohl nicht verwinden können. Dafür sprächen seine zahlreichen ärztlichen Behandlungen und die allseits bekannte Medikation mit Tranquilizern. Vor allem die Veröffentlichung von Urlaubsfotos, vor vielen Jahren in einer bekannten Bar in Marbella aufgenommen, hätte seine Psyche schwer getroffen. Gespräche mit erpresserischer Absicht habe es zu keinem Zeitpunkt gegeben. Hierfür gäbe es diverse Zeugen und Aktnotizen, Verhandlungen mit ihm seien niemals allein geführt worden. Bekanntlich verwirre Schock das Erinnerungsvermögen. Es könne nur im Interesse aller Beteiligten liegen, sich außergerichtlich zu einigen. Havaria biete Walter eine weitere, großzügige Abfindung in Millionenhöhe an, wegen seiner außergewöhnlichen, ausgezeichneten Leistungen für den IWI-Konzern. Zum Schluss, stelle man noch fest, Walter fielen seine seltsamen Anschuldigungen reichlich spät ein. Dies vertiefe den Gedanken, er habe unter Schock gestanden. Man hoffe, eine jahrelange, prozessuale Auseinandersetzung vermeiden zu können, die der Gesundheit des Prozessgegners sicherlich abträglich sei. Auf Grund der benannten Fakten sähe man ihr aber gelassen entgegen. Schuster zeigte sich hell begeistert über den, nach seiner Einschätzung, vernünftigen Einigungsvorschlag „Ein mieser Kuhhandel ist das!", fluchte Kellner. Der sonst so ausgeglichene, freundliche Kommissar starrte den Staatsanwalt voller Zorn an. Er ballte die Fäuste, als wollte er gleich in einen Boxkampf gehen. Der Oberstaatsanwalt hatte den Spitznamen „Froschkönig". Niemals zeigte er Gefühlsregungen, bei anderen Leuten waren sie ihm sichtbar noch unangenehmer. Mit dieser Situation wusste er nicht umzugehen. Mit indignierter Miene flüchtete er sich in ein Telefonat mit einem Kollegen. Den wütenden Kellner ließ er fluchend vor seinem Schreibtisch sitzen. Dieser erhob sich schließlich und schmiss die Bürotür mit einem lauten Knall zu. Leicht verstimmt, wegen des unangemessenen Verhaltens des Kommissars, verzog der Oberstaatsanwalt das Gesicht. Danach konzentrierte er sich wieder auf die abendliche Verabredung mit seinem Kollegen beim Edelitaliener in der Fressgasse. Kellner verließ sein Büro erstmals seit vielen Jahren bereits am frühen Nachmittag. Erstaunt sah ihm seine Sekretärin hinterher. Per Anruf wollte sich der Kommissar vergewissern, ob Walter wirklich seine Aussage zurückzog. Die Haushälterin teilte mit, ihr Chef sei nicht da, er sei überraschend in sein Haus nach Südfrankreich abgereist. Sie habe aber in Gesprächen mitbekommen, es stünde wohl eine Einigung mit der Havaria-Chemie an. Weiter erzählte sie, der neue Firmen-Boss und seine Anwälte hätten streng vertrauliche Verhandlungen mit ihrem Chef im Arbeitszimmer der Villa geführt. Am Ende des Gesprächs habe sie einen Dom Pérignon vom feinsten Jahrgang serviert und dabei in strahlende Mienen geschaut. Die in ihrer Küche wartende Fahrbereitschaft genoss den frisch zubereiteten Tafelspitz mit der typischen „Frankfurter Grünen Soße". Begeistert lobten die Fahrer ihre Kochkunst. Schließlich wären alle Beteiligten zufrieden, fast freundschaftlich auseinandergegangen. Langsam, sich gewählt ausdrückend, umständlich und wichtigtuerisch, versuchte Frau Weber, jede Einzelheit des Treffens an den enttäuschten Kommissar weiterzugeben. Dieser schmiss schließlich, leise in sich hineinfluchend, den Hörer auf.

Völlig frustriert setzte sich Kellner in seine italienische Stammkneipe „Isoletta". Bei köstlicher, hausgemachter Pasta ging es ihm gleich besser. Dazu leerte er eine Flaschen Barolo. Zuhause fiel er auf sein Bett und schlief sofort tief und traumlos ein. Sein lautes Schnarchen verschreckte seinen Dackel, der es sich verbotenerweise am Fußende des Bettes bequem gemacht hatte. Beleidigt zog er ab. Nicht mal gestreichelt hatte ihn sein Herrchen heute Abend!

Als kleiner Junge musste Antonio mitansehen, wie sein Vater unter dem Kugelhagel verfeindeter Bandenmitglieder vor der Haustür blutüberströmt tot zusammenbrach. Den Aufschrei und das Weinen seiner Mutter vergaß er sein ganzes Leben nicht. Er schwor Rache. Sein rasanter Aufstieg zum „Capo di tutti capi" erfolgte bereits in jungen Jahren. Eines Morgens hingen auf dem Kirchplatz von Palermo drei Männer an Laternenpfählen. Sie waren auf das Übelste zugerichtet. Der Zeitungsjunge, der sie in der Frühe als Erster entdeckte, erbrach sich. Antonio hatte die Mörder seines Vaters hinrichten lassen. Bald reichten ihm die Verdienstmöglichkeiten in Sizilien nicht mehr aus. Er erweiterte seinen Machtbereich und arbeitete in Italien und ganz Europa. Sein Engagement im Drogen- und Waffenhandel in Mexiko und den USA, in Zusammenarbeit mit der dortigen Mafia, machte ihn zum Milliardär. Marbella wurde sein ständiger Wohnsitz. Die prächtige Villa in der Sierra Blanca zeigte aller Welt, der arme Junge aus Palermo war angekommen, er gehörte zu den „Schönen und Reichen". Auf dem Inselchen Procido gründete er mit anderen Mitgliedern der „Familia" die elitäre, illustre Organisation CLOM. Weltweit operierend, brachte ihm die spektakuläre Befreiung des mexikanischen Drogenhändlers „El Chapo" aus dem Hochsicherheitsgefängnis „Puente Grande Guadalajara" in Mexiko viel Ehre ein. Dort wurde er als Held gefeiert. Pro forma schickte der mexikanische Präsident sein Militär, in Wahrheit ließ er die beiden gewähren. Sie schufen Arbeitsplätze und trugen zum steigenden Wohlstand des Landes bei. Inzwischen herrschte Antonio weltweit über viertausendfünfhundert Firmen. Sein Umsatz betrug zwanzig Milliarden Dollar im Jahr. Er baute Schulen und Krankenhäuser. In Europa engagierte er sich vor allem für wohltätige Zwecke. Über Holdings beteiligte er sich an wichtigen Unternehmen. Seine Geschäfte stellten inzwischen ganz legal einen nicht zu unterschätzenden Wirtschaftsfaktor dar. Man zählte ihn weltweit zu den Topunternehmern. Einladungen nach Davos folgten. Er hielt Vorträge und war mit vielen namhaften Politikern befreundet. Nach der Wende engagierte er sich öffentlichkeitswirksam in der ehemaligen DDR. In den Samstagabendveranstaltungen des italienischen Fernsehens, bei Galas und Bällen in Deutschland war er ein gern gesehener Gast. Regelmäßig brachte er mindestens fünfhunderttausend Euro als Spende mit. Wer etwas auf sich hielt, wollte seinem exklusiven Freundeskreis angehören und erstrebte die Aufnahme in die elitäre, geheime, mächtige Loge der CLOM. Seine Traumhochzeit mit der italienischen Schönheitskönigin Aurelia Paretti konnte in allen bunten Blättern bewundert werden.

Probleme gab es für ihn in Nah-Ost. Er hatte sich aus Beirut zurückgezogen. Ständiger Terror und kriegerische Handlungen waren schlecht fürs Geschäft. Außerdem schränkten die Aktivitäten des Mossad seinen Handlungs- und Machtbereich ein. In letzter Zeit gab es in USA und Mexiko mit der CIA Probleme. Insgesamt forderte der Drogenkrieg an der mexikanisch-amerikanischen Grenze bereits fünfunddreißig Todesopfer auf Seiten der CIA. Die Amerikaner verstärkten ihren Einsatz in der Region und begannen nach Schuldigen zu suchen. Man verhaftete „El Chapo" erneut. Es gelang, ihn zum Reden zu bringen. Auf Grund seiner Aussagen, dem Druck der CIA folgend, wurde ein internationaler Haftbefehl auf Antonio Paranese ausgestellt. Von einem Tag zum anderen wurde einer der mächtigsten Männer der Welt zum Gejagten, man suchte den Topmanager steckbrieflich. Die von ihm gegründete Organisation ließ ihn als Erstes fallen, die Einladungen nach Procido blieben aus. Die CLOM fürchtete nichts mehr als öffentliches Aufsehen. Mit dem Gespür des Straßenjungen aus Palermo erkannte Antonio die Gefahr. Er wusste, es blieb ihm eine Chance, sein altes Leben, Verbindungen und Netzwerk, komplett hinter sich zu lassen. Nur Aurelia kannte sein Geheimnis, die operativen Veränderungen, die ihm ein völlig neues Aussehen gaben. Er brachte es nicht übers Herz, einfach draufzuhalten und sie zu erschießen. Diese Schwäche konnte ihm jetzt gefährlich werden. Nach Abschluss seiner Geschäfte in Mexiko wollte er sich nach Asien zurückziehen. Die Millionengewinne nicht wie üblich über Herrn Rütli und die VZU Bank in der Schweiz transferieren. Sizilianer, teilweise Kindheitsfreunde, die als Schiffskapitäne arbeiteten, übernahmen gerne, ohne weiteres Nachfragen, Transporte. Auf privat angeheuerten Jachten fanden sich gegen gute Bezahlung schweigsame Asiaten. Gut verteilt, konnten auf diese Weise seine Erträge sicher in die Emirate, nach Zypern oder Singapur gelangen. Von dort investierte man das Geld über diverse Holdings in aller Welt. Die asiatische Mafia würde sich über seine Investitionen in Millionenhöhe freuen, dachte Antonio. Professionelle Killer sollten gut getarnt, möglichst unauffällig, das Problem Aurelia lösen. In Gedanken versunken saß Antonio im Korbsessel auf seiner Terrasse des „Coronado Beach Hotels". Die Sonne ging über dem Meer in tiefem Rot unter. In der Dämmerung liefen die letzten Jogger am Strand entlang. Seine Zukunftsplanung beschäftigte ihn derart, er überhörte das Klopfen an der Tür. „Sir! May I come in?" Antonio schreckte auf. Ein Boy servierte das Abendessen. Antonio drückte ihm eine Fünfzigdollarnote in die Hand. Noch immer nachdenklich, begann er ein wenig von dem kalten Hühnchen zu essen. Fassungslos hielt der junge Kellner den Schein in die Höhe. Mindestens fünfmal verbeugte er sich, ging dabei rückwärts hinaus. Beinahe fiel er in die holländische Bodenvase. „Thank you, Sir, thank you, Sir!" Trotz seiner schwierigen Planungen und Gedanken musste Antonio ein wenig grinsen.

Lettermans wuchs als Sohn eines Bankbeamten in Düsseldorf auf. Ab und zu durfte er seinen Vater in die gemütlichen, holzvertäfelten Räume der Düsseldorfer Volksbank begleiten. Die Kunden steckten ihm Bonbons und Schokolade zu. Seinem Vater, hinter dem verglasten Schalter, wurde von Klienten und Besuchern der Bank großer Respekt entgegengebracht. Das gefiel dem kleinen Wolfgang. Schon als Junge stand sein Berufswunsch fest: Bankbeamter, nein, Chef einer Bank, wollte er werden. Manchmal nämlich schlich er sich durch die dunklen, langen mit Teppich ausgelegten Flure zu einer großen, schweren Holztür mit goldenen Klinken. Aus dem Zimmer hörte man die energische Stimme von Herrn Heithoff. Öffnete sich die breite Tür, konnte der kleine Wolfgang in ein riesiges Büro sehen. An den Wänden hingen schwere, dunkle Gemälde. Die Fenster wurden von grünen Samtvorhängen eingerahmt. Herr Heithoff saß hinter einem Eichenschreibtisch. Darauf standen drei Telefone, was dem kleinen Jungen sehr imponierte. Im dazu passenden Bücherschrank aus Eiche befand sich eine dicke, eingelassene Holztür. Manchmal stand sie offen. Wolfgang konnte dahinter eine schwere Eisentür mit einem Rad in der Mitte erkennen. Dies sei ein Safe, erklärte man ihm. Wenn er nicht brav sei, würde man ihn dort einsperren. Eingeschüchtert und völlig fasziniert, gern hätte er mal an dem Rad gedreht, schaute er auf dem dicken Teppich sitzend zu, wie Herr Heithoff souverän, manchmal etwas ungeduldig, die Geschicke der Bank lenkte. Jedes Mal nahm er aus einer Dose in einer Schublade ein paar Schokoladenplätzchen und schenkte sie dem kleinen Wolfgang. War er sehr beschäftigt, kam Frau Becker, seine Sekretärin, nahm ihn kurzerhand auf den Arm und setzte ihn in der Schalterhalle wieder auf den Boden. Sie gab ihm immer einen schmatzenden Kuss auf die Wange. Er mochte dies gar nicht. So schnell er

konnte, wischte er die nassen Stellen auf seiner Backe
mit dem Ärmel wieder weg. Am besten gefiel ihm im
Büro des Herrn Heithoff das große Hirschgeweih, welches über der Tür hing. Manchmal war Herr Heithoff
ganz grün angezogen. „Frau Becker, heute keine weiteren Termine bitte, ich muss mit Kunden zur Jagd."
Aus einem verschlossenen Schrank holte er mehrere
Gewehre, schulterte sie und verschwand. „Wenn du
älter bist, nehme ich dich mal mit", versprach er dem
kleinen Lettermans. Wolfgang war begeistert. Wurde
er gefragt, antwortete er: „Ich werde Jäger und Chef in
einer Bank." Tatsächlich war es Herr Heithoff, längst
im Ruhestand, der aus Lettermans einen begeister-
ten Jäger und Heger machte. Wolfgang war ein guter
Schüler, machte ein glänzendes Abitur, danach eine
Banklehre bei der Düsseldorfer Sparkasse. Er schloss
ein Betriebswirtschaftsstudium in Frankfurt an. Das
mit Auszeichnung abgelegte Examen ermöglichte ihm
den sofortigen Einstieg ins Berufsleben. Die AFB, eine
Frankfurter Großbank, machte ihn auf Grund seiner
hervorragenden Leistungen und ehrgeizigen Einsatzes bereits mit Ende zwanzig zum Leiter einer großen Innenstadtfiliale in Düsseldorf. Er heiratete seine
Jugendliebe Marlene. Bald darauf kam Töchterchen
Chiara zur Welt. Bis dahin verlief sein Leben in völlig
geordneten Bahnen. Er war glücklich im Beruf und
privat mit seiner kleinen Familie. Doch sein extremer
Ehrgeiz war bekannt. Verlieren war nicht seine Sache.
Wut packte ihn, wenn er ein Tennisspiel verlor. Sein
Training bis zur totalen körperlichen Erschöpfung ließ

eine erfolgreiche Revanche nicht lange auf sich warten. In der Bank saß er bis spät in der Nacht im Büro.
Marlene machte sich Sorgen. Hervorragende Umsätze,
pünktliche Abgabe der Berichte an die Frankfurter
Zentrale, energischer, ungebremster Einsatz, seinem
Aufstieg zum erfolgreichsten Filialleiter in Düsseldorf
stand nichts mehr im Wege. Gute Zahlen und Leistungen fielen dem Vorstand in Frankfurt auf. Eines
Tages schickte man ihm ein Angebot, eine Versetzung
nach London. Begeistert sagte er sofort zu. Vier Wochen später zog er in ein Büro der Bank in der Nähe
der Oxford-Street. Erstmals hatten Marlene und er
einen tagelangen Streit. Sie meinte, so eine wichtige
Entscheidung fälle man gemeinsam. Man bespräche
es erst einmal ausführlich. Lettermans war mit seinen
Gedanken schon beim neuen Job. Er hörte gar nicht
zu. Marlene wurde noch wütender. Türen knallten.
Am nächsten Tag saß Wolfgang Lettermans im Flieger
nach London. Er verabschiedete sich nicht einmal von
seiner Familie. Nächtelang weinte seine Frau. Fürchterliche Alpträume raubten ihr den Schlaf. Schließlich
zog Marlene Lettermans mit Chiara zu ihren Eltern.
Diese rieten ihr zur Vernunft. Marlene war tief gekränkt und verletzt. Eines Tages stand Lettermans
mit einem riesigen Blumenstrauß vor der Haustür.
In einer kleinen, blauen Box mit einer großen, weißen
Schleife schenkte er ihr einen goldenen Armreif mit
Brillanten. Für Chiara brachte er ein Goldkettchen
mit. Zum ersten Mal in ihrem Leben erhielt Marlene
Schmuck von Tiffany. Ein Haus in Kensington habe er

schon angemietet. Wunderschön, komplett eingerichtet, wie es in London üblich sei. Am Montagmorgen saß die Familie vereint im Lufthansaflieger nach London. Ohne dass es beide realisierten, entwickelte sich ihre Ehe seit diesem Zeitpunkt mehr und mehr auseinander. Lettermans rasanter Aufstieg begann. Für Menschlichkeit und familiäres Engagement blieb keine Zeit. Es nervte ihn, wenn zuhause etwas schieflief. Er meinte, Anspruch auf totale Entspannung zu haben, da er so hart arbeitete und seiner Familie einen ausgezeichneten Lebensstandard bot. Marlene wiederum fühlte sich unverstanden, merkte, er hörte gar nicht zu, wenn sie etwas aus ihrem Alltag berichtete. Erstmals, bisher war Lettermans ein treuer Ehemann, suchte er Zuflucht, wie fast alle seine Kollegen, bei Callgirls. Ein Mädchen, eine Eurasierin, gefiel ihm besonders. Sie war bildhübsch und ungeheuer sexy. Er mietete sie regelmäßig für eine ganze Nacht. Tamina wurde eine wichtige Person in seinem Leben. Ihre Hände waren so geschickt, sie schafften es immer, ihm Entspannung zu geben. Die Bank forderte ihn total, sie fraß ihn auf. Nur mit Tamina, glaubte er, den Stress verkraften und aushalten zu können. Sie massierte ihn mit köstlich duftenden Ölen vom Nacken bis zu den Lenden, streichelte ihn, er heulte auf vor Lust. Er konnte sich total fallen und gehen lassen. Sie entkleidete ihn langsam mit aufreizenden Bewegungen. Eine derartige Erfüllung und Befriedigung seiner Sexualität hatte er vorher noch nie erlebt. Morgens machte sie Frühstück. Dann wurde sie geschäftlich, ihre leicht geschlitzten, graugrünen Augen blickten eiskalt. Er schmiss die Scheine auf den Tisch. Nochmals wollte er sie küssen. Sie stieß ihn zurück. Eines Morgens, die Nacht hatte ihn überwältigt. Immer wieder war er gekommen, sie machte ihn verrückt. „Ich liebe dich", sagte er. „Lass uns zusammenziehen!" Tamina schaute ihn mit ihren eisgrauen Augen spöttisch an. Dann lachte sie laut los. „Leg noch ein paar Scheine drauf", sagte sie. Er tat es ohne Murren. Manchmal bezahlte er tausend Pfund für eine Nacht. Das Geld hatte er jetzt. Er wollte aber Tamina! Lettermans arbeitete wie ein Rasender. Viele Kontakte wurden geknüpft. Er lernte Paranese auf einer Party kennen. Es war eine Girlies Party. Die meisten waren gerade achtzehn. Man wollte keinen Ärger mit dem Gesetz. Sie strippten, tranken Champagner in Strömen, die Girls waren Verführung pur. Lettermans aber dachte an Tamina. Paranese bot ihm den Eintritt in die elitäre Loge CLOM an. Insidergeschäfte wurden vermittelt, Aktienkurse manipuliert. Lettermans war auf dem Weg zum reichen Mann, auf dem harten, unmenschlichen Weg nach oben. Paranese kannte alle, hatte beste Beziehungen und integrierte „Wolfi", wo er konnte. Die Bank verdiente durch Lettermans Arbeit und gute Beziehungen immens. Dank Insidertipps und Manipulationen wurden die Frankfurter Bank und Lettermans jeden Tag reicher. Die Zentrale am Main war hochzufrieden.

Tamina jedoch blieb ein Rätsel für Lettermans. Sie wollte keine Reisen, keine Geschenke, Schmuck oder

Ähnliches. Ein teures Mitbringsel von Cartier, eine Kette mit lupenreinen Brillanten, schmiss sie ihm um die Ohren. Scheine wollte sie sehen, sonst gar nichts. Aufreizend stand sie mit ihren langen Beinen vor ihm. Sie öffnete ihren Bademantel. Er sah ihre spitzen Brüste. Die Brustwarzen standen nach oben. Jetzt fasste sie sein Glied, schon war es um ihn geschehen. Er kam. Sie lachte ihn aus. Es machte ihm nichts. Sie kniete vor ihm. Er streichelte über ihre kleinen, festen Brustwarzen. Er schrie auf. Die Lust machte ihn kirre. Sie saugte mit einem Geschick, wie er es noch nie mit einer Frau erlebt hatte. „Tamina!", schrie und heulte er vor Lust, dann kam er nochmals in ihrem Mund. „Ich liebe dich!", sagte er. Tamina sagte kühl: „Tausend Pfund! Ich habe noch einen Termin. Du musst leider gehen!" Er legte das Geld hin. Wie ein geprügelter Hund verließ er ihre Wohnung. Zuhause angekommen, erzählte ihm Marlene irgendetwas. Wie immer hörte er nicht hin. Er schwamm ein paar Runden im Pool, dann schlief er erschöpft ein. Am nächsten Tag saß er in der Maschine nach Hongkong. Viele Tage, Wochen und Monate verbrachte er mit Reisen und der Wahrnehmung geschäftlicher Termine. Limousinen holten ihn vom Flughafen, brachten ihn zu Sitzungen, danach ins Hotel. Am anderen Morgen saß er wieder im Flieger. Manchmal verwechselte er die Städte, in denen er sich gerade befand. Seine Luxussuiten ähnelten sich, das Personal verhielt sich respektvoll und ehrerbietig. Jeder Wunsch wurde ihm mehr oder weniger von den Augen abgelesen. Ein gemütlicher Stadtbummel, genussvolles Entspannen am Strand oder in einer ganz normalen Kneipe „einen saufen", wie er es von früher kannte, war zeitlich nicht drin. Sein Leben war von morgens bis abends verplant. Der Alltag fremdbestimmt. Ein Bus- oder Flugticket kaufen, keine Ahnung, einen Anzug, Schmuck oder Sonstiges, das Wo und Wie hatte er verlernt. Schneider und Juweliere kamen in die Hotelsuite. Golfspielen mit der Familie oder Geschäftsfreunden war neben der Jagd sein einziges Vergnügen. Weltweit wurde er zu großen Jagdereignissen eingeladen. Man knüpfte Verbindungen und pflegte die globalen Kontakte. Ein Happening mit vielen Leuten und opulentem Essen. Meist endeten Veranstaltungen dieser Art in teuren Nightclubs mit den entsprechenden Mädchen. Lettermans vermisste den Ansitz auf Wild, das ruhige stundenlange Beobachten der Tiere. Den Sonnenaufgang, das aufgeregte Vogelgezwitscher, eine Warnung an die Waldtiere vor den Jägern auf dem Hochsitz. Eine einfache Jagdhütte, Kaffee aus der Thermoskanne, Futterplätze auffüllen und Jungtiere anschauen. Traurig dachte er an die schönen Stunden, die er mit Heithoff auf der Jagd verbracht hatte. Das laute, umtriebige Jagdgehabe mit Leuten, die zum Großteil nichts von Jagd verstanden, stieß ihn ab. Man war reich, man war mächtig, was für ein Vergnügen, die Tiere „abzuballern". Bei bestimmten Jagdereignissen, auf Großwildjagden, erlebte er: Die Tiere wurden durch lebende Ziegen, die man an einen Baum band, angelockt und auf diese Weise den „Jägern" vor die Flinte geführt. Selbst dann gingen die

Schüsse daneben oder das Wild wurde angeschossen. Anschließend übernahm einer der einheimischen Jäger die gefährliche Aufgabe, die sich vor Schmerzen windenden und brüllenden Tiere mit einem schnellen, treffsicheren Schuss zu erledigen. Die am Baum angebundenen Ziegen schrien erbärmlich, während die Löwen sich auf sie stürzten. Lettermans fühlte sich angewidert von Jagdereignissen dieser Art. Gerne hätte er sich von solchen Veranstaltungen ferngehalten. Seine Bank verdiente ein Vermögen mit ihm. Die Boni wuchsen von Monat zu Monat. Im gleichen Maße wuchs der Druck ... Bank, Paranese, die CLOM, sein weltweites Netzwerk funktionierte ausgezeichnet. Der Preis dafür war hoch. Wolfgang Lettermans verlor seine persönliche Freiheit, Teile seiner Persönlichkeit, seine Identität. Nach außen verkörperte er Macht und Reichtum. Sein Inneres interessierte niemanden. Das Seelenleben eines Topmanagers war tabu. Seine Familie verstand ihn nicht mehr. Er fühlte sich ausgelaugt, abgenagt, außerstande, auf Marlene oder seine geliebte Tochter Chiara einzugehen. Sein Adrenalinspiegel war ständig erhöht. Auf seine Umwelt reagierte er gereizt und äußerst ungeduldig. Entspannung fand er nur bei Tamina. Immer häufiger versuchte er, Zeit mit ihr zu verbringen. Die Sucht nach der Eurasierin beherrschte ihn. Ihre Geldforderungen wurden immer unverschämter.

Wie jedes Jahr folgte er der Einladung der CLOM nach Procido. Alle zwei Jahre kamen die Reichen und Mächtigen aus aller Welt, die der Organisation angehörten, auf die Insel. Dazwischen fand ein kleineres, intimeres, jährliches Treffen statt. Man tauschte sich aus, besprach weitere Planungen, Insiderwissen, welches den Markt veränderte, beeinflusste und die Aktien steigen oder fallen ließ. Immer dabei sein Freund und Anwalt Bubi Jacob. Sir Forster in London und Bubi in Frankfurt sorgten über Anwaltskollegen weltweit für Gründung und Betrieb diverser Holdings. Das globale, immense Vermögen der CLOM und ihrer Mitglieder musste unauffällig, juristisch abgesichert, Erfolg bringend verwaltet werden. Bei manchen Transaktionen und Geldsummen schwindelte es Lettermans. Er fühlte sich unwohl, ließ sich aber nichts anmerken. Sein Freund und Weggefährte Bubi empfand ähnlich. Unausgesprochen verband es die beiden. In solchen Momenten träumte Lettermans vom gemütlichen, holzvertäfelten Büro seines Vorbildes Heithoff. Sehnte sich zurück ins normale, bürgerliche Leben. Heithoff war im letzten Jahr verstorben. Die Beerdigung fand ohne ihn statt. Für zwei Monate hielt er sich wegen dringender, beruflicher Angelegenheiten in den Arabischen Emiraten auf. Marlene quittierte seine Abwesenheit mit verachtender Miene und Schweigsamkeit. Auf seine späteren Fragen zu dem traurigen Ereignis gab sie keine Antwort. Er schmiss die Türen und fühlte sich wie immer in seiner Familie unverstanden. Spät am Abend stand er vor der Tür des schicken Penthouse. Klingelte und klopfte wieder und wieder. Tamina schien nicht zuhause zu sein. Enttäuscht fuhr er in den Herrenclub in der Quentins Road. Genehmigte sich ein paar Scotchs. Die Flasche Chivas war fast geleert. Er hatte zu viel getrunken. Wie magisch zog es ihn nochmals zu Tamina. Alles war dunkel, niemand öffnete ihm. Alle schliefen bereits, als Lettermans schließlich enttäuscht ein Taxi nach South Kensington nahm. Er schmiss seine Kleidung in eine Ecke des Schlafzimmers und nahm den direkten Lift zum Pool. Nach ein paar Runden kräftigen Kraulens fühlte er sich etwas besser. Tief und traumlos schlief er bis zum nächsten Morgen. Gewohnheitsmäßig schaltete er den Fernseher ein, während er seinen Tee und einen frisch gepressten Orangensaft zu sich nahm. Die neuesten Nachrichten folgten. Er glaubte, sich verhört zu haben. Alles verschwamm vor seinen Augen. Nüchtern teilte der Sprecher im Fernsehen mit: „Heute Morgen wurde im Westend von London das Callgirl Tamina Sakiri erstochen aufgefunden. Die Polizei konnte ein Notizbuch mit höchst brisantem Inhalt sicherstellen, darin die Adressen hochrangiger Politiker und Wirtschaftsbosse. Man vermutete, das Callgirl habe mittels Erpressung sehr erfolgreich gearbeitet. Ihr Bankkonto wies mehr als zwei Millionen Pfund auf." Lettermans ließ die Teetasse in seiner Hand fallen. Erschrocken starrte er auf die Scherben. Seine Augen füllten sich mit Tränen. Heute würde er nicht ins Büro gehen. „Verdammt noch mal!", wie ihn das alles anwiderte. Laut fluchend ging er im Zimmer umher und versuchte verzweifelt seinen Kummer zu beherrschen. Ängstlich stand Lizzy, das Hausmädchen, in der Schlafzimmertür. „Sir, darf ich aufräumen, Sie verletzen sich an den

Scherben." Seinen blutenden Zeh bemerkte er nicht. In Jeans und Hemd raste er in seinem Bentley ins Westend. Das schicke Apartmenthaus war komplett abgesperrt. Polizei stand vor der Tür. Am Autotelefon meldete sich Paranese. Mit geheucheltem Mitgefühl erkundigte er sich nach Lettermans Befinden. In den Nachrichten hätte er es gehört. Es täte ihm unendlich leid. Gleichzeitig nannte er ihm eine Adresse, wo er zukünftig sein Vergnügen finden könne. „Erste Klasse, Eins a Mädchen, blutjung", betonte Paranese. „Widerlich, einfach nur widerlich", wie konnte Antonio es wagen … Ohne Antwort zu geben, beendete er das Gespräch. Er hatte Tamina geliebt. Nun war sie tot. Er konnte es nicht fassen. Leise vor sich hin schluchzend wie ein kleiner Junge, lief er im Park die Wege rauf und runter. Niemand nahm Notiz von ihm. Was war aus ihm geworden? Tamina lebte nicht mehr. Seine Familie verachtete ihn. An der Spitze angekommen, von allen Seiten beneidet, durfte er sich zu den Reichen und Mächtigen zählen, doch was war ihm geblieben? Wo führte sein Weg hin? Er fror. Schließlich setzte er sich in einen Pub, starrte auf die Sportübertragung auf einem großen Fernsehschirm. Todmüde, seelisch erschöpft, wankend vom vielen Bier, kam er schließlich am frühen Nachmittag zuhause in Kensington an. Marlene schaute ihn erstaunt und forschend an. Sein Aussehen musste furchterregend sein. „Ein Kommissar von Scotland Yard hat nach dir gefragt, eine von euren Edelnutten ist ermordet worden. Er wollte wissen, wo du gestern Abend warst, und ob du sonst

etwas über sie weißt. Habe ihm mitgeteilt, dass mein
lieber Mann schon lange nicht mehr mit mir darüber
spricht, wie, wo und mit wem er seine Zeit verbringt."
Lettermans schrie: „Raus, raus!" Marlene verließ mit
starrem Blick das Zimmer. Ihre Ehe war am Tiefpunkt
angekommen. Lettermans ging in den Filmraum im
Keller, schloss die Tür ab. Von Weinkrämpfen geschüttelt, sah er sich die Videofilme mit Tamina an.
Aufreizende Posen, Strip in Perfektion, Tamina an
der Bar mit verführerischem, tiefgründigem Lächeln.
Privat hatte sie nichts preisgegeben. Er verspürte
Traurigkeit, unendliche Traurigkeit ... Einige unangenehme Verhöre durch Scotland Yard musste er
über sich ergehen lassen. Tatsächlich wusste er nichts,
rein gar nichts über Taminas Privatleben. Er hatte sie
geliebt. Der Kommissar beobachtete ihn sehr genau.
Der Topbanker aus Deutschland hatte zweifellos echte
Gefühle für das tote Callgirl. „Ein Spinner!", sagte sich
der Polizist. Davon gab es in London genug. Ein Mörder wohl kaum. Sein Alibi vom Herrenclub war zudem
wasserdicht. Die Spuren führten zu einem Auftrags-
killer in der Londoner Unterwelt. Einige Tage später
erfolgte die Festnahme. Die Auftraggeber ließen sich
nicht ermitteln. Man munkelte von einer Beteiligung
der Mafia im Auftrag eines bekannten Politikers. Es
blieben Gerüchte. Auf dem Weg zum Gericht wurde
der Killer John Bradley erschossen. Man schloss die
Akte Tamina. Einige englische Politiker und Größen
der Wirtschaft atmeten auf. Niemand trauerte um
Tamina, außer Lettermans.

Raoul nahm die Familie Lettermans mit zu einem Konzert nach Granada. Das junge West-Östliche-Diwan-Orchester unter der Leitung von Barenboim rührte Lettermans zutiefst. Bisher hatte er zu viel gegessen, getrunken und die Sucht nach Tamina beherrschte ihn. An diesem Abend beschloss er, sich wieder stärker kulturellen Dingen und seinem geliebten Golf zuzuwenden. Am nächsten Tag spielte er mit seiner Familie und Raoul eine wunderschöne Runde auf dem Atalaya-Golfplatz. Erfrischt, gut gelaunt, ließ er über sein Sekretariat Karten für die Salzburger Festspiele besorgen. Marlene strahlte. Chiara freute sich, vor allem darüber, Raoul würde mitkommen. Zurück in London versuchten die Freunde Paraneses ihn wieder für ihre Veranstaltungen und Partys zu gewinnen. War es zum Nutzen der Bank, nahm er die Termine wahr. Die Partys mit den Mädchen voller Drogen und Alkohol waren ihm zuwider. Er empfand Ekel. Die Trauer um Tamina verflüchtigte sich. Er gewann seine Selbstachtung zurück und begann, sich gegen die kriminellen Aktivitäten der CLOM energisch zu wehren. Paranese bereitete immer neue Transaktionen und Aktiencoups vor. Die Organisation schreckte vor keiner Manipulation zurück.

Meist half das perfekte Netzwerk der CLOM. Über brutal ausgeübten Druck und verbrecherische Machenschaften schwieg man sich in der Organisation aus. Die Drecksarbeit wurde von den unteren mafiösen Abteilungen erledigt. Paranese herrschte dort mit eiserner Hand. Lettermans und Bubi Jacob versuchten beide, sich dem Einfluss der CLOM etwas zu entziehen. Die Berufung in den Vorstand der Bank nach Frankfurt, so hoffte Lettermans, würde ihm dies mehr und mehr ermöglichen. Seine Beziehung zu Marlene besserte sich zusehends. Sie liebte ihn noch immer. Alle gesellschaftlichen Verpflichtungen erfüllte man gemeinsam. Am Wochenende spielte man auf dem alten, wunderschönen Golfplatz im Frankfurter Stadtwald seine Runden. Ab und zu fand er sogar Zeit, wieder auf die Jagd zu gehen. Wie früher bereitete Marlene im Anschluss den leckeren Rehbraten zu. Es gab selbstgemachte Klöße, Rotkraut und die „beste Wildsoße der Welt", lobte ihr „Wolfi". Anschließend saßen sie im Wintergarten mit Blick auf den herbstlichen Park und genossen ihr schönes Kronberger Zuhause. Ein beinahe normales Eheleben, wenn auch zeitlich noch immer sehr eingeschränkt. Lettermans, inzwischen Vorstandsvorsitzender, war nun der mächtigste und einflussreichste Banker Deutschlands. In der Kreditabteilung begann ein junges Mädchen, Manuela Schwarz, ihre Lehre. Eines Tages ging Lettermans zufällig hinter ihr aus der großen Schwingtür der Bank. Er glaubte, Tamina vor sich zu sehen. Gertenschlank, die langen Beine steckten in schicken Stiefeln, lange, schwarze Haare, die sie zurückstrich, um ihren Freund mit einem Kuss zu begrüßen. Dieselben katzenhaften Bewegungen. Im Gegensatz zu Taminas kalten, berechnenden Augen waren Manuelas tiefbraun und warmherzig. Lettermans war fasziniert. Nach Abschluss ihrer Lehre wurde sie sofort in die

186

Vorstandsetage versetzt. Neidvoll blickte die übrige Belegschaft auf die Karriere der gerade mal Zweiundzwanzigjährigen. Manuela, intelligent, einfühlsam, ein Organisationstalent, erledigte ihre Aufgaben zur vollen Zufriedenheit ihres neuen Chefs. Regelmäßig holte ihr Freund sie von der Bank ab. Sehnsüchtig blickte Lettermans ihr nach. Er schalt sich einen „Narr". In seinen lustvollen Träumen verschmolzen Tamina und Manuela. Eines Abends verabschiedete er japanische Geschäftsfreunde. Seine Migräne und Nackenverspannungen waren fast unerträglich. Er ließ sich auf das Ledersofa fallen und schloss für einen Moment die Augen. Manuela brachte ihm Aspirin und begann ihm leicht den Nacken zu massieren. Langsam, geschickt, der Druck ihrer Finger wurde immer fester, knetete sie seine Nackenmuskeln. Ein warmes, entspanntes Gefühl durchflutete ihn. Ihre Hände massierten energisch weiter. Er zog sie zu sich und führte ihre Hände tiefer. Wie ein Tsunami übermannte beide die Leidenschaft. Bis morgens um fünf verbrachten sie die Nacht miteinander, duschten und saßen anschließend mit einem starken Kaffee am Schreibtisch. Von da an waren sie, für Außenstehende nicht erkennbar, unzertrennlich. Sie verbargen ihr Verhältnis sehr geschickt. Niemand ahnte etwas. Lettermans war gefesselt von ihrem Temperament und jugendlichen Überschwang. Er fühlte sich verjüngt, tatkräftig, das Leben hatte wieder einen Sinn. Einmal im Monat gönnten sie sich ein gemeinsames Wochenende, Lettermans verband es mit einer Geschäftsreise. Freunde und Familie waren ahnungslos. Im Gegenteil, da er viel fröhlicher und toleranter mit seiner Familie umging, verstand er sich mit Marlene viel besser als früher. Chiara neckte ihn manchmal: „Was verjüngt dich eigentlich so, Papa?" Er lachte über ihren Scherz. In Wiesbaden kaufte er Manuela ein Haus. Er überschüttete sie mit Schmuck. Manuela blieb bescheiden und erledigte ihren Job in der Bank aufs Gewissenhafteste. Sie war Lettermans eine gute Kameradin, seine geschäftlichen Probleme konnte er mit ihr teilen. Nach langen Jahren der Vorsicht übergab er Manuela alle Sicherheitskopien seiner PC-Dateien und bat sie, diese im Safe bei sich zuhause aufzubewahren. Manchmal sprachen sie von einer gemeinsamen Zukunft. In letzter Zeit gab es häufiger Diskussionen. Manuela wollte ein Kind, ihre biologische Uhr ticke. Von dieser Idee war Lettermans gar nicht begeistert. So schob er es immer wieder hinaus, mit Marlene ein klärendes, offenes Gespräch zu führen. Eigentlich war er zufrieden, nach seiner Meinung, war für beide Frauen alles bestens gelöst. Keine der Rivalinnen kam zu kurz. Sollte ihm etwas zustoßen, waren sowohl Marlene als auch Manuela vorzüglich versorgt. Er teilte sein Leben, wie er fand, gerecht zeitlich auf. Nein, er wollte die Situation im Grunde nicht ändern. Lettermans vergaß wie schon so oft den Hochzeitstag mit Marlene. Im „Le Francais" sollte gebührend nachgefeiert werden. Manuela war sauer. Ihre braunen Augen blitzten wutentbrannt. „Sprich mit Marlene, sonst tue ich es!", drohte sie. Marlene und ihr „Wolfi" genossen den Abend zu zweit im gepflegten Ambiente des Sternerestaurants. Sie sprachen von alten Zeiten in Düsseldorf. Ihrer Hochzeit in der St. Lambertus Kirche mit der anschließenden Feier in der Altstadt. Sie lachten und scherzten miteinander. Marlene schaute ihn liebevoll an. Lettermans schob das heikle Thema auf die gemeinsame Heimfahrt. Das Autotelefon klingelte, Chiara gratulierte den beiden und erzählte, bis sie in die Einfahrt ihres Kronberger Hauses fuhren. Der tödliche Schuss auf Lettermans entband ihn von dem folgenschweren Gespräch. Marlene und Manuela sollten keine Gelegenheit mehr haben, um ihren „Wolfi" zu kämpfen.

Tagelang ereignete sich absolut nichts in Paraneses Villa, keinerlei Auffälligkeiten waren zu verzeichnen. Das Anwesen, nicht weit vom Flussufer südlich von Asunción gelegen, wurde Tag und Nacht genauestens von der CIA beobachtet. Die Agenten langweilten sich, spielten Karten und versuchten, irgendwie die Zeit rumzubekommen und zu vertreiben. Der gesuchte Paranese ließ sich nicht blicken. Einige der müden Geheimdienstleute beklagten sich. Die meisten aber dachten: „Besser hier vor Langeweile sterben, als in Tijuana erschossen werden." Währenddessen tat das Personal in der Villa missmutig und lustlos seinen Dienst. Der fröhliche Ramon fehlte überall, man hatte ihn sehr gemocht. Seine junge Frau zog mit dem Baby zu ihren Eltern. Die Nachricht von seinem Tod blieb ihr unbegreiflich, sie stand unter Schock. Ihr Schreien, Heulen und Gewimmer hörte man in der ganzen Straße. Die Bewohner kamen zusammen. Man schwor: „Rache." Elena, die junge Mutter, gelobte, eigenhändig werde sie Paranese umbringen! Das sei sie ihrem Sohn schuldig, der nun in Armut ohne Vater aufwachse … Die Gefangenen in der Villa wurden mit Gleichgültigkeit behandelt, jedoch strengstens bewacht. Raoul bat, Aurelia sehen zu dürfen. Bei dieser Bitte zuckten die Wachen regelrecht zusammen, ihre Angst war ihnen anzusehen. Sein Wunsch wurde abgelehnt. Dafür durfte er jeden Tag eine halbe Stunde im Pool seine Runden drehen. Mit Maschinenpistolen im Anschlag standen Paraneses Leute am Rand des Beckens. Aurelia ging es ähnlich. Man behandelte sie gut, fast respektvoll, bewacht wurde sie strengstens. Niemand sprach ein Wort, die arme Pilar fehlte überall. Immer wieder fragte sie sich, was wohl aus ihr geworden war. Die Neue, Maribel, stellte ihr Essen hin, bediente sie höflich und freundlich. Aurelias viele Fragen ließ sie unbeantwortet. Verängstigt schwieg sie und sah starr geradeaus.

Die Tage vergingen in tödlicher Langeweile und Stille. Eines Abends hörte Aurelia Geschrei und Schüsse. Zwei schwer bewaffnete, maskierte Männer standen plötzlich vor ihr und packten sie. Neben dem Küchen- und Personalhaus auf dem großen, freien Rasenplatz stand startbereit ein Hubschrauber mit sich drehenden Rotorenblättern. Bevor Aurelia die Situation genauer erfassen konnte, saß sie bereits im Hubschrauber. Er hob sofort ab. Der Blick zurück zeigte ein merkwürdiges Bild. Aus Autos vor dem Tor des

Paranese-Anwesens schoss man auf das Haus. Im Inneren des Grundstückes bewegte sich kaum etwas. Die Hunde lagen ausgestreckt auf den Wegen und dem Rasen. Sie gaben keinen Laut von sich. Offensichtlich waren sie tot. Ein Großteil der Wachmannschaft und des Personals lag ebenfalls apathisch rum. Teilweise erbrachen sie sich oder saßen hinter dem einzigen Stück Hecke am Ende des Grundstückes und erledigten ihr Geschäft. Völlig abwesend und teilnahmslos verfolgten sie das Geschehen. Aurelia wandte sich ab, sie konnte es nicht fassen. Nun drehte der Hubschrauber und flog in Richtung Flughafen „Silvio Pettirossi". Weit draußen auf dem Rollfeld stand eine Frachtmaschine der Lufthansa. Unweit davon landete der Hubschrauber. Ein freundlicher Mann führte Aurelia die steile Ladegangway hinauf in einen kleinen, einfachen Raum mit Schlafkojen. Davor erstreckte sich die riesige, prall mit Kisten aller Größen vollgestellte Ladefläche des Airbusses. Völlig erschöpft, verängstigt, wie sie war, stellte sie keine Fragen. Ihre beiden maskierten Retter machten sich, ohne ein weiteres Wort, mit dem Hubschrauber aus dem Staub. Hauptsache Richtung Heimat, Richtung Europa, alles andere würde sich finden, dachte Aurelia. Den Umständen entsprechend war es ein angenehmer Flug. Es gab mehrere Zwischenlandungen, Aurelia hörte Stimmengewirr, die typischen Geräusche eines Flughafens. Das Frachttor wurde kurzzeitig geöffnet. Niemand kümmerte sich um den heimlichen Passagier, die meiste Zeit schlief sie und döste vor sich hin. Die grellen Lichter einer

Landebahn schreckten sie im Dunkel des Laderaums auf. Plötzlich standen zwei Sanitäter vor ihr. Ohne sich um ihre Proteste zu kümmern, brachte man sie auf einer Trage in einen auf dem Rollfeld stehenden Krankenwagen. Kurz erkannte sie die große Leuchtschrift am Flughafengebäude: „Frankfurt am Main". In der Universitätsklinik angekommen, wurde sie sofort von einem freundlichen Arzt gründlich untersucht. Nach der Blutabnahme wies man ihr ein nettes, kleines Krankenzimmer zu. „Wir müssen Sie ein paar Tage zur Beobachtung hierbehalten. Ihre Eltern erwarten Sie schon sehnsüchtig", meinte der junge Mediziner. Ausgelaugt, todmüde, streckte sich Aurelia auf dem blütenweiß bezogenen Bett des Krankenzimmers aus. Sie erwachte erst, als am nächsten Morgen die Schwester mit dem Frühstückstablett vor ihr stand. Bald darauf erschien ein Mann in der Tür und bat darum, ihr ein paar Fragen stellen zu dürfen. Aurelia war sicher, es handele sich um die deutsche Polizei. Bereitwillig gab sie in ihrem holprigen Englisch Auskunft. David hörte aufmerksam zu, machte sich Notizen und wies darauf hin, jede Kleinigkeit sei wichtig. Stockend, immer wieder von Weinkrämpfen geschüttelt, berichtete sie in allen Einzelheiten. Besonders bei Erzählungen, die ihren Mann betrafen, liefen Aurelia Tränen übers Gesicht. Sie zitterte am ganzen Körper, die anstrengende Reise, die schockartigen Erlebnisse zeigten ihre Wirkung. Zum Schluss fragte David, der sich inzwischen als Freund Raouls vorgestellt hatte, ob sie denn nicht daran interessiert sei, über dessen

Verbleib etwas zu erfahren. Aurelia errötete. David lächelte amüsiert und gab ihr einen dicken Brief. Mit einer höflichen Verbeugung verabschiedete er sich und ließ sie allein.

Raouls Brief war voller Liebe und Wärme. Mit Hilfe der CIA wurde er gerettet. Eine amerikanische Militärmaschine flog ihn über Washington nach Ramstein. Weiter sei es nach Frankfurt, und von dort mit der El AL nach Tel Aviv gegangen. Für ein paar Wochen müsse er einiges Geschäftliches erledigen, doch hoffe er, sie gesund und munter Ende des Monats in Marbella wiederzusehen. Am Ende des Briefes stand in großen Buchstaben: „Mon Bijoux, ich möchte dich so schnell wie möglich heiraten, viele Kinder mit dir haben … Ich liebe dich unendlich und für immer! Te amo, te quiero!" Getrocknete Jasminblüten, Aurelias Lieblingsduft, fielen aus dem Brief. Überwältigt von Gefühlen, ihr Gesicht tränennass, schaute Aurelia aus ihrem Krankenzimmer auf die hässlichen, grauen Gebäude des Universitätsklinikums Frankfurt. Es regnete in Strömen. Auf den schmalen Straßen zwischen den Häusern der Klinik hetzten die Leute mit ihren Regenschirmen. Zwischen zwei Gebäuden konnte man den Main grau, hässlich, missmutig dahinfließen sehen. In der Ferne grüßten abweisend und stolz Frankfurts Bankenhochhäuser. Für Aurelia schien die Sonne, ihr Herz hüpfte. Die graue Regenlandschaft zeigte sich ihr als buntes Gemälde. Die Welt war rosarot. Der erlittene Schmerz und Kummer gerieten in Vergessenheit, sie schwebte auf Wolken.

Der Mossad plante die Befreiungsaktion lang und sorgfältig. Man schleuste zwei Spezialagenten als Koch und Küchenhilfe ein. Wochenlang wurden die alltäglichen Vorgänge in der Villa genauestens registriert. Die Vergiftung der Hunde und der durch ein ins Essen gemischtes Pulver ausgelöste, schwere Magen-Darm-Infekt mussten zeitlich exakt mit der Landung des Hubschraubers abgestimmt werden. Vor allem wollte man sicherstellen, die Bewacher aßen die krankmachende Speise. Spezialagent Patrick, leidenschaftlicher Hobbykoch, war in seinem Element. Seine gut gewürzte Gazpacho war die beliebteste Suppe und Vorspeise. Die CIA draußen vor der Paranese-Villa informierte man aus Sicherheitsgründen erst einige Minuten vor der geplanten Aktion. Man legte ihnen Raoul ans Herz. Er war durch die Schüsse wach geworden und erwartete seine Retter. Die CIA hatte leichtes Spiel. Sie schossen sich den Weg durch das schwere Tor frei. Auf dem Grundstück erwartete sie keinerlei Gegenwehr. Teilnahmslos, sich erbrechend, zum Teil ohnmächtig zwischen den toten Hunden liegend, starrten die Wachen ins Leere. Braune Flecken an ihren hellen Uniformhosen zeigten das Malheur. Die meisten schafften es nicht bis zur Toilette. In einer Ecke des Grundstückes wollte sich der Chefkoch verdrücken. Kalte Suppen mochte er nicht. Ein kräftiger Faustschlag eines CIA-Mannes beendete seine Absicht. Taumelnd verkroch er sich unter einem Gartentisch. Ungläubig, mit leeren, entsetzten Augen starrten die Wachleute auf den Hubschrauber. Wie von einem fremden Stern war das schwarze Ungetüm mit riesigem Krach und stürmischem Wind der Rotorenblätter halb über dem Boden schwebend für kurze Zeit im Paranese-Grundstück aufgetaucht. Bevor die Elendsgestalten die Situation erfassten, flog das fremde Flugobjekt mit Aurelia an Bord in den nächtlichen Himmel. Raoul erstattete auf Befehl Davids Bericht in Langley. Auf den Videotapes der CIA war die gesamte Unternehmung zu sehen. Lance Dreyer und sein Team konnten sich ein Lachen nicht verkneifen. Die bis an die Zähne bewaffneten Männer saßen mit Elendsgesichtern hinter den Büschen, hielten sich den Bauch oder starrten kreidebleich vor sich hin. Das Szenario war äußerst belustigend. Bei Schulungen wurde das Videotape wieder und wieder gezeigt. Ohne einen einzigen tödlichen Schuss abzugeben gelang die Befreiung, wurde der Feind durch eine List des Mossad besiegt. Der weltweit gesuchte Antonio Paranese war und blieb verschwunden.

Sehnsüchtig wurde Aurelia von ihren Eltern am Flughafen von Málaga erwartet. Die Villa in der Sierra Blanca war mit Fahnen und Luftballons geschmückt. Freunde, Personal, ein Großteil ihrer neapolitanischen Verwandtschaft, fast alle Bewohner der sonst so ruhigen Carretera de Gavina standen im Tor. Aurelia wurde wie ein Staatsgast begrüßt und gefeiert. Eine Gruppe Musiker, die im „Marbella-Sea-Hotel" gastierte, spielten italienische und spanische Hits. Geschrei, Rufen und Hallo, Aurelia wurde geherzt und geküsst. Bis spät in die Nacht dauerte der triumphale Empfang. Bei gutem italienischen Essen und Wein fand die Feier kein Ende. Als Aurelia schließlich todmüde, aber überglücklich in ihrem großen, venezianischen Himmelbett lag, zog sie den Brief von Raoul hervor. Wieder und wieder las sie seine Worte. Sie drückte einen langen, zarten Kuss auf seine Schrift. Schnellstens würde sie die Scheidung einreichen. Ein schwieriges Unterfangen, Scheidung von einem Ehemann, der nirgends aufzufinden und weltweit wegen seiner verbrecherischen Taten gesucht wurde. Juristische Beratung war unbedingt erforderlich. Gleich morgen würde sie sich um einen Termin kümmern. Am nächsten Tag stand das Telefon nicht still. Frau Lettermans, Chiara, Carla und viele Freunde freuten sich mit ihr. Wohlbehalten war Aurelia von ihrer überraschenden Reise zurück. Frau Lettermans lud sie nach Deutschland ein. Das Haus in Kronberg sei so gut wie verkauft. Sie plane, eine Villa am Tegernsee zu erwerben. Die herrliche Landschaft und bayrische Gemütlichkeit sollten den Neuanfang erleichtern. Der Mord an ihrem Mann sei noch immer nicht aufgeklärt. Manuela Schwarz liege weiterhin ohne Bewusstsein im Krankenhaus. Chiaras erste Frage galt Raoul. Aurelia gab nur sehr vorsichtig Auskunft. David hatte ihr eingeschärft, keine Einzelheiten preiszugeben. So sprach sie nur über eine interessante Südamerikareise auf der Suche nach ihrem Mann. Er sei flüchtig, wie traurig, ihre Beziehung würde wohl in Scheidung enden. Sie habe ihn geliebt und respektiert. Niemals wäre ihr die Idee gekommen, er könne in verbrecherische Geschäfte verwickelt sein. Zumal, ein geachtetes Mitglied der internationalen Society, mit Freundschaften zu Topmanagern wie Lettermans, Kontakten zu Politikern, sogar zum italienischen Präsidenten, Einladungen nach Davos, nein, eigentlich könne sie es noch immer nicht glauben. Allerdings konfiszierten die Amerikaner bereits einen Großteil seines in aller Welt verstreuten Vermögens. Am Ende müsse sie froh sein, wenn sie ihre Häuser in Marbella, auf Capri sowie in Neapel behalten könne. Raoul sei in Geschäften unterwegs, zeitlich sehr eingespannt. Lange habe sie nichts von ihm gehört. Wieder und wieder erzählte sie ihre Story. Kaum legte sie den Hörer auf, rief Raoul an. Mindestens sechs bis acht Mal am Tag erkundigte er sich, ob es ihr gut gehe, und beteuerte, wie sehr er sie liebe und vermisse. Ihre Eltern wichen nicht von ihrer Seite. Aurelia blühte auf. Nach und nach erholte sie sich von den Strapazen und Aufregungen der Reise. Der Scheidungsanwalt bereitete die Papiere vor, Antonio oder sein bevollmächtigter Rechtsvertreter müssten unterschreiben, dann könne das Verfahren eingeleitet und die Verträge ausgehandelt werden. Auf Grund der brutalen Vorfälle zwischen ihnen und der verfahrenen Gesamtsituation ging sie davon aus, Antonio wäre sicher froh, sie auf diese Weise loszuwerden. Alle Schreiben wurden an die Holding in Gibraltar gerichtet. So würden die Scheidungspapiere zu Paranese oder zumindest in die Hände seiner Rechtsvertreter gelangen. Wie sollte sie sonst Kontakt zu ihm aufnehmen? Er war und blieb spurlos verschwunden.

Einige Tage später kaufte Aurelia im „El Corte Ingles", in Puerto Banús, ein. María José war bereits mit einem Großteil der Einkäufe zum Parkhaus im Kellergeschoss unterwegs. Aurelia wurde auf Italienisch angesprochen. „Buongiorno, Signora!" Unwillkürlich blieb sie stehen. Der Fremde drückte ihr einen Zettel in die Hand. Kurz las sie die in Italienisch verfasste Nachricht: „Werde ein neues Leben anfangen. Gebe dich frei, gebe meine Einwilligung zur Scheidung. Heute Abend, 21.00 Uhr, Treffen, ‚Poligono Industrial', Estepona, im ‚Café La Esquina'. Komm allein, sprich zu niemanden darüber, alles wird zu deiner Zufriedenheit geklärt und geregelt." Mit zitternden Händen versteckte sie den Zettel in ihrer Handtasche. Da war er wieder, ihr großzügiger, großmütiger Antonio, wie sie ihn von früher kannte, immer an ihrem Wohlergehen interessiert. Sie war sicher, die Trennung ließ sich friedlich abwickeln. Trotzdem beschlich sie ein leises Unbehagen, zu sehr war ihr Vertrauen erschüttert. Bei dem Gedanken, Antonio nochmals zu begegnen, schauderte sie. Eine schnelle, möglichst einvernehmliche Scheidung war nötig, seine Unterschrift erforderlich, es blieb keine Wahl. „Sie sind kreidebleich, Señora", empfing María José sie im Parkhaus. „Alles okay?", dabei schaute sie Aurelia forschend an. Es würde schwer für sie werden, am Abend unbeobachtet aus dem Haus zu kommen. Ihre Eltern ließen sie kaum aus den Augen. Ihre Mutter schaute jede Nacht mindestens zweimal nach ihr. Raoul rief spätabends an, um „Gute Nacht" zu wünschen. Bis dahin, hoffte sie, war sie vielleicht längst wieder zurück. María José brachte jeden Abend zur gewohnten Zeit ihren Manzanilla-Tee ans Bett. Dabei prüfte sie genau nach, ob alles seine Ordnung habe. Sie musste sich etwas Glaubhaftes, Vernünftiges einfallen lassen. Am besten eine Bridgeeinladung. Die erfolgten oftmals kurzfristig, weil plötzlich „ein vierter Mann" fehlte, meist gab es, zum Leidwesen der Kartenspieler, Absagen. Sie sprach auf dem Heimweg schnell mit ihrer Freundin. Diese schaute Aurelia vielsagend an. „Ein Rendezvous, wie geheimnisvoll, sag mir doch, wer es ist. Ist er verheiratet?" Sie nervte mit ihren Fragen. Willigte aber mit Verschwörermiene auf die „Bridgeeinladung" ein. „Ihr könnt mich abholen. Ich rufe an, wenn wir fertig sind mit Spielen", verabschiedete sie sich mit einer Umarmung von ihren Eltern. Raoul bekam noch einen dicken Kuss durchs Telefon geschickt. Er zählte die Tage und Stunden. In acht Tagen und vier Stunden sei er bei ihr, sie solle vorsichtig fahren, gab er mit auf den Weg. Wie würde Raoul sich freuen, bis dahin hätte sie schon einen wesentlichen Schritt in Richtung Scheidung getan. Es war ein wunderschöner, südlicher Oktoberabend. Angenehm warm, die Sonne ging tiefrot über dem Mittelmeer unter. Überall in der Villenstraße rankten blühende Heckenpflanzen an den Mauern. Aurelia ließ das Verdeck ihres silberfarbenen Mercedes SL herunter, genoss den schönen Anblick und den lauen Abend. Ihre schwarzen Haare wehten im Fahrtwind. Mancher auf der Straße oder in den vorbeifahrenden Autos warf einen Blick auf die attraktive, junge Frau in dem schicken Sportwagen. Aurelia war in Gedanken versunken. Sie bog auf die Schnellstraße in Richtung Estepona ab. Im Radio spielten sie ein altes Lied aus den siebziger Jahren mit der schwedischen Band ABBA: „The Winner takes it all". Sie liebte diesen Song und drehte das Radio lauter, dabei beschleunigte sie, von einem tiefen Glücksgefühl erfasst, ihre Geschwindigkeit. Der Tacho zeigte einhundertachtzig Kilometer, viel zu schnell für die schmale, wenn auch doppelseitige Schnellstraße. Ein Kleinwagen, Marke Renault, versuchte verzweifelt das Tempo mitzuhalten. Auf Befehl Davids verfolgten Mitarbeiter des Mossad jeden ihrer Schritte. Nicht ganz uneigennützig, man hoffte immer noch, mittels Aurelia an Antonio ranzukommen. Auf der linken Seite ließ sie die Stadt Estepona hinter sich, plötzlich, im letzten Moment, bog sie im Kreisel in Richtung „Poligono" ab. Der ihr folgende Renault erkannte es zu spät, er befand sich wieder auf der Auffahrt Richtung Schnellstraße. Entscheidende Zeit ging verloren. Aurelia kannte das „Poligono Industrial", das Gewerbegebiet von Estepona, flüchtig. Sie erinnerte sich an eine Mercedeswerkstatt. Vor Jahren ließ sie dort einmal eine Reparatur durchführen. Das Café musste ganz in der Nähe sein. Sie bog links ab. „The Winner takes it all", endete der Song im Radio. Sie fühlte sich glücklich und frei wie schon lange nicht mehr. An der Ecke sah sie das „Café la Esquina". Am Abend war es im Industriegebiet düster und leer. Auch im Café war kein Mensch zu sehen. Sie parkte den Wagen ge-

genüber und stieg beschwingt, voller Tatendrang aus.
Den Schuss hörte sie nicht. Blutüberströmt fiel sie auf
die geöffnete Wagentür, langsam sackte sie neben ihrem Auto auf den Asphalt. Der grüne Renault war
inzwischen herangekommen. In Sekundenschnelle
feuerte der Fahrer mehrere Schüsse auf den verblüfften Schützen ab. Schließlich sank er mit ungläubigem
Gesichtsausdruck zwischen den Stühlen und Tischen
des Cafés zusammen. Mit quietschenden Reifen fuhr
der Renault davon. Fassungslos starrten der Wirt und
seine Familie auf die tote Frau neben dem Mercedes
und den am Boden liegenden Mann in ihrem kleinen,
friedlichen Lokal. Der herbeigerufene Notarzt konnte
bei beiden Personen nur noch den Tod feststellen. Am
selben Abend benachrichtigte die Polizei Aurelias ge-
schockte Eltern. Die Nachricht von dem schrecklichen
Unglück, dem Mord an der überall beliebten Aurelia,
verbreitete sich in Marbella wie ein Lauffeuer. Die
Identität des ebenfalls erschossenen Täters konnte
nicht festgestellt werden. Er trug nichts bei sich. Die
italienischen Markenschildchen an sämtlichen Klei-
dungsstücken ließen einen Italiener vermuten. Der
einzige mögliche Zeuge, ein Renault-Fahrer, der Wirt
hatte sich den Autotyp des mit quietschenden Reifen
abfahrenden Wagens gemerkt, blieb unauffindbar.
„Schießerei in Estepona", las man am nächsten Tag in
der SUR und anderen spanischen Zeitungen. „Polizei
tappt im Dunkeln!", hieß es dort. Tatsächlich brachten
Ermittlungen und Befragungen über Monate hinweg
keinerlei Ergebnisse. Zwei Morde im beschaulichen

Bade- und Ferienort Estepona. Niemand konnte sich ein Verbrechen dieser Art in dem gemütlichen Städtchen vorstellen. Hinweise auf Täter, sonstige, weiterführende Spuren fehlten. Die Polizei schloss schließlich die Akten. Ein Ehe- und Familiendrama wurde allgemein angenommen. Aurelias Eltern blieben vernehmungsunfähig. Der Vater erlitt einen Herzinfarkt, die Mutter einen Nervenzusammenbruch. Beide waren nicht in der Lage, den Tod ihrer Tochter zu kommentieren oder über Begleitumstände zu reden.

Raoul flog nicht wie geplant nach Marbella. Unfassbare Trauer, Niedergeschlagenheit und Verzweiflung ergriffen von ihm Besitz. Völlig unverständlich für die italienische Verwandtschaft Aurelias blieb er der mit großem Aufwand hergerichteten Begräbnisfeier fern. Hunderte von Leuten folgten ihrem Sarg. Ein Obelisk aus weißem Marmor wurde auf dem Friedhof von Marbella aufgestellt. Ein goldener Engel zierte seine Spitze. Die Eltern konnten die Beerdigung im örtlichen Fernsehen verfolgen. Ihre Gesundheit ließ nicht zu, ihre Tochter auf dem letzten Weg zu begleiten. Weinend folgten Frau Lettermans, Chiara und Carla der trauernden Menge. Sie vermissten Raoul. Besonders Chiara fand sein Benehmen gegenüber der toten Freundin unmöglich. Immer wieder beklagte sie sich lauthals darüber bei ihrer Mutter. Sie konnte sich nicht eingestehen, es ging weniger um die tote Aurelia als um ihre tiefe, persönliche Enttäuschung, ihn nicht wiederzusehen. Raoul verpflichtete sich für zwei Jahre beim israelischen Militär. Sein Fernbleiben entschuldigte er mit einem Einsatz. Bewusst ließ er sich in den von Anschlägen besonders betroffenen Grenzgebieten einsetzen. Er suchte die Gefahr, sie erlöste ein klein wenig von dem tiefen, bohrenden Schmerz.

Schuldgefühle plagten ihn und zermarterten sein Hirn: „Warum habe ich Aurelia nicht besser beschützt? Ich kannte die hoch gefährliche Lage, in der sie sich befand. Ich hätte sie nicht allein lassen dürfen. Ich bin ein elender Versager!" Seine Gedanken drehten sich im Kreis. Scham und Trauer verfolgten ihn, holten Raoul immer wieder ein. In seiner knappen Freizeit starrte er stundenlang auf die weiß gekalkten Wände seines Zimmers, dabei trank er zu viel. David versuchte alles, ihn ein wenig abzulenken. Raoul folgte keiner seiner Einladungen. Seinen Dienst erledigte er mit äußerster Präzision und fanatischem Einsatz. Alle privaten Kontakte brach er ab. Ab und zu telefonierte er mit seiner Mutter, die sich große Sorgen machte. Für seinen großen, internationalen Freundeskreis war er nicht zu sprechen. Seine Untergebenen beim Militär behandelte er mit respektvoller Gleichgültigkeit. Die Menschen um ihn herum nahm er nicht wirklich wahr, er sah durch sie hindurch. Raoul funktionierte beruflich bestens. Seine Seele, sein Herz lagen brach. Leer und ausgelaugt verging für ihn ein Tag wie der andere. Der militärisch streng geregelte Tageslauf ließ ihm keine Zeit zum Nachdenken. Wie ein Roboter erledigte er seine Aufgaben in gewohnter Perfektion. Er riss sich um gefährliche Einsätze, selbst am Wochenende stand er beruflich, falls erforderlich, stets zur Verfügung. Seine Nächte verbrachte er meist schlaflos oder von Alpträumen geplagt. Raoul lebte ohne Wahrnehmung, was um ihn herum geschah. Seinen Körper fühlte er als leere Hülle, die sich im zeitlosen Raum bewegt.

Paranese schloss seine Geschäfte in den USA und Mexiko erfolgreich, unerkannt von seinen Verfolgern, ab. Mit Erleichterung nahm er in einem Internetcafé zur Kenntnis, der Anschlag auf Aurelia hatte endlich geklappt. Sie war die Einzige, die sein Geheimnis, die Gesichtsoperation, kannte. Der Weg war frei für ihn in ein neues Leben. Leise Traurigkeit beschlich ihn manchmal, die schönen Zeiten in Marbella, Aurelia …, auf seine Weise hatte er sie geliebt. Es blieb keine Zeit, solchen Gedanken nachzuhängen. Das neue Zuhause auf Hongkong Island, Geschäfte mit der asiatischen Mafia, hielten ihn auf Trab. Sein Rat als erfolgreicher Geschäftsmann war in Hongkong gefragt. Zahlreiche Investitionen, aber auch hohe Spenden im sozialen Bereich, machten ihn schnell zu einem beliebten und gefragten Mitglied der Hongkong Society. Zwei bildhübsche Asiatinnen, er nannte sie seine siamesischen Katzen, Mia und Mina, lebten mit ihm im Haus. Alle Wünsche wurden ihm sofort erfüllt. Nein, er konnte sich über sein neues Leben nicht beklagen. Hongkong Island ist eine Insel im südlichen Teil von Hongkong. Hier leben ca. 1,5 Millionen Menschen. Die Insel wurde 1840 von den Briten erobert. Die Stadt Victoria City gegründet. Schnell bildete sich dort das historische, politische und ökonomische Zentrum der Stadt Hongkong. Eine der großartigen Sehenswürdigkeiten, die das Central District überragt, ist der Victoria Peak. Von oben hat man einen überwältigenden Blick über Hafen und Stadt. Hier liegt Hongkongs feinstes Wohnviertel. Die Attraktion des Panoramablickes lassen sich wohlhabende Hongkong-Bewohner einiges kosten. Antonios Villa stand an einem der schönsten Flecken dieser bevorzugten Villenlage. Riesige Terrassen umgaben das Haus. Stufenartig angelegt, ging man über weitere, kleinere Terrassen zum gewaltig großen, nierenförmigen Pool mit Wasserfall. Der prächtige Garten erinnerte an Paraneses parkartig angelegte Grundstücke in Marbella und auf Capri. Feinster italienischer Marmor, römische Säulen und Figuren zierten das Anwesen. Dazwischen standen dickbäuchige, grüne und goldene Buddhas. Mit einem leisen, verschmitzten Lächeln schienen sie den asiatisch-italienischen Mischmasch zu beobachten.

Über die Jahre verbrachte Antonio immer mehr Zeit in seinem kunstvoll handgeschnitzten, chinesischen Schaukelstuhl. Stundenlang beobachtete er von dort die aufgeregte Hektik der Stadt und des Hafens. Sein Sehnen galt kaum noch den schlanken, asiatischen Katzenkörpern seiner beiden Gefährtinnen, Langeweile schlich sich ein. Die Sehnsucht nach Italien verfolgte ihn. Manchmal glaubte er, das Mittelmeer rauschen zu hören, aber es war nur der künstliche Wasserfall am Pool. Den ganzen Tag hörte er italienische Musik und sah Filme aus seinem Heimatland an. Die Köchin musste Pasta al Olio zubereiten. Der Geschmack erschien ihm scheußlich, einfach ungenießbar. „Diese Asiaten werden es nie lernen, eine vernünftige Pasta zuzubereiten", dachte er. Er warf die Pasta gegen die Wand, schrie herum. Am meisten regte ihn die gleichmäßige asiatische Freundlichkeit auf. Das Personal räumte leise, mit einem Lächeln, ohne jede Reaktion, die Scherben weg und brachte eine neue Mahlzeit. Wie gerne würde er sich mal wieder so richtig italienisch streiten. Die Fetzen flogen, anschließend küsste und herzte man sich. Er dachte an seine sizilianische Mama und an Aurelia. Das Herz wurde ihm schwer vor Heimweh nach Italien. Das Menschengewimmel Hongkongs stieß ihn ab. Seine Wutanfälle ertrugen die Bediensteten mit einem Grinsen, längst hatte „die alte Krummnase" im Schaukelstuhl für sie ihr Gesicht verloren. Böse Witze wurden gerissen, Gärtner, Hausdiener und Köchin machten sich lustig. Das ungehörige Verhalten der Angestellten blieb für Antonio unbemerkt. Paranese wurde immer einsamer, sein Gesichtsausdruck starr. Noch immer weltweit gesucht, veränderte er sich vom machtvollen, aktiven Mafiaboss zum „alten Mann im Schaukelstuhl". Ernsthaft erwog er das Risiko einer Italienreise. Im Fernsehen verfolgte er die Krise des Euro in Europa. Manchmal tat es ihm leid, er drehte nicht mehr am großen Rad. Seine Zeit war vorbei …, die Nachfolger in der CLOM machten das große Geld. Viele Steuermilliarden flossen über Brüssel in die Taschen der CLOM. Die Gier war unersättlich, die Märkte beherrscht von mafiösen Machenschaften. Das System CLOM funktionierte besser, erfolgreicher, als es sich ihr Gründer Antonio Paranese jemals hätte träumen lassen. Der Junge aus Palermo gab den Anstoß zum erfolgreichsten ausbeuterischen System weltweit. Demokratien in Europa wankten. Niemand realisierte es bisher. Die Einflussnahme des Bürgers beschränkte sich auf das Kreuzchen am Wahltag. Politiker eierten und dokterten am System herum, unfähig dem gefräßigen, gierigen, inhumanen Gesicht des Kapitalismus Einhalt zu gebieten. Demonstrationen, weltweit, begannen. Mit Erstaunen sah Antonio die Fernsehberichte. Die Mehrheit der Menschen sah dem Geschehen stumm, in angstvoller Erwartung, Erstarrung oder mit dem „Wir können es ja doch nicht ändern"-Blick zu. Die Ausbeuter fraßen sich mehr und mehr ins System. Alle erwarteten einen großen Knall … In Antonio reifte ein Plan, er wollte seine Heimat Italien wiedersehen.

Manuela Schwarz erlangte nach vielen Monaten endlich wieder das Bewusstsein. Die Kugel hatte die untere Halswirbelsäule durchdrungen. Das zervikale, sympathische Nervensystem war geschädigt. Diese Schädigung des Sympathikus führte zu einem eingefallenen Augapfel, einem herabhängendem Augenlid und einer Pupillenverengung. Man gewann den Eindruck, die rechte Gesichtshälfte hinge nach unten. Die zweite Kugel war tiefer im Rücken eingedrungen. Teile des Rückenmarks, der wichtigsten Nerven waren verletzt bzw. durchtrennt. Daher die Lähmungen und Ausfallerscheinungen der unteren Extremitäten, des Bewegungsapparates. Das monatelange Koma bewirkte Gedächtnisverlust, Verlust von Sprachverständnis und Sprachproduktion. Aphasie nannten es die Mediziner.

Die von Lettermans geerbte Summe machte es Manuelas Mutter möglich, das Haus in Wiesbaden behindertengerecht umzubauen. Mit ihrem Lebensgefährten zog Frau Schwarz in den oberen Stock. Manuela lebte im Parterre, komplett, aufs Modernste, auf ihre Behinderung zugeschnitten. Vom Erker aus blickte sie auf das kleine, parkartig angelegte Grundstück mit dem alten Baumbestand. Im Souterrain wohnte eine Polin, die Manuela Tag und Nacht betreute. Meist saß sie teilnahmslos in ihrem Rollstuhl in dem hübschen Wintergarten. Der Fernseher lief von morgens bis abends. Niemand konnte mit Sicherheit sagen, inwieweit sie den Sendungen folgen konnte. An manchen Tagen hatte ihre Mutter das Gefühl, Manuela erkenne sie gar nicht. Auf Sendungen mit Schießereien reagierte sie mit Unruhe. Überhaupt, Lärm jeglicher Art schien sie zu erschrecken. Nachts schrie sie manchmal auf, weinte, und musste mit Tabletten ruhig gestellt werden. Kaum etwas erinnerte an die bildhübsche, attraktive, schlanke Assistentin des Vorstandes, die erfolgreich für die AFB gearbeitet hatte. Die Bank entledigte sich mit einer freiwilligen Abfindungssumme von zehntausend Euro jeglicher Verantwortung. Ein entsprechendes Schreiben mit einer Einverständniserklärung musste die Mutter gleich nach dem Anschlag unterzeichnen. Ein einziges Mal besuchte der Personalrat Manuela in Wiesbaden. Seitens des Vorstandes ließ sich niemand blicken. Carla, die im Namen ihrer Freundinnen Marlene und Chiara die Schwerkranke häufiger besuchte, berichtete Frau Schwarz, Frau Lettermans mache ähnliche Erfahrungen. Seit der aufwändigen, riesigen Begräbnisfeier habe sich niemand aus der Geschäftsleitung bei ihr sehen lassen. Nur der langjährige Fahrer ihres Mannes und seine Frau würden immer wieder Hilfe anbieten. Irgendwie fühlte sich Manuelas Mutter durch diese Schilderung ein wenig getröstet. Kommissar Kellner konnte sein Entsetzen über den Zustand der jungen Frau kaum verbergen. Die schönen, langen, schwarzen Haare kürzte man ihr im Krankenhaus auf Stoppellänge zu einem Bubikopfschnitt. Die eine Gesichtshälfte hing nach unten. Da sich Manuela kaum bewegen konnte, legte sie enorm an Gewicht zu. Ihr einziges Vergnügen schien essen zu sein. Sie stopfte in sich hinein, was immer man ihr hinstellte. Kellner beobachtete sie genau. Manuela saß wach mit starrem Blick in ihrem Rollstuhl. Ohne Fixationspunkt glitt der Blick verständnislos hin und her. Ihre Miene vermittelte in keiner Weise ein Wiedererkennen des Kommissars. Als Zeugin würde wohl mit Manuela niemals mehr zu rechnen sein. Kellner, durch seine tägliche Arbeit hart im Nehmen, war schockiert. Das Bild der jungen, schicken, lebenslustigen Frau war in seinem Gedächtnis eingebrannt. Und nun dies Häufchen Elend …. Trauer überkam ihn. Über den

Personenschutz von Manuela brauchte er sich keine
Gedanken zu machen. Unverständliches Gestammel,
Schnaufen und andere nicht näher zu beschreibende
Laute drangen aus ihrem Mund. Wer immer sie zum
Schweigen bringen wollte, hatte es mit Erfolg getan,
auf eine miese, brutale, grausame Weise. Kommissar Kellner wechselte ein paar freundliche, tröstende
Worte mit Manuelas Mutter, verabschiedete sich und
fuhr geschockt und deprimiert nach Hause. Hexe
bellte und winselte vor Freude, sprang an ihm hoch
und brachte immer wieder ihr Bällchen. Sie spürte die
Traurigkeit ihres Herrchens und versuchte mit allen
Mitteln, ihn abzulenken. Schließlich gab Kellner trotz
großer Müdigkeit auf, holte die Leine und machte mit
seiner aufgeregten, kleinen Dackelhündin einen ausge-
dehnten Spaziergang. Entspannt ließen sich Herrchen
und Hund danach auf das Sofa fallen. „Die Arbeit
kann bis morgen warten", dachte der Kommissar. Ein
Glas Rotwein, und er war eingeschlafen. Zufrieden
blinzelnd, ihr Herrchen beobachtend, lag Hexe auf
dem Sofakissen zu seinen Füßen.

Erfrischt wandte sich Kellner am anderen Tag
den Ermittlungen seines komplizierten Falles zu. Für
seine Polizeiarbeit wog der Ausfall der beiden Zeugen,
Thorsten Walter und Manuela Schwarz, schwer. Die
Sicherungskopien der Lettermans-PC-Dateien waren
aus Manuelas Safe entwendet worden. Die in mühe-
voller Kleinarbeit von seinen Spezialisten zusammen-
gesetzte Festplatte eines der Computer bot allerdings
brisante Informationen. Es ergab sich aus der Auswer-

tung: Der Anschlag auf Manuela Schwarz, der Mord an Lettermans und Bubi Jacob sowie die Katastrophe von Henningstedt waren Teile eines großen Puzzles, eines Wirtschaftskrimis, dessen Ausmaße und Brutalität selbst für einen erfahrenen Ermittler wie Kellner überraschend und schockierend waren. Sein Anliegen, wegen neuer Beweislage im Fall Henningstedt ein Wiederaufnahmeverfahren einzuleiten, war von seinen Vorgesetzten energisch abgelehnt worden. Die Täter, die beiden Syrer und der Nigerianer, seien wegen erdrückender Indizien und Aussagen diverser Zeugen überführt und säßen ein. Henningstedt sei hinreichend und zufriedenstellend für die Öffentlichkeit aufgeklärt. Keinesfalls werde man daran rütteln, teilte ihm das BKA mit. Seine „Verschwörungstheorien" bezüglich Henningstedt, wie man seine Hinweise bezeichnete, entbehrten jeglicher Grundlage. Verbindungen anzunehmen zur Weltfirma Havaria-Chemie, diesbezügliche Aktienmanipulationen und Insiderinformationen zu unterstellen, den Anschlag als Auftragstat einzustufen, ferngelenkt durch eine kriminelle Vereinigung, deren Chef der weltweit gesuchte Italiener Antonio Paranese sei, bitte man ihn endlich dem Reich der Fantasie zuzuordnen. Auch ein gewiefter Ermittler wie Kellner könne sich mal völlig auf falscher Spur bewegen. Oder etwa Verbindungen von Wirtschaftskriminalität und Korruption zur größten deutschen Bank herstellen zu wollen, sei absolut „hirnverbrannt", ließ ihn der Chef des BKA in einem vertraulichen Gespräch wissen. Er solle sich

an seine Pflichten als Beamter erinnern und den ak-
tuellen Ermittlungen zuwenden. Damit war Kellner
fürs Erste entlassen. Einige Tage später suchten ihn
zwei Mitarbeiter des BND auf. Aus Gründen der nationalen Sicherheit müsse man den PC Lettermans
für geheimdienstliche Ermittlungen beschlagnahmen.
Bevor Kellner etwas entgegnen konnte, waren die beiden BND-Leute mit dem Computer aus seinem Büro
verschwunden. Was sie nicht ahnten, Kellner hatte für
alle Fälle eine Kopie in einem Banksafe hinterlegt. Ein
Anruf bei Thorsten Walter in seinem Urlaubsdomizil
brachte eine weitere Enttäuschung. Freundlich erklärte
er ihm, mit seiner Familie wolle er sein geliebtes Südfrankreich genießen. „Wir ändern die Welt, die ein-
gefleischten, korrupten Systeme nicht, lieber Kellner,
denken Sie daran! Machen Sie es gut, ich hoffe, Sie
haben Verständnis für mein Handeln." Damit legte er
auf. Frustriert stellte sich Kellner wie schon so oft die
Frage: „Warum engagiere ich mich so, warum bringe
ich so viele Opfer für diesen Beruf? Warum schwimme
ich nicht einfach mit dem Strom?" Er kannte die Antwort. Zwei Scheidungen hatte er hinter sich. Die
Vorwürfe seiner Exfrauen klangen ihm noch in den
Ohren: „Du liebst nur deinen Beruf, du bist ein hoff-
nungsloser, idiotischer Idealist. So wird man dich immer von der großen Karriere ausschließen", warf ihm
Claudia bei einer ihrer letzten großen Streitigkeiten an
den Kopf. Wahrscheinlich hatten sie sogar Recht. Am
Wochenende würde er mit seinem Freund, sie kannten
sich aus der Polizeischule in Wiesbaden-Kohlheck, die

geplante Fahrradtour unternehmen. Eine Aussprache mit einem verständnisvollen Kollegen war nötig. Er musste seinen Kopf für weitere Polizeiarbeit freibekommen. Der Ausflug an den Rhein tat ihm gut. Die schöne Umgebung, die gemütlichen Weinkneipen, gute Gespräche und eine zufriedene, sich am Abend müde in ihrem Körbchen zusammenrollende Hexe machten den Tag zum vollen Erfolg. Gut gelaunt trat er am nächsten Morgen seinen Dienst an. Es gab positive Nachrichten. Beamte führten eine Routinekontrolle an der Autobahn durch. Zwei Motorradfahrer fielen durch überhöhte Geschwindigkeit auf. Einer der Fahrer eröffnete bei der Überprüfung durch die Polizei sofort das Feuer. Bei der anschließenden Verfolgungsjagd wurde der eine festgenommen, der andere konnte entkommen. Die Papiere des Festgenommenen gaben eine Adresse in Rom an, geboren war er in Neapel. Noch am selben Tag veranlasste man eine Durchsuchung der Wohnung. Die italienische Polizei wurde fündig. Man stellte Aufnahmen des Flughafens von Egelsbach und der Cessna Bubi Jacobs sicher. Fotos des Kronberger Hauses der Lettermans, Wegbeschreibungen, verschiedene Personenfotos, darunter Lettermans, Bubi Jacob, Manuela Schwarz, ergänzten die brisanten Funde. Sofort veranlasste man eine DNA-Analyse des mutmaßlichen Täters. Tatsächlich stimmte diese mit den bei den Ermordeten gefundenen Spuren überein. Nach tagelangem Verhör und aufgrund der eindeutigen Beweislage gab der Italiener schließlich zu, die Morde zusammen mit seinem

Kumpel gegen Geld durchgeführt zu haben. Über seine Auftraggeber konnte er wenig sagen. Er arbeite europaweit und führe Morde gegen gute Bezahlung durch. Offensichtlich ein einträgliches Geschäft. Für Prominente, Politiker etc. gäbe es schon mal einhundertfünfzig- bis zweihunderttausend Dollar. Für Normalos, unterste Preisklasse, darunter arbeite er nicht, zwanzigtausend Dollar. Locker, ohne Gefühlsregung oder Reue, berichtete der Festgenommene über seine Taten. Einen gewissen Stolz, wegen seines geschäftlichen Erfolges, konnte er kaum verbergen. Die Aufträge liefen über eine Bar in der Via Benefato in Rom. Der Wirt gab die Nachrichten gegen gute Provision weiter. Über Codes und verschlüsselte Telefonate verständigte man sich, führte die Mordtaten durch. Fünfzig Prozent des Geldes als Anzahlung, den Rest nach Ausführung, so die Regeln. Die wahren Auftraggeber blieben völlig anonym im Hintergrund. Es erfolgte Anklage wegen Mordes in vier Fällen: Bubi Jacob und seine Mitarbeiter, Lettermans und versuchter Mord an der armen Manuela Schwarz. Zwei Monate später wurde der Mittäter beim Versuch, Geld aus einem Schließfach im Bahnhof von Neapel abzuholen, festgenommen und der deutschen Polizei überstellt. Am nächsten Tag war in der Boulevardpresse zu lesen: „Mord an Topbanker und Frankfurter Anwalt endlich aufgeklärt." Kommissar Kellner erhielt eine Belobigung seitens seiner Vorgesetzten. Die Bank schickte ihm ein riesiges Blumenbukett mit einem Dankesschreiben. In Deutschland ging man zufrieden zur Tagesordnung über. Es gab Gerechtigkeit. Alle Täter saßen im Gefängnis. Der kleine USB-Stick mit den brisanten Aufzeichnungen des toten Lettermans lag in den Tiefen eines Schweizer Banksafes. Wie die wirklichen Täter, die kriminellen Hintermänner, blieb er im Dunkeln verborgen. Erstmals in seiner langen Karriere erwog Kellner, sich krankzumelden und die Jahre bis zu seiner Pensionierung abzukürzen. Bis nachts um vier wälzte er sich in seinem Bett schlaflos von einer Seite auf die andere. Beleidigt zog Hexe, die es sich wieder mal unerlaubterweise am Fußende des Bettes bequem gemacht hatte, ab in ihr Körbchen. Der unruhige Schlaf ihres Herrchens ließ sie nicht zur Ruhe kommen. Mit einem tiefen Seufzer streckte sie, zufrieden auf ihrem Deckchen, alle Viere von sich. Müde blinzelte sie nochmals in Richtung Kellner. Dann schlief sie mit einem leichten Schnarchen ein, neidisch beobachtet von dem schlaflosen Kommissar. Immer wieder ging ihm der komplizierte Fall durch den Kopf. Die Briefe, die Carla transportiert hatte, waren nicht gefunden worden.

Es stand fest, man missbrauchte sie als „Hermes-Botin". Geldtransaktionen, Schwarzgeldanlagen für reiche Kunden, gedeckt durch die Anonymität einer Holding, ausgeführt durch die vielen, willfährigen Anwälte, die diese auftragsgemäß verwalteten, suchte man die unbescholtene, junge Frau gezielt für diesen Zweck aus. Sie sollte Nachrichten der Kanzlei Sir Forsters in Marbella nach Frankfurt in die Kanzlei Bubi Jacobs bringen. Dieser wiederum unterhielt beste, freundschaftliche Kontakte zu der großen deutschen Bank. Von dort bestanden Verbindungen zu Paranese. Termine, Vertragsabschlüsse, Transaktionen waren akribisch von Lettermans auf seinem PC festgehalten. Alle waren Mitglieder des exklusiven Wirtschaftsclubs, CLOM. Hier schloss sich der Kreis. Die Möglichkeiten der Aufklärung dieses hochkriminellen Wirtschaftsskandals waren für ihn, den kleinen Frankfurter Kommissar, gleich null. Das hatte man ihm klar zu verstehen gegeben. Erschöpft fiel er am frühen Morgen in einen Tiefschlaf. Erbarmungslos klingelte der Wecker in seine unruhigen Träume und schreckte ihn auf. Geplagt von bleierner Müdigkeit und starken Kopfschmerzen, rief er seine Sekretärin an und meldete sich krank.

Antonio Paranese, von Heimweh geplagt, hielt es nicht mehr aus in seinem asiatischen Exil. Mit dem Kapitän eines riesigen Containerschiffes einer griechischen Reederei wurde er handelseinig. Gegen einen Geldbetrag in stolzer Höhe nahm man ihn zum Zielhafen Genua, Genova Porto, mit. Der Kapitän, ein Holländer, musterte ihn forschend, konnte aber an dem blonden, vollbärtigen, blauäugigen Amerikaner aus Chicago nichts Nachteiliges feststellen. Der hohe Geldbetrag beseitigte weitere Bedenken. So fand sich Antonio Paranese, weltweit meistgesuchter Drogen- und Waffenhändler, an Bord des Containerschiffes „Baracuda" wieder. Seine Kabine lag direkt neben der des Kapitäns und war sehr modern und bequem ausgestattet. Die meist asiatische Mannschaft, in der Hauptsache Filipinos, beachtete ihn nicht. Er war aufgeregt wie ein kleiner Junge. Als das Schiff in Hongkong ablegte, schaute er ohne Abschiedsschmerz auf seine zweite Heimat zurück. Die fantastische Aussicht auf Hongkong Island und Kowloon ließ ihn kalt. Er würde Italien wiedersehen! Bei diesem Gedanken schlug sein Herz voller Vorfreude schneller. Es ging ihm gut. Seit langer Zeit fühlte er sich wieder richtig wohl und tatkräftig. Tief atmete er die saubere Seeluft ein. Ein altes italienisches Lied, von Domenico Modugno, fiel ihm ein. Er pfiff es vor sich hin: „Nel blu dipinto di blu."

David und seine Familie versuchten alles, um Raoul ein wenig abzulenken und aufzuheitern. Seine zweijährige Verpflichtung beim Militär war abgelaufen. Raoul beschloss, zu seinen Eltern nach Frankfurt zurückzukehren und dort in Ruhe eine neue berufliche Aufgabe zu suchen. Er liebte Tel Aviv, er fühlte sich seinen Freunden eng verbunden. Raouls liberale, weltoffene, polyglotte Einstellung geriet allerdings häufiger in Konflikt mit der frommer, orthodoxer Juden, die er in ländlichen Regionen kennenlernte. Neben der Bedrohung von außen empfand er die Situation zwischen orthodoxen und säkularen Juden als schmerzhaft und gefährlich für die Zukunft Israels. Sein jüdischer Glaube war tief verwurzelt. Vielsprachig, weitgereist, geprägt von verschiedensten, nationalen Einflüssen, überzeugter Demokrat, stieß ihn jedoch Dogmatismus in jeglicher Form ab.

Wie sollte die komplizierte israelische Zukunft gemeistert werden? Ein kleines, potentes Streifchen Land, seine Bewohner aus aller Welt lebten umgeben von Feinden auf dem Pulverfass, neidisch beäugt von zu allem bereiten, radikalen Terroristen. Raoul erkannte, es musste zwangsläufig in einem Krieg enden. Nein, seine Kinder sollten ohne Angst vor plötzlichem Raketenbeschuss aufwachsen. Nein, er wollte nicht länger Teil einer Kriegsmaschinerie sein. Er liebte das Leben. Seine Umwelt nahm er wieder bewusst wahr. Erledigte er Einkäufe in der Shenkin Street, gutaussehend, sportlich, braungebrannt, mit seinen schwarzen Locken und den blitzenden, dunklen Augen, schaute ihm so manche junge Frau sehnsüchtig hinterher. Raoul registrierte es und erwiderte die Blicke freundlich. Seine Seele gesundete zusehends. Oftmals saß er in „Ornas und Ellas Bistro" und ließ das bunte Treiben der lebhaften Einkaufsstraße auf sich wirken. Vergessen konnte er das Erlebte nicht. Antonio Paranese nahm ihm mit seinem Auftragsmord an Aurelia das Liebste. Er sann auf Rache und besprach sich mit David. Wieder und wieder lasen beide die Kopie von Aurelias Brief aus Asunción an ihre Eltern. Was konnte sie mit dem Satz: „Es ist eine totale Veränderung mit Antonio vor sich gegangen!", gemeint haben? Sicherlich, Aurelia lernte in Paraguay erstmals die Schattenseiten ihres Mannes, seine ungeheure Brutalität, kennen, die Verwicklung in verbrecherische Aktivitäten wurde ihr vor Augen geführt. Sein wahres Wesen, bisher verborgen unter großem italienischen Charme und ungeheurer

Großzügigkeit, offenbarte sich unter dem Druck der Ereignisse. Der bitterarme Junge aus Palermo, aufgewachsen in der Sphäre einer brutal agierenden Mafiafamilie, ließ sich nicht mehr verleugnen. Während David und Raoul sich besprachen und Aurelias Zeilen analysierten, fiel es beiden plötzlich wie Schuppen von den Augen. Antonio musste sein Aussehen, seine Identität komplett verändert haben. Anders hätte er den Verfolgungen durch Mossad und CIA sowie den weltweit ausgestellten Haftbefehlen kaum entkommen können. Der „Blonde" auf dem Überwachungsvideo der CIA, der ständig Befehle erteilte, beschäftigte ihre Nachforschungen. Beide schauten sich die Aufnahmen nochmals genauestens an. „Ich Dummkopf!", schalt sich Raoul. Die Stimme war ihm von Anfang an vertraut und bekannt vorgekommen. Der gezielte Boxhieb des „Blonden" ließ ihn das Bewusstsein verlieren. Durch die sich überstürzenden Ereignisse war ihm die Erkennung der Stimme verloren gegangen. Fachleute schnitten alle Bilder des „Blonden" aus dem Videotape und vergrößerten sie. Die Statur des „Bärtigen", wie er sich bewegte, erinnerte stark an Antonio. Mehr und mehr setzte sich bei David und Raoul die Erkenntnis durch, der „Blonde" musste Paranese sein. Ein Schock für Aurelia, aus ihrem Schreiben sprachen Entsetzen und Abscheu. Hass auf Antonio und Jagdfieber packten Raoul. Er wusste, in Südamerika gab es die besten Schönheitschirurgen der Welt. Gegen entsprechende Bezahlung zauberten sie völlig andere Gesichter, verschafften Menschen ein komplett neues Aussehen. Ein entsprechender Pass konnte einfach beschafft werden, schon war eine andere Identität gegeben. Viele verzweifelte, durch Unfälle entstellte Menschen, aber auch solche, die aus den verschiedensten Gründen ein neues Leben, eine andere Identität begehrten, nutzten die Dienste dieser Topchirurgen. Sie arbeiteten mit äußerster Diskretion in ihren Privatkliniken und zählten zu den reichsten Leuten ihres jeweiligen Landes. Verschwiegenheit und chirurgische Kompetenz waren Menschen in Not, Verbrechern, Alten und Schönheitssüchtigen ein Vermögen wert.

Man verabschiedete Raoul mit Bedauern und allen Ehren vom Militärdienst. Bevor er sich neuen beruflichen Herausforderungen zuwandte, sollte seitens des Mossad eine Suchaktion nach dem „Blonden" gestartet werden. Raoul, als ehemaliger enger Vertrauter Paraneses, war, trotz leiser Zweifel seiner Vorgesetzten, für diese Aufgabe prädestiniert. „Wir haben Unterstützung von ganz oben", teilte David mit. „Und, mein Lieber, bitte keine Amouren, die die Ermittlungen behindern!" Mit einem Augenzwinkern verabschiedete er Raoul. Lächelnd nahm dieser den Scherz auf, umarmte David und versprach, sein Bestes zu geben. „Es geht ihm wieder besser, seine Psyche hat sich erholt, er ist wieder brauchbar, Gott sei Dank!", dachte David. Er winkte dem abfahrenden Wagen nach.

Endlich näherte sich das schwere Containerschiff nach zwölf Tagen auf See dem Hafen von Genua. Der Kapitän wunderte sich über seinen seltsamen Gast. Seit

Stunden stand der „Blonde" an der Reling und schaute Richtung Italien. Aufgeregt ging er hin und her. Die Mannschaft fühlte sich in ihrer Arbeit gestört. Der Fremde war nicht zu bewegen, die Reling zu verlassen. In der Ferne tauchten die ersten Umrisse der Stadt Genua mit dem Hafen und den dahinterliegenden Bergen auf. Antonio stieß einen wilden Schrei aus. Seine wiederholten Freudenschreie gingen im Wind, in den Motorengeräuschen und im Gekreische der Möwen unter. Deutlich war jetzt die „Lanterna Genova", der Leuchtturm der Stadt, zu erkennen. Vorbei an Jachten, Segelbooten, Fähren, Kreuzfahrtschiffen, am „Punta Vagno", einem kleineren Leuchtturm zur Einweisung der Supertanker, legte der Frachter im V. T. E. (Volti Terminal Europa), dem größten Containerterminal Italiens, an. Wie sich alles verändert hatte. Antonio kam aus dem Staunen nicht heraus. Der Erste Offizier begann mit dem Anlegemanöver. Der Kapitän erzählte ihm, es gäbe dreizehn Terminals für den Güterumschlag und für den Passagierverkehr. Der Hafen werde von allen wichtigen Schifffahrtsgesellschaften aus aller Welt angefahren. In aller Freundlichkeit wollte er seinen hervorragend zahlenden Passagier entlassen. „Ein Amerikaner in Genua", dachte er, „sicherlich ist er für ein paar Infos dankbar." Und so fuhr er fort: „Der Hafen von Genua ist von seiner flächenmäßigen Ausdehnung und seinen Umschlagzahlen der größte Seehafen in Italien und gehört zu den aktivsten Häfen am Mittelmeer. Im Einzugsgebiet der am stärksten industrialisierten Regionen Norditaliens liegt er in einer strategisch günstigen Lage auch zum europäischen Hinterland. Drei Millionen dreihundertfünfzigtausend Passagiere im Fähr- und Kreuzfahrtverkehr werden jährlich abgewickelt. Das Containerterminal hat eine Jahreskapazität von einer Million fünfhunderttausend TEUs." Antonio tat interessiert, konnte aber seine Nervosität und Ungeduld kaum verbergen. Er versuchte, sich als guter Zuhörer zu zeigen. Das Anlegemanöver ging dem Ende zu. Der Kapitän verabschiedete sich freundschaftlich, wünschte viel Erfolg bei seinen Geschäften und gute Rückreise nach Chicago. Antonio hörte nicht mehr zu. Mit seinem kleinen Köfferchen in der Hand sprang er an Land. Verwundert schaute der Kapitän hinterher. Antonio bekreuzigte sich und küsste den Boden, endlich italienische Erde! Die geschäftig hin- und hereilenden Containerarbeiter kümmerten sich nicht um den seltsamen Fremden. In einem Speditionsbüro ließ er ein Taxi rufen. Das „Gran Hotel Savoia", Piazza Principe, war sein Ziel. Er genoss die Aussicht von der Dachterrasse des Hotels: Die Via Garibaldi mit ihren alten Palästen, die Piazza de Ferrari mit Oper und Theater, der Porto Genova mit dem Wirrwarr von großen und kleinen Schiffen. Die hundert Jahre alte Standseilbahn, die auf den Righi-Hügel führte. Antonio konnte sich nicht sattsehen. Hier war Leben, es pulsierte. Nicht die sterile Geschäftigkeit amerikanischer oder asiatischer Innenstädte.

Im Hotel begrüßte man den vermeintlichen amerikanischen Geschäftsmann mit einem freundlichen

„Buongiorno". Selbstverständlich würde man einen Tisch im Restaurant „Novecento" reservieren. Wie die meisten Italiener sprach der Rezeptionschef ein schlechtes, von der Aussprache her kaum verständliches Englisch. Antonio musste sich zusammenreißen, um nicht im fließenden Italienisch zu antworten. Jedoch kam ihm entgegen, keiner der Hotelangestellten interessierte es, mit dem „Amerikaner" in ein längeres Gespräch verwickelt zu werden. Am Abend genoss er beste italienische Küche: Pasta, frischen Fisch, eine Flasche Rotwein Brunello di Montalcino 2001. Zufrieden, glücklich wie ein kleiner Junge, legte er sich in das breite, antike Himmelbett. Vor dem Einschlafen dachte er an seine Mama. Als Erstes würde er in Palermo die Gräber seiner Eltern besuchen. Aurelia kam ihm in den Sinn. Schuldgefühle und Trauer übermannten ihn. Als kleiner Junge hatte er verinnerlicht: Wer die Organisation, die „Familia", verrät, behindert oder gefährdet, muss getötet werden. Vor Freunden, Geliebten, Ehefrauen, Verwandten machte dieser Codex keinen Halt. Die Organisation stand über allem, lehrte ihn sein Papa. Aurelia ließ ihn im Stich, ging fremd ... Sie hatte den Tod verdient, aus Sicherheitsgründen war ihr Sterben sowieso unumgänglich. Mit untrüglichem Gefühl für Gefahren ahnte er den Verrat durch die CLOM. Spontan brach er den Kontakt ab. Er mied die Organisation, seine neue Identität, sein „zweites Leben", erforderten es. Die Nachfolge im Vorsitz des feinen „Wirtschaftsclubs" trat ein Mailänder Banker an. Einer dieser gelackten, studierten,

verwöhnten Besserwisser aus der italienischen Ober-
schicht. Sie waren nicht, wie die Gründungsmitglieder,
mit ganzem Herzen, vollkommenem Einsatz, mit dem,
wenn auch zweifelhaften, Ehrenkodex der Mafia dabei.
Eiskalte Pragmatiker, nur auf ihren Vorteil bedacht.
Antonio konnte diese Typen nicht ausstehen. Sie pass-
ten gut zu den Deutschen, die inzwischen das Feld der
Mitglieder der CLOM, des kriminellen Wirtschaftsclubs, zahlenmäßig anführten. Diese gnadenlose, nach
außen hin überangepasste, scheinheilige, neue Genera-
tion deutscher Wirtschaftsbosse, die niemals Gefühle
zeigte oder die Contenance verlor. Viele kamen von
Eliteschulen und entsprechenden Universitäten. Frühzeitig lebten sie abgehoben von der Normalität. Mitgefühl, soziale Verantwortung blieben Worthülsen. Die
Ehrbegriffe der CLOM-Gründungsmitglieder: u. a.
Mitverantwortung, Verteidigung von Personen, Hab
und Gut aller zur „Familia" Gehörenden, bis zum Tod,
wurden von den Neuen belächelt. Geld und Macht ver-
mehren, ihre einzige Maxime. Antonio fühlte sich angewidert. Im Fernsehen predigten sie Moral und Anstand. In Talkshows berichteten sie unter dem Beifall
des Publikums, was sie alles für soziale Gerechtigkeit
zu tun gedachten. Ohne mit der Wimper zu zucken,
betrogen sie den Staat um die Mehrwertsteuer, grün-
deten Scheinfirmen im Ausland. Je größer die Firma,
je weniger Steuern zahlte sie oftmals. Wagte das Finanzamt zu intervenieren, drohte man mit dem Verlust der Arbeitsplätze. Die Millionengewinne, die sie
mit Hilfe des Netzwerkes und der Betrügereien im

großen Stil mit der CLOM machten, verschwanden in den internationalen, anonymen Holdings. Und nun hatte man ein neues Mittel gefunden, den gebeutelten Steuerzahler, den Bürger, über den Tisch zu ziehen. DIE KRISE. Alles und jedes wurde mit der KRISE begründet. Wie ein Damoklesschwert hing sie über Amerika und Europa. Nebenbei machte man fantastische Geschäfte mit der Angst des Bürgers um seine Ersparnisse. Die Schulden der Staaten waren überdimensional. Einige wenige lachten sich ins „Fäustchen" und erfanden immer neue Möglichkeiten, mit der KRISE Geld zu machen. Der Junge aus Palermo hing seinen Gedanken nach: „Mag die Ehre der Mafia auch zweifelhaft sein", dachte er, „sie haben wenigsten eine!" Als er schließlich einschlief, träumte er von seiner Mama, und von Aurelia, die gellend um Hilfe schrie. Dahinter stand plötzlich sein Papa, drohte mit der Faust: „Ihr seid alle Verräter!", rief er. Schweißgebadet wachte Antonio sehr früh am Morgen auf. Kurz danach saß er im Mietwagen auf der Autobahn nach Neapel. Um 20.00 Uhr abends legte die Fähre in Neapel ab. Zwölf Stunden später betrat er heimatlichen Boden. Paranese erreichte sein ersehntes Ziel, Palermo.

Palermo ist die Hauptstadt der autonomen Region Sizilien. Sie liegt an einer Bucht der Nordküste der Insel. Im achten Jahrhundert vor Christus gegründet, erlebte die Stadt vor allem unter der Vorherrschaft der Araber sowie der Normannen und der Staufer eine Blütezeit. Heute ist Palermo mit sechshundertfünfundfünfzigtausend Einwohnern die fünftgrößte Stadt

Italiens. Sie bildet das politische und kulturelle Zentrum Siziliens. Der sechshundert Meter hohe Monte Pellegrino und der Monte Catalfano begrenzen die Bucht. Seit dem Ende des zweiten Weltkrieges bis zum Ende des zwanzigsten Jahrhunderts befand sich die Stadt fest in der Hand der Mafia. Sie war Zentrum zweier großer Mafiakriege und zählte zu den gewalttätigsten Städten Europas. Antonio Paraneses Kindheit und Jugend waren von bitterster Armut und der Mafia mit ihrer brutalen Gewalt geprägt. Den frühen, gewaltsamen Tod seines Vaters während der Mafiakriege konnte er nie verwinden.

Stundenlang lief Antonio durch die Straßen Palermos. Er saß in den Cafés und ließ die vertrauten, heimatlichen Laute und Geräusche auf sich wirken. Niemand erkannte den „Blonden". Endlich stand er auch vor seinem Elternhaus in der Altstadt unweit des Platzes Quattro Canti. Auf sein Klingeln öffneten Kinder die knarrende, alte Holztür. Erstaunt schauten sie den fremden, blonden Mann an. Antonio warf einen Blick in den Hof, in dem er so viele Jahre seines Lebens zugebracht hatte. Nichts erinnerte an früher, an die bittere Armut, an den verfallenen Innenhof mit dem alten Brunnen. Jeden Morgen musste er von dort eimerweise Wasser ins Haus tragen. Ein paar Hühner liefen immer, aufgeregt gackernd, zwischen seinen Füßen herum. Nachbarn schrien, schimpften mit ihm, warum, vergaß er. Eilig rannte er zurück ins Haus. Ein Zimmer mit Küche teilten sich seine Mama und die vier Geschwister. Antonio war der Älteste der

Kinder. Meist, erinnerte er sich, stand seine Mutter vor einem Holzbottich und rührte Pasta. An guten Tagen sang sie dazu. Die anderen Tage fluchte sie vor sich hin, schimpfte auf „Gott und die Welt", weil man ihr den Mann so früh genommen hatte. „Allein fünf Mäuler stopfen, wie soll ich das schaffen?" In diesen Momenten beschloss Antonio: „Ich werde reich, egal wie!" Er hing seinen Gedanken nach. Die Kinder beachteten ihn nicht mehr. Gut genährt, fröhlich, setzten sie ihr Ballspiel fort. Der Innenhof war wunderschön bepflanzt. Ein neuer, gepflegter Steinbrunnen plätscherte vergnügt. Alles war renoviert und in einem freundlichen Gelb gestrichen. Nichts erinnerte an die armselige, chaotische Kindheit, die er hier verbracht hatte. Eine junge Frau beugte sich aus dem Fenster. „Zu wem wollen Sie?", unterbrach sie Antonios Gedankenreise in die Kindheit. „Familie Paranese", antwortete er. „Kenne ich nicht, keine Ahnung, die früheren Bewohner sind meist schon gestorben, ausgewandert oder nach Neapel verzogen. Hier gibt's doch keine Arbeit für junge Leute", setzte sie noch hinzu. Antonio bedankte sich höflich, schloss mit einem „Ciao!" das Hoftor. Keinesfalls wollte er Aufsehen erregen. Sein Herz schlug wie wild. Er war ein Fremder in der Heimat geworden.

Palermo war aufgeblüht. Er konnte es an den umfangreichen Sanierungsmaßnahmen der antiken Gebäude sehen. Das Teatro Massimo, eines der größten Opernhäuser Europas, überragte, gut gepflegt, mit

seinem wunderschönen Säulenentree, die Straßen der
Altstadt. Mit dem Taxi fuhr er zum Friedhof Santa
Maria dei Rotoli. Ein riesiges Blumenbukett wollte er
am Grab seiner Eltern ablegen. Der Blumenhändler
grinste zufrieden. Solche Kunden hatte man selten.
Für fünfhundert Euro ließ Paranese einen Traum aus
weißen Lilien und Tannenzweigen anfertigen. Die
neugierigen Fragen des Blumenverkäufers beantwor-
tete er ausweichend. Antonio verschwand fast hinter
dem großen Gesteck. Er machte sich auf den Weg zum
Grab, das schwere Bukett drückte. Aus der Entfer-
nung schon erkannte er den steinernen Engel. Als ob
er die letzte Ruhestätte seines Vaters bewache, stand
er auf einem erhöhten Sockel. Aufgestellt von der „Familia", die sizilianische Mafia ehrte ihre Toten. Merkwürdigerweise standen zwei Männer gegenüber dem
Grab vor einer Hecke, der eine mit brauner Lederjacke, der andere mit langem Regenmantel. Sie starrten
in Richtung steinerner Engel. Antonio beobachtete sie
eine Weile. Sie gingen auf und ab, den Blick auf das
Grab seiner Eltern gerichtet. Er beschloss, den Besuch
anderntags zu wiederholen. Das Bukett ließ er durch
einen Friedhofsarbeiter gegen ein kräftiges Trinkgeld
aufs Grab seiner Eltern legen. „Diese beiden Männer
gehörten nicht auf den Friedhof", warnte ihn eine innere Stimme. Am nächsten Tag konnte er schon von
Weitem die braune Lederjacke erkennen. Antonio
vermied, das Grab zu besuchen. Gegen eine weitere
großzügige Summe schloss ihm derselbe Friedhofsarbeiter gegen Mitternacht ein Tor auf. Eine Stunde

hatte Paranese Zeit, mit seinen toten Eltern Zwiespra-
che zu halten. Dann nahm er für immer Abschied.
Das Risiko eines erneuten Besuches würde er nicht
eingehen. Zwei Leute waren zur Beobachtung der Fa-
miliengrabstätte Paranese abgestellt. Man ging davon
aus, Antonio würde in jedem Fall die Gräber seiner
Eltern besuchen. Nichts geschah, nichts ereignete sich,
die Wachleute lösten sich ab, die Langeweile wirkte
einschläfernd. „Der Blonde", ein Fahndungsbild lag
inzwischen vor, ließ sich nicht sehen, er blieb spurlos
verschwunden.

Mit dem Gespür des ehemaligen Straßenjungen
für Gefahren wusste Antonio, die Zeit drängte, und
nahm Abschied von Palermo. Als er die Fähre nach
Neapel bestieg, schossen ihm, dem Vielfachmörder,
Tränen in die Augen. Ein Abschied für immer, von seiner Kindheit, seinen Eltern, seiner Heimat. Sehnsucht
packte ihn nach einem Fleckchen Erde, auf dem er, der
Getriebene, Gejagte, ewig Heimatlose, auf seine alten
Tage Ruhe und Frieden finden könnte. In Palermo fiel
der blonde, bärtige Tourist auf. Marbella war bedeu-
tend internationaler. Nicht nur Massen von Touristen
im Sommer, sondern Residenten aus England, Nord-
europa, Deutschland prägten das Bild der Stadt. Ein-
unddreißig Nationen lebten im Großraum Marbella.
So mancher, der sich in seinem Heimatland nicht mehr
sehen lassen durfte, fand hier Unterschlupf. Nein, er
wollte nicht in Asien alt werden. Dort fehlte ihm vieles, es war nicht nur die Pasta. In ihm reifte ein Plan.
Marbella sollte ihm eine Chance bieten.

Der Friedhofsarbeiter in Palermo war noch immer verblüfft. Einhundertfünfzig Euro Trinkgeld gab ihm der amerikanische Tourist für seinen nächtlichen Besuch auf dem Friedhof. Es entsprach seinem Wochenlohn. Strahlend erzählte er es seinem Chef. Lachend gab dieser die Geschichte an die beiden Sicherheitsleute weiter. „Die Touris sind schon manchmal merkwürdige Leute", schloss er seinen Bericht ab. Die Männer ließen sich den nächtlichen Friedhofsbesucher genau beschreiben. Minuten später fanden David und Raoul alle Einzelheiten auf ihrem PC vor. Der „Blonde" ist also, wie vermutet, in Europa, es konnte kein Zufall sein, dachte Raoul. Paranese war in die Heimat zurückgekehrt.

Der Auftraggeber zahlreicher Morde, meistgesuchter Drogen- und Waffenhändler, ehemaliger Chef der CLOM, buchte mit seinem amerikanischen Pass ohne Probleme eine Luxussuite auf der „Emerald Princess". Chefsteward Alan Sanchez betreute ihn, las ihm jeden Wunsch von den Augen ab. Die Mittelmeerkreuzfahrt auf dem riesigen, luxuriösen Schiff ging von Rom Civitavecchia nach Málaga. Antonio ließ sich auf dem Kreuzfahrtschiff einen modernen, amerikanischen Haarschnitt machen. Statt des Vollbartes zierte ein kleines Schnauzbärtchen direkt über den Oberlippen sein Gesicht. Er trug inzwischen grüne Kontaktlinsen. Die hässliche Nase störte das Gesamtbild ein wenig. Ansonsten sah er gut aus, wirkte wie ein typischer, amerikanischer Geschäftsmann der Ostküste. Eine angenehm gepflegte Erscheinung, vor allem kleidete er sich elegant und teuer. Die zumeist älteren Ladies auf dem Schiff stellten es mit Kennermiene fest. Antonio konnte sich der vielfältigen Avancen kaum erwehren. Man lud ihn zum Bridge, zum Golf, zum Tanz und ähnlichen Veranstaltungen ein. Die traurige Geschichte einer Ehefrau, die er durch Krebstod gerade erst verloren habe, musste wieder herhalten. Für den Moment erzielte die Story die erwünschte Wirkung. Man respektierte seine Trauer und ließ ihn in Ruhe. Allerdings konnte Paranese von Glück sprechen, er verließ die „Emerald Princess" in Málaga. Ein Mann, der ernsthaft um seine verlorene Ehefrau trauerte. Wo gab es das noch? Es machte ihn zum Objekt von Sehnsucht und Begierde der vielen allein reisenden Damen. Traurig blickten sie dem sportlichen älteren Herrn im schicken Leinenanzug hinterher, als er im Hafen von Málaga von Bord ging.

Die Suche nach Paranese gestaltete sich für Raoul wie die Suche nach der berühmten „Nadel im Heuhaufen". Einen blonden, bärtigen, blauäugigen Touristen …? Man schaute ihn verwundert an. Dutzende dieses Typs liefen an den Stränden und Promenaden der Mittelmeerländer rum. Als Raoul auf dem Flughafen von Málaga landete, verspürte er einen Stich im Herzen. Angesichts der ungebrochenen Schönheit der andalusischen Landschaft überwältigten ihn Erinnerungen an Aurelia. Es schmerzte noch immer, an sie zu denken. Er versuchte, sich auf sein Ziel zu konzentrieren: Rache, Paranese finden, und es ihm heimzahlen. Seine Wohnung wurde zwischenzeitlich vermietet. Das Haus der Eltern im Stadtteil Nueva Andalucia würde seine vorläufige Bleibe sein. Entsetzt nahm er die Veränderungen in Marbella zur Kenntnis. Die Wirtschaftskrise sowie die Finanz- und Korruptionskrise in Marbella, das Verschwinden mehrerer Milliarden Gemeinschaftsgelder hinterließen ihre deutlichen Spuren. Viele Häuser und Wohnungen standen leer. Bauruinen, halbfertige Gebäude, ungepflegte Rasenflächen säumten den Boulevard Alfonso Hohenlohe, die frühere Prachtstraße Marbellas. Der mächtige, stolze Palast des arabischen Königs lag still, verloren und einsam da. Alle Rollläden waren heruntergelassen. Seit Jahren schien er ungenutzt. Raoul besuchte kurz seinen Bridgeclub gegenüber dem „Marbella-Sea-Hotel". Niemand spielte. Früher war hier jeden Nachmittag High-Class-Bridge angesagt. In den Nebenräumen wurde gepokert. Geld spielte keine Rolle. Etwas verwaschen und verrutscht hing das Schild „Marbella Bridge Club" über der alten Eingangstür. Die weißen Korbmöbel standen noch immer in den Räumen, so viel konnte Raoul durch die Fenster erkennen. Alles war menschenleer, auch die Geschäfte ringsherum, damals luxuriöse Einrichtungs- und Möbelläden. Die Atmosphäre war irgendwie morbide und bedrückend. Traurigkeit beschlich ihn. Das Haus seiner Eltern stach hervor, nach wie vor gepflegt und hübsch anzusehen. In der Umgebung dasselbe Bild, leere, unbewohnte, verlassene Häuser und Wohnungen. Schilder:

„Se Vende" – „Zu verkaufen", hingen an jedem zweiten Gebäude. Sie prägten die Ansicht dieses einstigen luxuriösen Villengebietes. Auf dem Anrufbeantworter fand er eine Nachricht von Chiara vor. „Morgen früh um acht Uhr am ersten Tee des Atalaya-Golfplatzes, alter Gauner. Warum hast du so lange nichts von dir hören lassen?", hörte er ihre klare, sympathische Stimme.

Chiara schloss ihr Jurastudium in München mit „cum laude" ab. Zurzeit bereitete sie sich auf das Abschlussexamen an der Wirtschaftshochschule im Rheingau vor. Weltweit kündigte sie den Beratern ihres Vaters die Verträge. Steuerberater, Anwälte, sogenannte Finanzspezialisten reagierten mit Entsetzen. Sie löste die Holdings auf und übertrug das Vermögen in die neu gegründete Vermögensverwaltung in Frankfurt. Zahlreiche Immobilien wurden verkauft, aus dem Erlös bezahlte sie die Steuerschulden. Die Gründung ihres eigenen Unternehmens, verbunden mit dem Rausschmiss der Berater, wurde mit Drohungen, wüsten Beschimpfungen und Beleidigungen quittiert. Innerhalb eines Jahres sei sie pleite, ohne fachliche Beratung setze sie das gesamte Vermögen ihres Vaters aufs Spiel … In mehreren Prozessen musste sich Chiara im wahrsten Sinne des Wortes ihrer Haut wehren. Unverschämte Geldforderungen und Ansprüche wurden von den ehemaligen Mitarbeitern ihres Vaters geltend gemacht. Sie sahen eine bequeme Geldquelle versiegen. Chiara und ihr junges Team standen alles ungerührt

durch. Meist schlugen die Gerichte vor, sich zu verglei-
chen. Insgesamt ca. zwanzig Millionen Euro musste
sie an Steuerschulden, Auflösung diverser Holdings,
Prozesskosten, Ausgleichszahlungen aufbringen. Besonders ungehalten, frech und unverschämt in seinen
Forderungen zeigte sich Dr. Berger aus Sotoverde.
Zusätzlich zu diversen Ansprüchen verklagte er sie
auf Rufschädigung, belästigte sie telefonisch und stieß
dabei wilde Drohungen und Beschimpfungen aus. Sie
sei verrückt, naiv, ruiniere sein Geschäft, verängstige
durch ihr Vorgehen seine Klienten. Chiara zeigte sich
großzügig, zahlte ihm eine hohe Summe, machte aber
gerichtlich zur Bedingung: Dieser unverschämte,
unangenehme Mann dürfe sich weder ihr noch ihrer Mutter auf fünfzig Meter nähern. Die Geldgier
Bergers siegte über seinen Stolz. Der Vertrag wurde
geschlossen. Dr. Berger fühlte sich sehr sicher als Re-
sident in Spanien. Viele deutsche Vermögen wurden
noch immer über Holdings und englische Banken
in Gibraltar verwaltet. Gesellschaftskapital hundert
Pfund, Gründungsdauer acht Tage, Kosten viertau-
send Pfund, laufende Kosten jährlich ca. fünftausend
Pfund. Steuerfrei, solange das Vermögen im Ausland
lag, die Einkünfte aus ausländischen Quellen kamen
und die Anteilseigner der Gesellschaft Ausländer waren. Mit einem ähnlichen Konstrukt lockt der Finanzplatz London die Superreichen dieser Welt an.

Chiara verfolgte weiterhin ihren schweren, grad-
linigen Weg. Die Steuerfahnder aus Bad Homburg
erkannten, die junge Frau arbeitete ehrlich und auf-

richtig mit ihnen zusammen. Sie trug durch manch klugen Ansatz und Schachzug zur vollständigen Aufklärung komplizierter Zusammenhänge in den weltweiten Offshore-Gesellschaften bei. Die Kooperation mit dem Finanzamt gestaltete sich von da an freundlich und entgegenkommend. Für die Fahnder ein Lehrstück besonderer Art: Höchst erstaunlich, wie viele Möglichkeiten es ab einem bestimmten Vermögensrahmen gab, die Steuerpflicht des Heimatlandes zu umgehen! Die Tatsache, weltweit leisteten Banken, Anwälte, diverse Berater, Beihilfe zur Steuerhinterziehung, wurde still hingenommen. Kam ein Klient in Schwierigkeiten, wusch man seine Hände in Unschuld. Eineinhalb Millionen an Honoraren bezahlte ihr Vater jedes Jahr an diese „Haie". Mit dem Ergebnis, sein Vermögen verringerte sich kontinuierlich durch überhöhte Provisionen und diverse Fehlinvestitionen. Selbst ein Fachmann wie ihr Vater verlor zum Schluss den Überblick über die diversen Holdings mit ihren diskreten, weltweiten Engagements. Chiara trennte sich auch von der großen Schweizer VZU Bank. Mit allen Mitteln und Überredungskünsten versuchte man seitens der Bank, das Vermögen weiterhin zu verwalten. In den letzten Jahren konnte die Bank nur Verluste vorweisen. Obwohl Chiara Anweisung zu konservativen Anlagen gab, wurden weiterhin ständig Papiere gekauft, verkauft und in dubiose Immobilienfonds investiert. Einzig die hohe Gebührenabrechnung der Bank befand sich in ständigem Aufwind. Sonstige Nachweise per PC, Kontoauszüge, wo welche Summen angelegt und investiert wurden, erhielt man auch auf drängende Nachfrage nicht. In keinem Büro stand der banktübliche Computer, der auf Knopfdruck sämtliche Kontobewegungen des Kunden anzeigte und auf Wunsch ausdruckte. Kontoauskünfte waren nur über eine übergeordnete Abteilung in Form eines allgemein gehaltenen Vermögensnachweises zu erhalten. Die Kundenberater wechselten häufig, waren jung, unerfahren, hilflos und sehr freundlich. Das Lettermans-Vermögen von dieser Bank zurückzufordern war ein schwieriges Unterfangen. Chiara musste große Verluste in Kauf nehmen. Die Abrechnungen waren ungenau, die Erträgnisaufstellungen kosteten ein Vielfaches im Vergleich zu anderen Banken. Schließlich gelang es mit Androhung anwaltlicher Schritte, das Vermögen mit großen finanziellen Einbußen von der VZU Bank zu lösen. Chiara wechselte zu einer kantonalen, mittelständischen Bank und fühlte sich dort gut aufgehoben. Das verbliebene Vermögen legte sie äußerst konservativ in Sparverträgen, wertvollen Stadtimmobilien, Blue-Chips-Aktien, Gold, Anleihen und Schweizer-Franken-Obligationen an. In ihrer neu gegründete Firma, C+M VV GmbH, Chiaras und Marlenes Vermögensverwaltung, kümmerte sie sich mit ihrem kleinen Team persönlich um sämtliche Geldangelegenheiten. Zur Einweihungsfeier blieben die meisten Geschäftsfreunde ihres Vaters fern. Es war bekannt und sprach sich schnell rum, mit welcher Konsequenz und Tapferkeit sich Chiara gegen Finanzhaie aller Art durchsetzte. Der Rausschmiss großer, international

236

arbeitender Anwaltskanzleien aus den bestehenden, alten Geschäftsbeziehungen sowie ihre gute, erfolgreiche Zusammenarbeit mit dem Finanzamt machten Furore, verschreckten jedoch alte Geschäftsfreunde. Bei ihrer Mutter fand Chiara wenig Unterstützung. „Mein Wolfi, mein Wolfi", jammerte sie, „wenn er das erlebt hätte!" Entgegen aller Proteste ihrer Mutter bezahlte sie die restlichen Schulden auf dem Haus von Manuela Schwarz. „Das bin ich Papa schuldig, und auch Manuela", waren ihre Worte. Marlene schwieg dazu und weinte. Im Grunde ihres Herzens wusste sie, Chiara war im Recht. Wut und Frust stiegen noch immer in ihr auf, wenn sie an Wolfis Verhältnis dachte. „Ein Häufchen Elend, mehr ist von der jungen, hübschen Frau nicht übrig geblieben", berichteten ihr sowohl Kellner als auch Carla. Trotzdem, sie konnte es nicht verwinden … Von Finanzen verstand sie rein gar nichts. Voll und ganz war sie auf die Hilfe ihrer Tochter angewiesen. Wie zu Lebzeiten ihres Mannes ließ sie die Dinge laufen. Letztendlich war sie unendlich froh und stolz, ihre intelligente Tochter nahm alles in die Hand und dazu mit Erfolg.

Außenstehende konnten Chiaras Leistung überhaupt nicht nachvollziehen. Viele ihrer Kommilitonen blickten mit Neid auf die reiche „Kronberg-Tussi" oder „Taunustörtchen", wie die Mädchen aus wohlhabendem Hause in dieser Gegend spöttisch genannt wurden. Geprägt durch ihren erfolgreichen Vater, zeichneten Chiara unbedingter Leistungswillen, Durchhaltevermögen, Standfestigkeit und Strebsamkeit aus. Sachlich, freundlich, höchst vernünftig ging sie die Dinge an. Rückschläge steckte sie weg. Manchmal arbeitete sie sechzehn Stunden am Tag. Ungeheurer Fleiß, Ehrgeiz und niemals aufzugeben, waren das Geheimnis ihres Erfolges. In den letzten Jahren begegneten ihr fast alle Facetten menschlichen Lebens. Vor allem Gier prägte menschliche Existenzen. „Homo homini lupus! Der Mensch ist des Menschen Wolf!" Häufig dachte sie an den oft geäußerten Spruch ihres Vaters. Ihre Erfahrungen bestätigten diese traurige Wahrheit. Der Tod ihres geliebten Papas und die vielen daraus resultierenden Probleme ließen Chiara frühzeitig reifen, man konnte ihr kaum etwas vormachen. Nach dem Examen an der Wirtschaftshochschule in Eltville wollte sie sich ganz auf ihre neu gegründete Firma konzentrieren. Vierzehn Tage Ferien in Marbella lagen vor ihr. Frau Lettermans überredete die gemeinsame Freundin Carla mitzufahren. Diese tat sich schwer, Vorbehalte hinter sich zu lassen, Sir Forster, Aurelias Begräbnis, der Gefängnisaufenthalt, die schockierenden Ereignisse quälten sie noch immer. Carlas kleine Wohnung in Gualdalmina stand jahrelang leer. Es wurde Zeit, dass sie sich mal wieder darum kümmerte. Einige Tage später saßen die drei Frauen in der LH-Maschine um 13.40 Uhr nach Málaga. Marlene freute sich auf unbeschwerte Urlaubstage mit Freundin und Tochter. Carla reiste mit einem mulmigen Gefühl im Bauch und dem festen Vorsatz, ihre Ängste zu überwinden. Den ganzen Flug über blieb sie merkwürdig still und hing ihren Gedanken nach. Chiara dachte sehnsuchtsvoll an ihren Papa und die schönen Zeiten mit ihm an der Costa del Sol. Nebenbei schweiften ihre Gedanken ab zu Raoul, sie freute sich, mit ihm Golf zu spielen. Er musste, ähnlich wie sie, in den letzten Jahren viel durchgemacht haben. Etwas betroffen registrierte Chiara, der regelmäßige, freundschaftliche Kontakt zu ihm war abgebrochen. Näheres wollte auch Frau Engelmann auf ihre Nachfrage nicht erzählen, sie trafen sich anlässlich eines Konzertes im Foyer der Alten Oper. Raoul sei für länger in Marbella. Chiara solle ihn unbedingt anrufen, dabei schaute sie die junge Frau herzlich, liebevoll und aufmunternd an.

Pünktlich standen Chiara und Raoul am nächsten Morgen am ersten Abschlag. Beide freuten sich auf die Golfrunde. Der morgendliche Golfplatz lag im kühlen, angenehmen Dunst. Im Hintergrund zeichneten sich die Berge Rondas ab. Die Pinien-, Palmen- und Olivenbäume entlang der gepflegten Fairways wiegten sich zaghaft in leichter Meeresbrise. Chiara fielen die ersten grauen Strähnen in Raouls dichtem, schwarzem Haar auf. Die Augen blitzten nicht mehr wie früher voller Tatendrang und Erlebnishunger. Ein Anflug von Melancholie umspielte seine Mimik. Mit Erstaunen stellte Chiara die Veränderungen fest. Etwas steif umarmten sich beide. Die kindliche, uneingeschränkte Vertrautheit, die zwischen beiden geherrscht hatte, wollte sich nicht mehr einstellen.

Raoul war sehr unkonzentriert im Spiel, seine Ergebnisse waren schlecht. Seine Augen folgten Chiaras eleganten Bewegungen. Ihr Schwung sah leicht und spielerisch aus. Scheinbar mühelos traf sie die Bälle. Er konnte es nicht fassen. Immer wieder folgten seine Blicke Chiara. Aus dem kleinen, knatschigen Mädchen war eine bildhübsche junge Frau geworden. Blond war nicht sein Typ. Er musste sich aber eingestehen, sie sah toll aus. Die blonden, langen Haare standen in Kontrast zu ihren warmen, braunen Augen, die ihn forschend musterten. Hellwach, schien ihnen nichts zu entgehen. Sie lochten den Ball am letzten Hole ein. Chiara gewann haushoch. 12/6, eine vernichtende Niederlage für Raoul. „Jetzt muss ich dich wohl zum Essen einladen, mit einer Bluna oder einem Eis wie früher, wirst du nicht mehr zufrieden sein", scherzte er. Chiara lachte. Sie aßen auf der neuen Süd-West-Terrasse des Atalaya Golfclubs mit der schönen Aussicht auf den Golfplatz, das El Paraiso Tal, Meer und Berge. Vieles gab es gegenseitig zu berichten. Ihre Themen drehten sich um Bankenkrise, Vermögensanlagen, Verwaltung, Bücher. – Chiara war erstaunlich belesen, stellte Raoul fest. Sport, Kultur, Reisen, Raouls Erfahrungen in Israel, über alles diskutierte sie mit guten Kenntnissen und klarem Verstand. Raoul staunte, mit welcher Gelassenheit, Vernunft und Sachlichkeit sie argumentierte. Ihre Analysen waren glasklar, menschliche Charaktere beurteilte sie mit viel Erfahrung und Empathie. Persönliches klammerten beide aus unerklärlichen Gründen vollkommen aus. „Mama wartet, sie macht sich sonst Sorgen", beendete Chiara die angeregte Unterhaltung. Mit einem flüchtigen Kuss auf seine Wange verabschiedete sie sich und fuhr in ihrem silbergrauen 911er davon. Sie hinterließ einen verblüfften Raoul. Er, der alte Frauenkenner, war sprachlos. Chiara ließ sich in seine vielfältigen Erfahrungen mit Frauen nicht einordnen. Bildhübsch, gut ausgebildet, hochintelligent, diskutierte sie sachlich, energiegeladen und mit Vehemenz. Sie erschien ihm als eine durch und durch vernünftige, vom Verstand gelenkte Frau. Und doch, die tiefbraunen, blitzenden Augen zeigten viel Wärme und Gefühl. Sie spiegelten einen brodelnden Vulkan, versteckt unter einem Fels von Vernunft. Das kleine Mädchen, musste er zugeben, hatte sich zu einer beachtlichen Persönlichkeit entwickelt. Was Chiara neben ihrem Studium nach dem Tod ihres Vaters leistete, fand er höchst erstaunlich. Voller Bewunderung dachte er auf seiner kurzen Fahrt nach Hause an die junge Frau.

Paranese mietete sich in einer kleinen, gepflegten Villa auf einem riesigen, eingezäunten Grundstück in La Zagaleta ein. Hohe, nicht einsehbare, bepflanzte Zäune und Mauern umgaben das Haus. Sicherheitsleute bewachten die gesamte Anlage aufs Strengste. Antonio konnte sich zuhause und aufgehoben fühlen. Man respektierte Leute, die Einsamkeit und Ungestörtheit wünschten. Weitab vom lauten Küstentourismus errichtete man vor Jahren an der Straße nach Ronda, mitten in Wald und Bergen, ein besonderes Resort für prominente, reiche Ruhesuchende. Kein Fremder konnte La Zagaleta unangemeldet oder un-

aufgefordert besuchen. Ohne Einladung eines Villen-
bewohners gab es keinen Zutritt. Antonio nutzte die
vielen schönen Wanderwege in den Bergen, ging auf
die Jagd und bespielte die beiden Golfplätze La Za-
galetas mit dem herrlichen Blick auf die Küste und
das dahinterliegende, glitzernde, blaue Meer. Manchmal vermisste er sein schönes Anwesen in der Sierra
Blanca. Das Grab Aurelias besuchte er mehrmals im
Monat. Die Sierra Blanca aber mied er. Es war besser,
sich fernzuhalten. Man konnte nie wissen … Ab und
zu wagte er sich ins laute, umtriebige Marbella. Meist
aß er anschließend im „Marbella-Sea-Hotel" und beobachtete mit Erstaunen die Veränderung dieses Top-
Luxusresorts in eine typische Touristenanlage, wenn
auch weiterhin mit fünf Sternen. Sein Chateaubriand
bestellte er vor. Die Küche war noch immer ausgezeichnet, galt es Gäste, die diese schätzten, zufriedenzustellen. Paranese konnte nicht ahnen, in diesem
Hotel, in dem er viele Galas, Geburtstage, Silvester-
feiern erlebte, würde sein Leben eine schicksalhafte
Wende erhalten. Oben in seiner Villa erwartete ihn
sehnsuchtsvoll Marta. In aufreizenden, schwarzen,
engen Leggings, einem kurzen, weitausgeschnittenen
Top, nahm sie ihm Jackett und Hut ab. Ohne ein Wort
zu sagen begann sie, Antonio mit geschickten Fingern
zu entkleiden. Die blutjunge Brasilianerin lernte er in
einem einschlägigen Club kennen. Sie war gerade achtzehn. Brasilianische Tänze waren ihre Leidenschaft.
Der alte italienische Genießer Paranese fühlte sich mit
Marta nochmals jung. Vier Wochen später zog sie in

die Villa ein. Mit wiegenden, kreisenden Bewegungen entledigte sie sich jetzt ihres Tops. Um Paranese, obwohl müde und abgeschlagen, war es geschehen. Wildes, lustvolles Stöhnen, Grunzlaute ausstoßend, übertönt von brasilianischen Sambarhythmen, übergab er sich ihren erfahrenen Händen.

Endlich fand der Bruder des von Paraneses Leuten in Asunción erschossenen Ramon in Spanien Arbeit. Als Kellner arbeitete er zwei Jahre im „Hotel Ritz" in Madrid. Schließlich ließ er seine Familie nachkommen. An der Costa del Sol fand er eine gute Stellung als Oberkellner im „Golfhotel Gualdalmina". Seine Frau arbeitete als Näherin in der Schneiderwerkstatt des Kaufhauses „El Corte Ingles". Die vier Kinder wurden von seiner Schwägerin Elena beaufsichtigt. Stundenweise war sie als Zimmermädchen im „Marbella-Sea-Hotel" angestellt. Zusammen verfügten sie über ein gutes Einkommen und genossen ihren bescheidenen Wohlstand. Der Hass auf Paranese wirkte bei Elena noch immer nach. Niemals konnte sie den Mord an ihrem geliebten Ramon vergessen. Überall an den Wänden, auf Tischen und Kommoden standen Bilder von ihm. Davor waren Kerzen platziert. Sobald Elena nach Hause kam, wurden sie angezündet. Ihre Räume waren erfüllt von Kerzenduft, fast wie in einer Kirche. Für die junge Witwe waren es Altäre des Hasses. Ihr einziger Sohn, inzwischen ein Teenager, wuchs nur mit einem Gedanken auf: „Ramon, mi padre, mein Vater, muss gerächt werden!" Wie diese Rache aussehen sollte, wussten sie nicht. Sie wünschten Paranese jeden Tag mehrmals die Pest an den Hals. Gott würde sie erhören, da war Elena ganz sicher.

Mit der Zeit überwand Carla ihre Ängste und Bedenken. Gemütliche Abende, lange, ausführliche Gespräche mit ihren Freundinnen, gute Erholung bewirkten, die traumatischen Erfahrungen wurden verarbeitet, die Erinnerungen daran verblassten mehr und mehr. Gemeinsam mit Marlene und Chiara unternahm sie lange Strandwanderungen und machte Shoppingtouren in Marbella. Als Chiara vom Golfspielen zurückkam, saßen Carla und Marlene in angeregter Unterhaltung auf der Terrasse. „In der Küche stehen Pata Negra, Tomaten und ein großer Topf Gazpacho", begrüßte die Mutter sie. Wie immer hatte die treue, spanische Haushälterin alles vorbereitet. Forschend sah Marlene ihre Tochter an: „Hat das Golfen heute keinen Spaß gemacht? Warum ist Raoul nicht zum Essen mitgekommen?" Chiara konnte ihre Enttäuschung kaum verbergen. Das Wiedersehen mit Raoul hatte sie sich anders vorgestellt. Er war ihr fremd geworden. „Er hat noch Termine, wir haben schon gegessen", antwortete sie. Aus unerklärlichen Gründen fühlte sie sich müde, traurig und zerschlagen. Ihr Handy klingelte. „Was hältst du von einem Surftag in Tarifa?" Es war Raoul. „Okay", willigte Chiara ein. „Übermorgen früh, um acht Uhr, hole ich dich ab. Gute Nacht, grüße Marlene und Carla." Damit legte er auf.

Neben dem großen, weißen, beeindruckenden Marmorobelisken mit dem goldenen Engel auf der Spitze stand ein weiterer, steinerner Engel am Grab von Aurelia. Raoul überlegte, wo er etwas Ähnliches schon mal gesehen hatte. Die Grabstätte der Eltern lag gleich nebenan. Den Tod ihrer Tochter konnten sie nicht verwinden. Kurz hintereinander folgten sie ihrem geliebten Kind und starben. Erschüttert stand Raoul an den Gräbern. Der Duft ihres Parfüms, Jasminduft, lag in der Luft, Raoul meinte, ihn riechen zu können. Er sah ihren tänzelnden, beschwingten Gang und hörte ihr fröhliches Lachen. Schluchzend wie ein kleines Kind, kniete er nieder. Der steinerne Engel schaute erstaunt zu. Erneut übermannte Raoul der Kummer der letzten Jahre. Die Tränen flossen und wollten nicht aufhören. Sein ganzer Körper zitterte vor Erschütterung. Beide Hände in die Erde krallend, kniete er neben der steinernen Figur. Mitleidig sahen ein paar Friedhofsarbeiter zu ihm hin. Es mochten ein, zwei Stunden vergangen sein, die Sonne verschwand bereits am Horizont. Abendliche Kühle ließ sein Zittern in Frieren übergehen. Er hörte ein Geräusch. Hinter einem Baum sah er eine Person im weißen Anzug mit großem Sonnenhut und schwarzer Sonnenbrille stehen. Der Fremde musste Raoul schon eine Weile beobachtet haben. Er schämte sich zutiefst, stand auf und lief eiligst davon. Als er in den Weg zum Friedhofstor einbog, drehte er sich kurz um. Ein Mann kniete an Aurelias Grab und betete. Raoul konnte in der Dämmerung nichts Genaues erkennen. Gedankenvoll, wer die Person gewesen sei, traurig, gedrückt von Erinnerungen an Aurelia, fuhr er in das Haus seiner Eltern nach Nueva Andalucia zurück. Morgen wollte er mit Chiara surfen gehen. Er fühlte sich elend und leerte eine Flasche Rioja. Danach schlief er tief und traumlos, bis die ersten Sonnenstrahlen durch den dünnen Vorhang drangen und ihn aufweckten.

Paranese betete an Aurelias Grab. Der steinerne Engel sah vorwurfsvoll zu. „Mörder, Mörder!", schien er zu rufen. Im Schutz der Dämmerung konnte Antonio sich seiner Trauer hingeben. Kaum jemand besuchte die Gräber seiner Lieben bei Einbruch der Dunkelheit. Den weinenden Mann von vorhin konnte er nicht erkennen. Seine Frau war sehr beliebt, vielleicht einer ihrer Verehrer oder jemand vom Personal. Er durfte niemanden ansprechen, das Risiko war zu hoch. Kontakte jeglicher Art musste er meiden. Vertrauen konnte er keinem. Nicht nur die CLOM, alle ließen ihn fallen. Die alten Mafiakontakte mied er, sie wurden meist durch Polizei und Geheimdienste überwacht. Hier, in Marbella, mitten in der Höhle des Löwen, würde ihn keiner vermuten. Marta stellte ebenfalls ein Risiko dar. Frauen mit ihren Emotionen waren immer gefährlich. Aber, verdammt noch mal, er hatte sich auf seine alten Tage nochmals verliebt. Wirklich geliebt hatte er nur Aurelia, er musste sie vernichten, sie ließ ihm keine Wahl. Marta, das war Jugend, brasilianisches Temperament, Erotik pur, sie tanzte wie ein Teufel und war immer fröhlich. Trotzdem, er musste sich vorsehen.

Es würde schwer, sie eines Tages wieder loszuwerden. Paranese schaute gedankenvoll auf die weißen Lilien, die er aufs Grab gelegt hatte. Dann stand er auf und verließ den Friedhof. Der steinerne Engel blies die Backen auf und schien zu sagen: „Was will der Kerl hier? Hau ab, Mörder!" Inzwischen war es vollkommen dunkel. Merkwürdigerweise war Antonio froh, den Friedhof verlassen zu können. Ein unheimliches Gefühl beschlich ihn. Er konnte sich nicht erklären, was es war.

Tarifa ist die südlichste Stadt des europäischen Festlandes. Afrika liegt in greifbarer Nähe. Der ständig präsente Wind macht den Ort zum Surfzentrum Europas. Naturbelassene, kilometerlange Strände bieten reichlich Platz für Surfer aus aller Welt. Raoul fuhr mit Chiara zur Playa de Valdevaqueros. Hier bot sich zum Windsurfen und Kiten der ideale Strand. Ab und zu war es dort allerdings richtig stürmisch. Die meist geübten, erfahrenen Surfer ließen sich davon nicht abhalten. Raoul liebte die kleine Bucht in Richtung Punta Paloma. Sie war ruhig und abgelegen, eine kleine Strandbar lud zum Verweilen ein. Chiara erhielt schon als kleines Mädchen mit neun Jahren ihren ersten Surfunterricht. Mit ihren Eltern verbrachte sie mehrere Wochen auf Hawaii und erlebte herrliche Zeiten mit Wellenreiten und auf den Golfplätzen mit ihrem geliebten Papa. Spielerisch und ohne Angst lernte sie, mit den hohen Wellen am Strand von Maui umzugehen. Ihre Mutter, bewaffnet mit einer Kamera, zog es vor, alles vom Strand aus zu beobachten und in Bildern festzuhalten. Elegant und sicher stand Chiara auf ihrem Brett und ließ sich von den kräftigen Wellen tragen. Sie jauchzte vor Vergnügen. Raoul war aus dem Training. Er tat sich schwer und fiel immer wieder ins Wasser. Chiara lachte. Schließlich setzte sich Raoul müde an den Strand und schaute ihrem eleganten Tanz mit den Wellen zu. Seine Stimmung war auf dem Nullpunkt. Der Friedhofsbesuch nahm ihn mehr mit, als er sich eingestehen wollte. Auf einem Surfbrett hatte er Jahre nicht gestanden. Chiara genoss den Spaß mit jungen Surfern aus den USA. Es war ein herrliches Bild, wie die jungen Leute leicht und elegant mit den Wellen schwebten. Raoul ruhte sich aus und saß etwas beleidigt unter einem Sonnenschirm. Eigentlich erwartete er, Chiara würde mit dem Surfen aufhören und sich um ihn kümmern. Wie ein Trauerkloß saß er am Strand, während sie unendliche Freude hatte. Gegen Mittag kam sie fröhlich lachend an. „Habe Hunger wie ein Bär! Lass uns essen gehen!" Sie sah toll aus. Braungebrannt, ihre blonden Haare zum Pferdeschwanz gebunden, schritt sie mit ihrem Surfbrett kräftig aus. Bewundernde Blicke folgten ihr. Raoul war sauer, ließ sich aber nichts anmerken. „Früher warst du lustiger", scherzte sie und umarmte ihn flüchtig. Im „Hotel Dos Mares" aßen sie zu Mittag. Chiara zeigte kräftigen Appetit. Raoul saß schweigend da und kaute an seinen Gambas a la Plancha. Schließlich fragte Chiara: „Was ist eigentlich los mit dir, Raoul?" Sie schaute ihn an und sah Traurigkeit in seinen

Augen. Er tat ihr leid, aber sie fand keine Erklärung. Es war ein wunderschöner Herbsttag, herrlicher Sonnenschein, ein nicht zu voller Strand. Das Essen, die frischen Gambas, schmeckte hervorragend. Sie saßen noch eine Weile beisammen. Chiara erzählte dies und das, bemüht, ihn aufzuheitern. Raoul blieb einsilbig. Schweigend fuhren sie schließlich nach Marbella zurück. Ihre Verabschiedung fiel steif und kühl aus. Raoul ärgerte sich über sein Verhalten. Für ihn blieb sie das kleine Mädchen. Bewunderung und Verehrung ohne Wenn und Aber brachte sie ihm früher entgegen. An das Bild einer attraktiven, erwachsenen Frau, die erfolgreich gegen alle Widrigkeiten die Verwaltung des Vermögens ihres Vaters übernahm und sich im rauen Geschäftsleben selbstständig durchsetzte, konnte er sich nicht gewöhnen. Raoul war unzufrieden. Unsicherheit, Bewunderung, Trauer, der Aufruhr in seinem Gefühlsleben machte ihm zu schaffen. Eine Flasche Rioja tröstete. Auf dem Anrufbeantworter fand er Nachrichten von David, der ihn an seinen Auftrag erinnerte. Kommissar Kellner teilte seine Ankunft im „Hotel Atalaya" mit. Er würde sich freuen, Raoul bald zu treffen. Spät am Abend meldete sich Chiara. Lallend gab er ihr Antworten. Wütend schmiss sie den Hörer auf.

Eines Abends reichte es Paranese. Marta nervte. Er brauchte Zeit für sich. Marta zeigte dafür kein Verständnis und warf Teller und Flaschen nach ihm. Mit dem Taxi ließ er sich ins „Marbella-Sea-Hotel" fahren. Im Gartenrestaurant wollte er in Ruhe sein Chateaubriand genießen. Der Service war heute langsam. Das Chateaubriand kam nicht am Stück, sondern in Scheiben geschnitten. Medium, leicht rosa, hatte er bestellt, aber es war vollkommen durchgebraten. Höflich reklamierte Antonio. Unfreundlich, etwas knurrend wie: „Was verstehen Touristen vom Essen", brachte der Ober schließlich ein neues Stück Fleisch. Immer noch wütend, auf Marta, den schlechten Service, zahlte Paranese und ging eiligen Schrittes durch die Halle. Elena beendete gerade den „Good Night Service" in den Zimmern. Auftragsgemäß sollte sie die Toiletten im Restaurant nochmals kontrollieren und säubern. Mit Schwung lief sie um die Ecke des Ganges und stieß voll mit dem elegant gekleideten Herrn im Seidenanzug zusammen. „Kannst du nicht aufpassen, du Schlampe!", fuhr er die verdutzte Hotelangestellte auf Italienisch an. „Pardone! Pardone!", murmelte Elena. Im Halbdunkel schaute sie den blonden Mann ängstlich und erstaunt an. Die Stimme kam ihr bekannt vor … Die markante Knubbelnase, der Vollbart fehlte, der Haarschnitt war anders … Die Erkenntnis durchfuhr sie wie ein Blitz, ihr Körper zitterte. Der Mörder von Ramon, sein ehemaliger Arbeitgeber. Er musste es sein. Sie schmiss die Putzsachen in die Ecke vor die Füße einer erstaunten Kollegin: „Mach weiter, ich muss weg!" Elena wollte Gewissheit haben. Im Taxi folgte sie dem Fremden. Es war ein weiter Weg. Inzwischen fuhren sie auf der Landstraße nach Ronda. Ihr Bruder würde sie für verrückt erklären, sie verbrauchte mit der Verfolgung ihren Wochenlohn. Plötzlich bog das Taxi links ab. Elena folgte dicht dahinter. An einem Wachhäuschen vorbei, eine Schranke ging hoch. Der Wagen war verschwunden. Der rot-weiß gestreifte Balken versperrte den Weg. „Hier können wir nicht rein, La Zagaleta, nur Bewohner der Anlage oder ihre ausgewiesenen Gäste dürfen das Resort betreten", teilte der Taxifahrer seinem aufgeregten Fahrgast mit. „Wir warten", antwortete Elena. Etwa zehn Minuten später kam das Taxi leer zurück. Elena hüpfte aus dem Auto und stoppte den erstaunten Fahrer. Ein Wortschwall überschwemmte den müden Mann. „Señora, ich weiß gar nichts. Ich kenne den Mann nicht, habe ihn nur nach Hause gefahren. Ich kann sie nicht dorthin fahren. Die Wachen lassen uns nicht hinein." Energisch schüttelte er den Kopf. Elena bettelte die Sicherheitsleute an. Keine Chance! Die aufgeregte Señora tat ihnen leid. Man blieb hart. Auf Ärger mit Vorgesetzten oder der hysterisch kreischenden Frau hatte man keine Lust. Wutschnaubend, fluchend, tief enttäuscht fuhr Elena zum Hotel zurück. „Mach das nicht noch einmal!", fuhr sie die Vorgesetzte an. „Sonst fliegst du!" Elena hatte einen Plan. Mit ihrer Kamera würde sie an freien Tagen dort oben Wache halten. Gott gab ihr die Chance, den Mörder ihres Mannes, ihres Ramon, zu finden. Sie würde sie nutzen. Gleich am Samstag wollte sie mit der Überwachung anfangen. Ihre Familie sollte vorerst nichts erfahren. In der „Iglesia de Nuestra Señora de la Encarnatión" an der Plaza de la Iglesia zündete sie fünf Kerzen an, mit Dank erfüllt für die

Gelegenheit einer späten Rache. Inbrünstig kniete sie vor dem Altar, dankte Gott und betete für das Gelingen ihrer Pläne. Von da an stand Elena jede freie Minute nahe dem Wachhäuschen an der Einfahrt ins Luxusresort La Zagaleta. Die Wachtposten unterhielten sich mit der hübschen Señora. Elena gab eine Geschichte zum Besten. Ein Mann, der im Resort lebe, habe ihre Schwester geschwängert, und nun zahle er nicht für das Kind. Sie müsse ihn unbedingt abfangen und mit ihm reden. Verständnisvoll stimmten die Wachen zu. „Typisch, reiche Leute! Erst das Vergnügen und dann die Rechnung nicht zahlen. Das arme Kind!" Voller Bedauern schüttelten sie den Kopf. Elena tat ihnen von Herzen leid. Sie duldeten, dass sie mit gezückter Kamera an der Schranke stand, besagten Herrn fotografierte und exakt aufschrieb, wie und wann er La Zagaleta verließ. Die Kamerabilder zeigten in der Vergrößerung eindeutig Antonio Paranese, den ehemaligen Chef und Mörder ihres Ramon. Jede Minute ihrer freien Zeit verbrachte sie von da an damit, akribisch genau aufzuschreiben, wann und wie Antonio sein Refugium verließ. Es gab gewisse Regelmäßigkeiten. Einmal in der Woche besuchte er den Friedhof, kurz bevor dieser geschlossen wurde, fast schon in der Dunkelheit. Danach ging er zum Essen, meist ins „Marbella-Sea-Hotel". An anderen Tagen, notierte sie, eine blutjunge, dunkelhaarige Schönheit in seiner Begleitung. In Elena reifte ein Plan. In der Küche des „Marbella-Sea-Hotels" fluchte der Koch. Sein frisch geschliffenes, scharfes Fleischschneidemesser war verschwunden.

Carla versuchte, sich gegenüber ihrer Freundin Marlene nichts anmerken zu lassen. Ängste, schockierende Erinnerungen, hervorgerufen durch ihren Aufenthalt in Marbella, beschäftigten sie trotz guter Erholung und zahlreicher Ablenkungen. Ihr leichtfertiges Vertrauen zu Sir Forster, die Morde an Aurelia, Lettermans, Bubi Jacob, dem sie die Nachrichten persönlich zustellte, die arme Manuela Schwarz im Rollstuhl, ihr Gefängnisaufenthalt, wieder und wieder kreisten ihre Gedanken, holten sie die Erinnerungen ein. Die luxuriöse Party bei Paranese mit den vielen Prominenten zerstreute damals ihre Bedenken gegen die Brieftransporte. Sie haderte mit sich: „Wie konnte ich nur so naiv und blöd sein!" Offiziell hieß es, die Mörder sitzen im Gefängnis, jedoch Paranese war nach wie vor verschwunden. Carla vermutete in dem italienischen „Gentleman" den Hauptübeltäter. Marlene schloss dies aus. Sie schwärmte von seinem Charme. Die Partys seien legendär gewesen, besucht von Prominenz der ersten Klasse aus aller Welt. Sie hielt ihn für unschuldig, verteidigte ihn vehement. „Er trug seine Frau auf Händen, er liebte sie über alles. Neid, nichts als Neid!", waren ihre steten Worte. Carla schwieg. Sie war völlig anderer Meinung. Von da an vermied sie, dieses Thema mit ihrer Freundin zu besprechen. Zumal sie feststellte, Chiara verhielt sich ähnlich. Aufmunternde Worte gegenüber ihrer Mutter, Belanglosigkeiten, tauschten beide aus. Geschäftliches, politische Themen, alles Ernsthafte vermied die Tochter in Gegenwart der Mutter. Marlene bemerkte nichts, sie kannte es nicht anders. Ihr Wolfi, die Bank … Probleme wurden möglichst ferngehalten oder für sie erledigt und gelöst.

Sir Forster war in London ebenfalls ins Visier der Ermittler gekommen. Sämtliche Wohnsitze und Büros wurden durchsucht. Nichts wies auf eine Mitgliedschaft in einer geheimen, verbrecherischen Organisation hin. Belastendes Material bezüglich Geldwäsche, auch hier blieben die Durchsuchungen ohne Ergebnis. Die von Carla transportierten Briefe fand man nicht. Bekanntermaßen hielt sich die englische Polizei mit genaueren Nachforschungen zurück. Anweisung von ganz oben: „Der Finanzplatz London soll nicht gefährdet werden!"

Kommissar Kellner nahm die Nachricht seiner englischen Kollegen daher auch mit entsprechender Skepsis auf. Carla hörte die Geschichte. Auch sie dachte sich ihren Teil … Marlene dagegen war überzeugt, Sir Forster, ein langjähriger Freund der Lettermans, sei der perfekte, englische Gentleman, ein Ehrenmann durch und durch. „Ehrenmänner sind sie alle!", dachte Carla. Selbst die Mafia hatte den Beinamen: „Ehrenwerte Gesellschaft". Marlene war eine herzensgute, verlässliche, aufrichtige und hilfsbereite Freundin. Von Menschen, vom „Homo Homini Lupus", verstand sie nichts. Sie war stehengeblieben im gemütlichen Umfeld des Leiters einer Düsseldorfer Bankfiliale. Unvorstellbar, unbegreiflich blieb für sie die berufliche Realität ihres Mannes, die Belastungen und Anfeindungen, mit denen er sich tagtäglich sowohl intern in der Bank als auch nach außen auseinandersetzen musste. Ständig sägte man an seinem Stuhl als Vorstandsvorsitzender, Ehrgeizlinge, Aktionäre, Politiker, jeder versuchte, „sein Süppchen zum eigenen Vorteil zu kochen". Ein Mann mit seiner Machtfülle, seinen finanziellen Möglichkeiten war immer, mittel- oder unmittelbar, korrupten, kriminellen Personen und Organisationen ausgesetzt. Für Gutmenschen bot sich kein Raum in seiner Umgebung! Im Gegensatz zu ihrer Mutter ließ der Tod ihres Vaters Chiara erstaunlich reifen, die schlimmen Erfahrungen und Ereignisse stählten sie. Carla stellte es mit Bewunderung fest. Sie hielt Vorträge und engagierte sich im Kreis „Junger Unternehmerinnen". Misstrauisch wurden ihre Thesen unter Selbständigen und in Fachzeitschriften diskutiert: Die Finanzämter in Deutschland müssten sich besser managen und für den Bürger gut erkennbar, verständlich, nach außen verkaufen. Voraussetzung hierfür sei ein einfaches, klares, übersichtliches Steuersystem ohne Subventionen und Steuerschlupflöcher. Millionen Euros verschwänden jährlich in dunklen Kanälen. Aus Angst vor dem Finanzamt, um angeblich Steuern zu sparen, vertraute man dubiosen Geldanlegern oder ließ sich von Banken in Hochrisikoanlagen reinziehen. Chiara brach ein Tabu in Deutschland. Offen redete sie über die Schwarzgeldanlagen ihres Vaters, die Steuerfahndung und das Begleichen ihrer Steuerschuld. Ein Großteil des Freundeskreises ihrer Eltern zog sich zurück. Man strafte die junge, erfolgreiche Frau, die es wagte, mit dem Finanzamt zusammenzuarbeiten, durch Missachtung. All dies ging Carla durch den Kopf. Sie empfand großen Respekt vor Chiaras mutigem Vorstoß und ihren Leistungen.

Endlich fanden die drei Freundinnen Zeit, den Friedhof zu besuchen. Fassungslos standen sie ein paar Tage später am Grab von Aurelia. Der steinerne Engel unterhalb des weißen Marmorobelisken war neu. Sein pausbäckiges Gesicht schien die drei Damen anzulachen, als sie ihr opulentes Blumengesteck auf dem Grab niederlegten. Im Gehen kam ihnen ein Mann mit weißem Anzug, großem Sonnenhut und auffallender, schwarzer Sonnenbrille entgegen. Höflich machte er den Damen Platz und ließ sie auf dem schmalen Friedhofsweg passieren. Als Marlene sich nochmals umdrehte, sah sie zu ihrem Erstaunen den Fremden am Grab von Aurelia niederknien. Neugierig versuchte sie, den Mann anzusprechen. Carla hielt sie zurück. Keinesfalls wollte sie in Gespräche mit irgendwelchen Unbekannten verwickelt werden. Chiara zeigte Verständnis und unterstützte sie. „Ich habe schrecklichen Hunger und Durst, lass uns etwas essen gehen, Mama!" Im Restaurant „Buena Ventura" genossen sie schließlich ein köstliches Dinner. Marlene erzählte ohne Unterlass. Chiara und Carla hüllten sich in Schweigen. Carla wurde eingeholt von den bedrückenden Ereignissen aus der Vergangenheit. Chiara ärgerte sich noch immer über Raoul. Er war ihr Held und Vertrauter aus Kindertagen, sie war tief enttäuscht …

Hinter einem großen, alten, dicken Baum auf dem Friedhof stand Elena schon über eine Stunde. Normalerweise kam Antonio Paranese, laut ihren Aufzeichnungen, immer um die gleiche Zeit ans Grab. Heute verspätete er sich, um den drei Damen auszuweichen. Inzwischen war es stockdunkel. Elena beobachtete, wie er sich kurz mit dem Friedhofsgärtner unterhielt. Mit einer Taschenlampe brachte dieser Antonio ans große Haupttor. Sie konnte das sich entfernende Lichtpünktchen erkennen. Offensichtlich wurde das schwere Eisentor zugeschlossen. Elena zitterte und fror. War es die Aufregung oder die abendliche Kühle? Wie eine Katze kletterte sie geschickt über die Eisenstäbe. Für heute war ihr Antonio entkommen …

Raouls Nachforschungen nach dem „Blonden" gestalteten sich schwierig. Das Foto aus dem Video zeigte einen Mann mit Vollbart. Auf allen Bildern schmückte ihn zudem eine schwarze Designer-Sonnenbrille, meist trug er einen Sombrero tief ins Gesicht gezogen. Einziges markantes Merkmal war die hässliche Knubbelnase. Raoul stellte systematische Befragungen an und zeigte die Fotos. Niemand konnte ihm Auskunft geben. Die Suche nach Antonio erwies sich als kompliziert. Er konnte nur auf einen Zufall hoffen.

Chiara flog zurück nach Frankfurt. Ihre neu gegründete Firma verlangte Entscheidungen, Unterschriften, einfach ihre Anwesenheit. Sie versprach Raoul, in zwei Wochen für ein verlängertes Wochenende wiederzukommen. Auf der Fahrt zum Flughafen diskutierten sie über die Finanzkrise. Chiara, vernünftig, selbstbewusst wie immer, blieb Raoul ein Rätsel. Sie faszinierte ihn. Emotionalen Zugang zu ihr fand er nicht. War sie wirklich so kühl, wie sie argumentierte und sich darstellte? Zum Abschied schenkte er ihr eine Muschel. Er fand sie am Strand, ließ sie vergolden und ein Schmuckstück für Chiara anfertigen. Sie hing an einer langen Kette. „Suerte", war eingraviert. Chiara strahlte ihn an und bedankte sich. Wie in Kindheitstagen gaben sie sich zum Abschied einen freundschaftlichen Kuss auf die Wangen. Bevor er sich versah, war sie mit ihren langen, wehenden Haaren in der Menschenmenge hinter der Sicherheitskontrolle verschwunden. Ratlos starrte Raoul ihr hinterher. Pünktlich um 17.40 Uhr startete der LH-Flug nach Frankfurt. Leicht schläfrig hing Chiara ihren Gedanken nach. Bisher sah sie in Raoul eine Vaterfigur, einen Fels in der Brandung. Jemand, der immer Rat wusste, an den sie sich anlehnen konnte. Als typisches „Papakind", der tote Wolfi, ihr Daddy, stellte Idol, Vorbild, Orientierung in einer Person dar, schrieb sie diese Rolle nach dem Tod ihres Vaters Raoul zu. Nun musste sie feststellen, er war so ganz anders. Launisch, bisweilen sogar depressiv kam er ihr vor. Die letzten Jahre mussten ihm zugesetzt haben. Er weigerte sich, darüber zu sprechen. All ihren diesbezüglichen Fragen und Gesprächsversuchen wich er aus. Fröhlichkeit, Offenheit, sein unkomplizierter Charme von früher, schienen verschwunden. Innerlich zerrissen, unsicher, wirkte er auf sie. Er sah noch immer toll aus. Chiara registrierte, ob jung oder alt, viele Frauen sahen ihn voller Sehnsucht an. Ihre Freundinnen kommentierten ihn mit: „Einfach umwerfend, der Typ!" Was war nur los mit ihr? Sie fand ihn gar nicht umwerfend, sondern äußerst schwierig. Ihre Kindheitsliebe schien zerplatzt. Fairerweise musste sie zugeben, nicht nur Raoul hatte sich verändert. Der Tod ihres geliebten Papas zwang sie in die Verantwortung. Härte, Leistung, Durchsetzungsvermögen wurden gefordert. Es gab kein Zurück zu dem kleinen, verwöhnten „Papa-Liebling".

Ihr Sitznachbar, ein Spanier, schwitzte, offensichtlich plagte ihn Flugangst. Hilfesuchend blickte er zu ihr rüber und sprach sie auf Spanisch an. Chiara antwortete in fließendem Spanisch, sehr zur Beruhigung des ängstlichen Mitreisenden. Schließlich verwickelte er sie in ein Gespräch. Erst bei der Landung in Frankfurt hörte er auf zu erzählen. Mit einem dankbaren Blick und „Adiós" verließ er das Flugzeug. Chiara amüsierte sich. Was war nur mit den Männern los? Wo waren sie, die starken Männer? Zuhause angekommen, verdrängte sie die Gedanken an Raoul. Berge von Post erwarteten sie. Akten mussten für morgen vorbereitet werden. Sie saß bis spät in die Nacht am Schreibtisch. Es tat ihr leid, auf Raouls Anruf reagierte sie einsilbig und abwesend. Sie war todmüde und mit ihren Gedanken bei morgigen, geschäftlichen Problemen. Gekränkt legte er auf.

Kommissar Kellner und seine Dackelhündin waren im „Hotel Atalaya", es lag traumhaft in einer kleinen

Bucht am Strand, untergekommen. Kellner wohnte in einem schönen Zimmer mit Blick auf Garten, Pool und Meer. Abends stand er auf dem Balkon, nahm seine „Hexe" auf den Arm. Begeistert genoss er die ruhige, abendliche, südliche Stimmung. Grillen zirpten, die Palmenblätter wiegten sich leicht im Wind. Das vom Mond angestrahlte Meer glitzerte, begleitet vom regelmäßigen Rauschen der Wellen. „Warum haben wir uns nicht schon früher mal einen Urlaub wie diesen gegönnt, Hexchen?", sprach er mit seinem Dackel. Mit gespitzten Ohren hörte Hexe ihrem Herrchen aufmerksam zu. Sie sprang vom Arm und machte es sich auf einem der Balkonsessel bequem. Ernsthaft dachte Kellner über einen Rückzug in den Ruhestand nach. Achtunddreißig Dienstjahre hatte er auf dem Buckel. Voller Idealismus, frisch von der Polizeischule, stürzte er sich damals in seinen Beruf. Kein Privatleben blieb ihm. Zwei Ehen waren kaputtgegangen. Wirtschaftskriminalität war sein Spezialgebiet. Man fürchtete ihn in der Mainmetropole Frankfurt. Unerbittlich kämpfte er für Recht und Ordnung. Kein noch so „hohes Tier" konnte sich bei ihm Gnade oder Schlupflöcher erhoffen. Im Gegenteil, er vertrat die Ansicht, Manager in Führungspositionen, Politiker, die Reichen, Mächtigen im Land hätten besondere Verantwortung und eine Vorbildfunktion. Ein Anachronismus, den ihn Kollegen, Staatsanwälte, sein Umfeld spüren ließen. In den letzten Jahren seiner Arbeit fühlte er sich zunehmend alleingelassen. Die meist jüngeren Kollegen zogen bei Gericht bequeme Arrangements vor. Gerne stellten sie ihre Ermittlungen ein, auch wenn die Beweislage dagegen sprach. Freizeit, Privatleben waren den meisten am wichtigsten. Kellner stellte für sie einen altmodischen „Ermittlungs-Dinosaurier" dar. Immer mehr Fälle wurden ihm auf Weisung von oben abgenommen. Im „nationalen Interesse" stoppte man die Ermittlungen in seinem letzten, brisantesten Fall. Der PC, mit den wichtigen, aufklärenden, beweiskräftigen Notizen Lettermans, wurde seitens des BND beschlagnahmt. Diese Einschränkung seiner Arbeit empfand Kellner als tiefe Kränkung. Sie raubte ihm den Schlaf. Die Erkenntnis traf ihn wie ein Blitz. Ein Interesse an ehrlicher Aufklärung der korrupten Beziehungen zwischen Banken, Wirtschaft und Politik bestand nicht. Er erinnerte sich an einen hoch interessanten Vortrag in Stuttgart von Roberto Scarpinato*, italienischer Oberstaatsanwalt der Anti-Mafia-Direktion. Kommissare aus ganz Deutschland waren zu seinem Referat eingeladen. Kellner verfolgte die Worte des Italieners mit Faszination. Scarpinato stellte die Behauptung auf: „Im globalen Kapitalismus arbeiten legale und illegale Organisationen so eng zusammen, dass man sie manchmal nicht mehr unterscheiden kann."*

In Gedanken ergänzte Kellner: „NICHT MEHR UNTERSCHEIDEN WILL!" Genugtuung verschaffte es ihm, rechtzeitig deponierte er den kleinen USB-Stick mit Kopien des gesamten, brisanten Stoffes in den sicheren Tiefen eines Schweizer Banksafes. Dort lag er, gut verborgen, wie die Hintermänner des globalen, kriminellen Feudalkapitalismus.

Jede freie Minute nutzte Elena, um den Mörder ihres Ramon, Antonio Paranese, zu beobachten. Ein scharfes Fleischmesser aus der Hotelküche steckte einsatzbereit in der Innenseite ihres Rockes. Hierfür nähte sie eine Tasche ins Futter dieses Kleidungsstückes. Elena war klein, zierlich, behände, geschickt und schnell wie eine Katze. Erstaunliche Ergebnisse erzielte sie zu Hause beim Dartspiel im Zimmer ihres Sohnes. Meist traf sie die mittleren Kreise. Ihr Sohn staunte über das plötzliche Interesse seiner Mutter am Pfeilwerfen. Noch mehr aber wunderte er sich über ihr Engagement, ihr Talent, ihre offensichtlichen Erfolge und Siege, die sie über alle Familienmitglieder und Freunde davontrug. Sie gewann eigentlich immer. Inzwischen galt sie als Punktekönigin im Dartwurf und wurde zu Wettbewerben eingeladen. Hierfür fehlte Elena die Zeit. Wie ein Tiger seine Beute verfolgte sie die Wege ihres Todfeindes, des Mörders ihres Ramon. Kräftemäßig gab es keine Chance gegen den kleinen, gedrungenen, muskulösen, trainierten, ehemaligen Chef ihres toten Mannes. Sie musste einen Augenblick abpassen, in dem er völlig allein war und ein Angriff ihn total überraschte. Meist ging er in Begleitung einer jungen Frau aus. Die Friedhofsbesuche machte er ohne seine Freundin. Jedoch Gärtner, Friedhofsarbeiter und andere Trauernde stoppten ihre diesbezüglichen Pläne. Es würden sich andere Gelegenheiten ergeben. Elena, erfüllt von Rachegefühlen, empfand Genugtuung. Der Mörder ihres Ramon würde seine gerechte Strafe erhalten.

Tiefblauer Himmel, selbst im Herbst schien die andalusische Sonne noch mit aller Kraft. Die Touristen freuten sich, schwammen im Meer, ließen sich in der Mittagshitze grillen, bis ihre Körper die rotbraune Farbe der kleinen Strandkrebse annahmen. Die Spanier stöhnten, sie sehnten die kühleren Herbstwinde und den Regen herbei. Paranese saß auf seiner schattigen Terrasse. In letzter Zeit ging Marta ihm zunehmend auf die Nerven. Aus dem Haus ertönten schrill und laut südamerikanische Rhythmen. Antonio fühlte sich in der beschaulichen Ruhe seiner La-Zagaleta-Villa gestört. „Mach die Kiste endlich leiser!", schrie er. Sein Rufen blieb ungehört. Traurig starrte Antonio ins Tal. Ihm bot sich ein traumhafter Blick über Dörfer, Berge und das Meer. Man konnte die Sonne als rötliche Kugel am Horizont untergehen sehen. Sein wunderschön blühender Garten, gesäumt von hohen Palmen, der tiefblaue, riesige Pool, Paranese nahm es nicht wahr. Erfüllt von Leere und Unzufriedenheit, quälten ihn Gedanken an seine armselige Kindheit in Palermo, an seine Mama und an Aurelia. Damals, voller großer Hoffnungen und Träume, nur von einem Ziel angetrieben: Reich wollte er werden! Reich war er, sehr reich, mehr, als er jemals ausgeben konnte, aber … Er fühlte sich alt, traurig, leer, irgendwie ausgelaugt. Die kreischende Stimme Martas durchbrach seine schwermütigen Gedanken. Mit wiegenden Hüften und tänzelnden Schritten, in einem aufreizenden, enganliegenden Lurex-Hausanzug näherte sie sich Antonio. In der Hand hielt sie ein Champagnerglas.

Schon von Weitem roch er ihre Alkoholfahne. Meist begann sie schon zum Frühstück mit dem Trinken. Einladend, mit ihren dummen, primitiven Gesichtszügen breit grinsend, umkreiste sie Antonio. „Hau ab, du Schlampe, lass mich in Ruhe!", brüllte dieser mit Abscheu. Marta schleuderte wütend ihr Glas nach ihm. Mit der Hand wehrte er ab, verhinderte so im Gesicht getroffen zu werden. Das Blut tropfte aus einer tiefen Schnittwunde in seiner rechten Hand. Voller Wut rastete er aus und warf Marta auf den Rasen. Mit dem Rasensprenger ließ er sie beregnen, in der Hoffnung, sie werde bald wieder nüchtern. Deprimiert, innerlich noch immer kochend vor Zorn, setzte er sich wieder in seinen gemütlichen Korbsessel. Er bereute nichts in seinem Leben. Nur das mit Aurelia … Wenn er könnte, er würde sie zurück ins Leben holen. Er schalt sich einen alten, sentimentalen Trottel. Marta rührte sich noch immer nicht. Er gab ihr einen kräftigen Fußtritt, stellte den Rasensprenger ab. Nach einer halben Stunde gab sie noch immer keinen Mucks von sich. „Du blödes, besoffenes Frauenzimmer!", schrie er, schleppte sie ins Haus und schmiss die leise röchelnde Marta aufs Sofa. Aus ihrer Nase tropfte Blut. „Du versaust unsere Couch, blöde Kuh!", schrie er sie nochmals an. Marta reagierte nicht. Antonio reichte es, mit einem lauten Knall flog die Haustür ins Schloss. Die Reifen quietschten, als er viel zu schnell den kurvigen Weg hinauffuhr. Das automatische Tor öffnete sich, er verließ sein Grundstück und raste Richtung Friedhof. Dort beruhigte sich sein aufgewühltes Gemüt. Es war endgültig Zeit, Marta aus dem Haus zu schaffen. Mit einer entsprechenden Geldsumme, die überzeugte immer, sollte sie aus seinem Leben verschwinden, dachte er. Erleichtert, einen Entschluss gefasst zu haben, fuhr Antonio ins „Marbella-Sea-Hotel". Ein exquisites Abendessen auf der Gartenterrasse, freute er sich, würde seinen angespannten Nerven guttun.

Carla und Marlene genossen die unbeschwerten, sonnigen Urlaubstage. Ein normaler Wochentag, ein Mittwochmorgen. Die Vögel zwitscherten fröhlich. Die ersten Golfer liefen über den Platz. Im Pool der Gualdalmina Golfanlage drehten Frühaufsteher ihre Runden. Aufgeregte Stimmen aus dem Nachbar-Apartment weckten Carla. Spanische Radio- und Fernsehsender tönten laut durch das offene Fenster. Dazwischen mischten sich nervöse, grelle Gesprächs-fetzen ihrer spanischen Mitbewohner. Carla ärgerte sich über den Krach. Müde rekelte sie sich und drehte sich in ihrem Bett um. Kurz danach schlief sie wieder ein. Gegen neun Uhr stand sie schließlich noch immer müde, hungrig und durstig vor ihrem Lieblingscafé. „Cerrado" – Geschlossen – hing ein Schild an der Tür. Die angrenzenden Geschäfte, Apotheke, Supermarkt und Banken zeigten ähnliche Aushänge. Alles war zu und menschenleer. Einige Grüppchen Spanier sah Carla herumstehen und aufgeregt diskutieren. „Welchen andalusischen Feiertag haben wir denn heute schon wieder?", brummte Carla vor sich hin. Ihr Magen knurrte. Ein paar Touristen standen hilflos herum. Sie starrten auf die geschlossenen Läden und ihre leeren Einkaufstaschen. Kurz entschlossen setzte Carla sich ins Auto und fuhr zu Marlene. Sie freute sich auf die leckeren Croissants, die es bei Lettermans zum Frühstück gab, und den frischen Kaffee. Mit angespannter Miene öffnete Marlene die Haustür. Die sonst übliche, freundschaftliche Umarmung vergaß sie. Total aufgeregt lotste sie Carla ins Wohnzimmer. Beide starrten fassungslos auf den Fernseher. Die Stimme des Moderators tönte laut und unüberhörbar durchs ganze Haus. „Bis auf Weiteres bleiben sämtliche Banken, Börsen, der gesamte Geldhandel in der Eurozone geschlossen. Notgedrungen schließt sich das Wirtschafts- und Geschäftsleben an." Marlene war kreidebleich. Carla setzte sich mit einem Glas Wasser neben ihre Freundin. Gebannt schauten beide auf den Bildschirm. Vor Aufregung drückte Marlene Carlas Arm so fest, bis sie vor Schmerzen aufschrie. Der Moderator fuhr fort: „Die Politiker der Eurozone werden in den nächsten drei Tagen Entscheidungen zum Überleben des Euro treffen. Länder, die sich den Beschlüssen nicht beugen oder nicht dazu in der Lage sind, müssen die Eurozone verlassen. Rückkehr zu einer eigenen Landeswährung ist die Alternative. Wird für die Eurozone keine Einigung erzielt, bedeutet dies das Aus für den Euro, das Aus für Europa." Geschockt verfolgten Carla und Marlene die Ausführungen des Moderators. Angst kroch in ihnen hoch. Im Kleinen erlebte man eine solche Entwicklung hautnah in Marbella. Die Immobilienblase, Korruption, das systematische Plündern der Kassen der städtischen Kommunen, dessen Auswirkungen, waren überall evident. Hohe Jugendarbeitslosigkeit, die um sich greifende Armut, hier im südlichsten Teil Europas waren sie allgegenwärtig. Und nun eventuell die gesamte Eurozone … Berufliche Existenzen, Ersparnisse, alles, was man mühsam über Jahre aufbaute, standen auf dem Spiel. In den nächsten drei Tagen würde sich ihr aller Schicksal entscheiden. Carla zitterte. Marlene, normalerweise politisch nicht sehr interessiert, war noch blasser geworden. „Wenn nur mein Wolfi noch da wäre", jammerte sie. „Er wüsste, was zu tun ist!" Hilflos schauten beide Freundinnen auf die wechselnden Berichte im Fernsehen. Wie es weiterging, war völlig offen …

Kommissar Kellner telefonierte mit seinem Freund in Wiesbaden. Auch ihn trafen die sich überstürzenden Ereignisse, die Banken- und Geschäftsschließungen, völlig unvorbereitet. Gerade gewöhnte er sich ein wenig ans Nichtstun, begann seinen Urlaub zu genießen. Ernsthaft bereitete er sich seelisch und gedanklich darauf vor, den Vorschlag seiner Vorgesetzten, in den Ruhestand zu gehen, anzunehmen. Hexe jedenfalls war davon begeistert. Jeden Tag machte ihr Herrchen lange Strandspaziergänge mit ihr. Er war gut gelaunt und schlief relaxed. Hexe konnte es sich am Fußende nachts heimlich bequem machen, ohne dass sein unruhiger Schlaf sie vertrieb. Es war ein richtig schönes Hundeleben. Und nun holte das Drama des Euro Kommissar Kellner und seinen Dackel im Urlaub ein.

Der Kollege berichtete ihm aufgeregt: „In Deutschland machen wilde Gerüchte und Spekulationen die Runde. Niemand weiß, ob der Euro als Währung weiter besteht. Verunsicherte Bürger sitzen bangen Herzens vor den Fernsehgeräten und warten auf die neuesten Infos. In manchen Familien reichen die Nahrungsmittel nicht, das Rote Kreuz hilft bereits mit Verpflegung aus. Europa erlebt die schlimmste Krise seit dem Zweiten Weltkrieg." Seine Stimme klang nervös, überdeutlich, als er fortfuhr, das tägliche Leben befinde sich in angstvoller Wartestellung. Wie gelähmt nähmen die verwöhnten, europäischen Wohlstandsbürger die krisenhaften Entwicklungen hin.

Weiter teilte er dem Kommissar mit, die polizeilichen Ermittlungsakten seien endgültig geschlossen. Der Mord an Lettermans, Flugzeugabsturz Bubi Jacob, Mordversuch Manuela Schwarz, restlos aufgeklärt. Die italienischen Auftragsmörder seien geständig und säßen ein. Die beiden Syrer und der Nigerianer verbüßten ihre Strafe für den Anschlag auf Henningstedt. In Spanien säße der Mittäter des toten Mörders von Aurelia im Gefängnis. Seine Vernehmung ergab, sein Heimatland war ebenfalls Italien. Zu Ermittlerfragen wie „Mord im Auftrag?", „Namen der Auftraggeber?", schwiegen alle Beteiligten beharrlich. Offensichtlich kannten sie die Hintermänner nicht. Verbindungen zur italienischen Mafia seien aufgrund bestimmter Gegebenheiten und des Beweismaterials ersichtlich. Alle Ermittlungen und Beweise führten letztendlich zum großen Chef: Antonio Paranese. Dieser war und blieb spurlos verschwunden. Ein Zusammenhang zwischen den Geschehnissen, gar Aktienbetrug, Erpressung, Verbindungen Paraneses zur AF Bank oder Havaria-Chemie sei nicht nachzuweisen. „Der PC von Lettermans?", warf Kellner ein. „Vergiss es!", schalt ihn sein Freund. „Genieße deinen Urlaub, so weit die Krise es erlaubt. Die Ermittlungen sind abgeschlossen. Finde dich damit ab. Deine Vorgesetzten sind nicht eben begeistert ob deiner Widerborstigkeit in diesem Fall. Lass uns die paar Jahre, die uns noch bleiben, genießen!" „Du hast Recht, wir sind reif für den Ruhestand", antwortete ihm Kellner. Beide beschlossen ihren Hobbys, Radfahren, Wandern und Angeln, mehr Zeit zu widmen. Mit der Aussicht auf ein gemütliches Pensionistendasein, beendeten die Kommissare ihr Telefonat. „Morgen werde ich Hochseeangeln und Delfine beobachten", freute sich Kellner. Mit einem großen Fischerboot wollte er raus aufs Meer in die Straße von Gibraltar fahren. Die neuesten Nachrichten unterbrachen seine fröhlichen Gedanken. Auf allen Sendern die gleichen Informationen: „Die schlimmste Währungskrise Europas. Der Euro vor dem Aus." Über Ursachen hörte man nur andeutungsweise etwas. Die Hauptschuld gab man den Banken. Fragen zu den milliardenschweren Hintermännern, die die Geschicke der Geldinstitute, den Aktienmarkt, die Staaten durch ihre Manipulationen beeinflussten und lenkten, kamen gar nicht erst auf … Still, verschwiegen, streng geheim, agierte die CLOM …

„Wer immer den USB-Stick eines Tages entdeckt, lebt gefährlich", dachte Kellner. Die brisanten Einzelheiten bezüglich der Hintergründe bestimmter Staatsaffären, die korrupten, kriminellen Verbindungen bis in höchste Staats- und Wirtschaftskreise, kämen einem politischen Erdbeben gleich. Diese tagebuchähnlichen Aufzeichnungen Lettermans, letztendlich sein Wunsch, aus der CLOM auszusteigen, besiegelten seinen Tod. Der Kommissar fasste für sich einen Entschluss, die Unterlagen mit der Nummer des Schweizer Safes würde er vernichten, niemals sollte das Schließfach geöffnet werden. Seinen Ruhestand wollte er bei guter Gesundheit genießen. Er plante, Thorsten Walter in Cap d'Antibes zu besuchen. Mehr und mehr brachte er Verständnis für dessen Verhalten auf. „Es war sogar die richtige Entscheidung", musste er, bei nachträglicher Betrachtung des höchst gefährlichen Falles, zugeben.

Raoul und Kellner trafen sich zum Abendessen. Sie leerten ein gutes Fläschchen Rioja und tauschten Höflichkeiten aus. Raoul freute sich mit Kellner über dessen Ruhestandspläne. Kellner informierte Raoul über den Abschluss der Ermittlungen, die Akten seien geschlossen, die Täter ermittelt. Der Mittäter des Mörders Aurelias, ein Italiener, säße in Málaga ein. Nur Paranese sei noch immer nicht gefasst. Man rechne nicht mehr mit einer Verhaftung. Vielleicht sei er bereits gestorben, oder er lebe mit neuer Identität in Südamerika. Raoul nickte zustimmend.

Sie diskutierten die neuesten Nachrichten. In der

Einschätzung, die Währungskrise würde enormen wirtschaftlichen Schaden anrichten und somit auch Deutschland in die Rezession führen, stimmten beide überein. „Zum Wohl, alles Gute für Sie!" Raoul hob sein Glas und verabschiedete sich. Über den wahren Grund seiner Anwesenheit in Marbella, Antonio Paranese aufzuspüren, schwieg er gegenüber dem Kommissar.

Antonio lief hungrig durch die Halle des „Marbella-Sea-Hotels". Beiläufig sah er in einen der großen Spiegel. Mit Entsetzen stellte er Blutflecken auf seinem weißen Anzug fest. Er verfluchte Marta. In der Toilette bemühte er sich, die Spuren seines Kampfes mit ihr zu beseitigen. Erschöpft ließ er sich auf einer Liege im Garten nieder, las Zeitungen und genoss seinen Espresso. Die Aussicht auf ein exzellentes Abendessen versöhnte ihn mit den unerfreulichen Ereignissen des Tages. Der Streit mit Marta, der Friedhofsbesuch hatten ihn angestrengt und innerlich aufgewühlt. Antonio fühlte mehr und mehr die Belastungen seines aufreibenden Lebensstils, seines aufregenden Lebens. Das Alter machte sich bemerkbar. Dieser anstrengende „Sambakäfer" musste aus dem Haus, aus seinem Leben verschwinden. Mit einer entsprechenden finanziellen Abfindung, sollte Marta gleich morgen ihre Koffer packen. Er ertrug sie nicht mehr, ihre geballte Dummheit und Einfältigkeit, ihre Trinkerei schon am frühen Morgen, die laute, eintönige Musik machten ihn krank. Froh, einen Plan gefasst zu haben, wandte sich

Antonio seiner Lektüre zu. Die Zeitungen berichteten fast ausschließlich über die europäische Währungskrise. Vermutungen über deren Ausgang und Folgen wurden angestellt. Antonio las englische und amerikanische Presse. In Spanien und Italien erschienen seit zwei Tagen keine Zeitungen. „Diese naiven Gemüter", dachte er, als er die Artikel und Kommentare zur Krise überblickte. „Ihr habt keine Chance, ihr werdet abgezockt bis aufs Hemd! Die CLOM wird noch reicher und mächtiger. An Krisen lässt sich wunderbar verdienen … Ein manipulierter Währungsschnitt …!" Antonio lachte in sich hinein. Schade, dass er nicht mehr teilhaben konnte an der großen Abzocke auf Kosten der Bürger, der Völker in der Eurozone. „Eine bequeme, leichte Art, sein Geld zu machen!", ging es ihm durch den Kopf.

Paranese räkelte sich gemütlich in seinem Liegestuhl. Um diese Zeit war der Garten des Hotels leer. Die Sonne schien ihm ins Gesicht. Er bemerkte nicht, seit geraumer Zeit wurde er beobachtet. Elena ließ ihn nicht aus den Augen. Hinter dem Stamm einer Palme stand sie, sprungbereit, wie ein Tiger, der seine „Beute" verfolgt, angespannt wartend auf eine günstige Gelegenheit, ihr Opfer zu erlegen. Mitten ins Herz sollte ihn das Messer treffen. Inzwischen beherrschte sie die kleinen Wurfspieße meisterhaft. Sie wusste, es stand Schnelligkeit gegen Körperkraft. Antonio musste überrascht und sofort tödlich getroffen werden. Elena konzentrierte sich. Ihr Herz schlug wie wild. „Buongiorno, Antonio Paranese, qué tal?" Erschrocken erhob er sich vom Liegestuhl. „Wer kennt mich hier?", war sein letzter Gedanke. Eine kleine, drahtige Frau mit einem Messer in der Hand stand vor ihm. „Rache für Ramon!", schrie sie. Mit einem weiteren, entsetzlichen Schrei stieß sie zu. Den Brustkorb, das Herz Antonios verfehlte sie. Das Messer steckte tief im Bauchraum. Er verlor das Bewusstsein und fiel auf den Rasen. In Windeseile zog Elena ihre Handschuhe aus, wechselte im Putzraum die Kleidung. Später wollte sie diese verbrennen. Fünf Minuten danach schrubbte sie in ihrer Hoteltracht mit Eifer und Gründlichkeit ein Zimmer. Ihre Vorgesetzte war voll des Lobes: „Heute hast du zwei Zimmer mehr geschafft, weiter so, bravo!" Als wäre nichts geschehen, verließ Elena bald darauf ihre Arbeitsstätte.

„Mama, da liegt einer mit einem Messer im Bauch!" Aufgeregt trippelte der Kleine vor seiner Mutter auf und ab. „Papa hat dich wieder mal zu viele Krimis im Fernsehen schauen lassen, nun siehst du überall Leichen und Gespenster." Die junge Mutter blieb im Liegestuhl liegen. Der Kleine gab keine Ruhe. Entnervt und widerstrebend ließ sie sich von ihrem Sohn an der Hand tiefer in den Garten ziehen. Laut schreiend, ihr Kind auf dem Arm, rannte sie zur Rezeption. „Im Garten liegt ein Mann mit einem Messer im Bauch!" Ihr wurde schlecht und sie musste sich übergeben. Der Hotelarzt nahm sich ihrer an. Der Portier, durchaus an die seltsamsten Vorkommnisse und hysterische

Gäste gewöhnt, marschierte in aller Ruhe in den Garten. Er traute seinen Augen nicht, ihm bot sich ein schrecklicher Anblick. Röchelnd und stöhnend lag ein Mann auf dem Rasen. Ein großes Küchenmesser ragte aus seinem Bauch. Der herbeigerufene Notarztwagen transportierte den Schwerverletzten ins Costa-del-Sol-Krankenhaus. Mehrere Notoperationen folgten. In der Nacht starb Antonio Paranese an seinen inneren Blutungen und Verletzungen im Bauchraum.

Elena kniete vor den Bildern ihres Ramon. Alle Kerzen waren angezündet. Sie dankte Gott, er gewährte ihr späte Rache. Nun konnte sie ihre innere Ruhe wiederfinden. Als die Polizei einige Stunden später vor ihrem Haus stand, ließ sie sich widerstandslos festnehmen. Stolz, hoch erhobenen Hauptes, schritt sie an ihrer weinenden Familie und den neugierigen Nachbarn vorbei. Ihr Geständnis erfolgte noch am gleichen Tag.

Im Hause Antonios war eine zweite Leiche gefunden worden. Elena konnte keine Angaben dazu machen. Sie kannte die junge Frau nur flüchtig als Begleitung des Ermordeten. Das von der Polizei zunächst vermutete Beziehungsdrama erwies sich als falsch. Die Obduktion Martas ergab eindeutig, sie war auf einen spitzen Gegenstand gefallen und starb an Hirnblutungen. 2,9 Promille zeigte ein Alkoholtest, der Sturz schien den Polizisten unter diesen Umständen plausibel und wahrscheinlich. Umso mehr fesselte die Ermittler die Geschichte, die Elena über den Chef ihres

Mannes, Antonio Paranese, erzählte. Seine Grausamkeiten, die Villa in Asunción. Elena verschaffte sich mit ihrem ausführlichen Bericht, mit ihren genauen, umständlichen Detailschilderungen, eine Art seelische Befreiung. Trotz der Haft und harter Vernehmungen fühlte sie sich entlastet. Geduldig hörten die Polizisten die unglaubliche Story an, eifrig protokollierten sie mit. Schließlich holten sie ihren Vorgesetzten. Er erkannte sofort und entschied, dies ist kein Fall für die örtliche Polizei. Die Nationalpolizei wurde verständigt. Man wartete die Obduktion und die DNA-Analyse ab. Tatsächlich, der weltweit, steckbrieflich Gesuchte, Antonio Paranese, war ihnen offenbar ins Netz gegangen. Madrid rief an und gratulierte dem aufmerksamen Kommissariat in Marbella. Am Abend trafen Spezialisten aus der Hauptstadt ein, die sich die Leiche anschauten. Genaue Untersuchungen des Toten bestätigten, es war der Mafiachef. Raoul wohnte der Obduktion bei. Noch einmal holte ihn die Vergangenheit ein. Aurelia erschien in seiner Erinnerung. Ein tödlicher Schicksalsschlag traf schlussendlich Antonio und bestrafte ihn. Noch im Tod zeigte sein Gesicht Erstaunen. Der mächtige Boss, Herrscher über ein Milliardenvermögen, war von einer kleinen, zarten Frau erstochen worden. Irgendwie fühlte sich auch Raoul befreit. Eine Last fiel von seinen Schultern. Plötzlich stellte er für sich fest, er konnte der Zukunft wieder ins Auge sehen. Die Vergangenheit war endgültig abgeschlossen. Für Raoul gab es wieder ein Morgen. Trotz der traurigen Umgebung freute er sich und pfiff eine bekannte Melodie. Die Polizisten blickten ihn erstaunt an. Sie tuschelten, spanische Dienste, CIA und Mossad seien im Haus. Noch nie zuvor besuchten Geheimdienstleute das Leichenschauhaus von Marbella. Der Tratsch unter der Ortspolizei blühte. Die Presse stand in Habachtstellung. Wie die Geier überwachten sie die Eingänge der Polizeistation und des Leichenschauhauses. Sie konnten nicht ahnen, in der Nacht schaffte man die Leiche durch den seitlichen Lieferanteneingang an einen sicheren Ort. Antonio Paranese trat seinen letzten Flug an. In Begleitung des Mossad und der CIA flog man ihn nach Ramstein. Hier wollte man sich mit diversen Untersuchungen über gewisse Zusammenhänge Klarheit verschaffen. Alles unter Ausschluss der Öffentlichkeit, streng geheim! Die offizielle Akte „Antonio Paranese", wurde wie die anderen polizeilichen Ermittlungsakten geschlossen. Mafiaboss, ehemaliger Chef und Gründer der CLOM, erfolgreicher Drogen- und Waffenhändler, Mörder, Milliardär, meistgesucht weltweit, wird von einem südamerikanischen Zimmermädchen, einer Putzhilfe, mit einem Küchenmesser erledigt. Eine Geschichte, wie geschaffen für die bunten Blätter. Tatsächlich, für ein paar Tage verdrängte der Tod des „Königs von Marbella", des legendären Mafiachefs, Antonio Paranese, die Schlagzeilen über die Eurokrise.

Raoul berichtete David telefonisch. Einzelheiten wollte er ihm aus Sicherheitsgründen lieber persönlich mitteilen. Für einen Tag trafen sie sich in Wien.

276

Raoul gab unumwunden zu, hauptsächlich wolle er sich seinen beruflichen Aufgaben widmen. Für eine ständige Agententätigkeit fühle er sich ungeeignet. Selbstverständlich stehe er für Übermittlung von Informationen immer zur Verfügung. David lachte. Er beneidete seinen jungen Freund. Seine unruhige, geheimdienstliche Tätigkeit mit den ständigen Ortswechseln ließ ihm nicht genügend Zeit für seine Familie. Sie war auseinandergebrochen. Sein Sohn, das schmerzte ihn am meisten, verachtete ihn. Als Vater und Ehemann versage er völlig, warf er ihm vor. Raoul entschied sich eindeutig fürs Private, er würde eine Familie gründen. Davids Familie war der Mossad. Die beiden Freunde verabschiedeten sich mit einer Umarmung. Er wünschte Raoul alles Glück dieser Welt. „Zu deiner Hochzeit komme ich, und die ist hoffentlich bald!" „Wenn du mir sagst, wen ich heirate, geht es okay", lachte Raoul. „Ich habe da so eine Idee", antwortete David. „Ich kann mich auch täuschen." Raoul tat ahnungslos. David bestieg den ICE und winkte ein letztes Mal. Der Zug verschwand in der Ferne. Raoul fühlte sich fröhlich und unbeschwert. Im Auto sang er ein altes, israelisches Lied: „Hava nagila". In David hatte er einen wahrhaften Freund gefunden. Diese Gewissheit tat gut, wirkte irgendwie beruhigend und machte ihn froh.

Chiara und Raoul telefonierten jeden Abend. Es war zu einem wichtigen, vertrauten Ritual zwischen beiden geworden. Chiaras klare, sachliche, kluge Argumentationen erstaunten Raoul immer wieder. Gerne tauschte er sich mit ihr über das tagsüber Erlebte, über berufliche Probleme aus. Er gewöhnte sich daran, ihre Meinung anzuhören. Die Geschichte des Todes von Antonio Paranese erschütterte Chiara. Wie ihre Mutter kannte sie ihn nur als großzügigen Gastgeber, Freund der Familie, als netten Onkel. Sogar eine Geburtstagsparty, erinnerte sie sich, veranstaltete er für sie. Der gesamte Park seiner Villa war als Spielplatz umfunktioniert. Eine kleine Mondrakete, naturgetreu nachgebaut, stand im festlich beleuchteten Garten. Die Kinder stiegen ein, Motoren heulten, die Rakete bewegte sich hin und her und gab den Kindern das Gefühl zu fliegen. Ihre Mutter fand Aufwand und Luxus des Kinderfestes übertrieben. Chiara genoss ihren Geburtstag und wollte die Rakete unbedingt mit nach Deutschland nehmen. Heulend, mit dem Fuß aufstampfend, weigerte sie sich zornig mit ihrer Mutter die Party ohne Rakete zu verlassen. Paranese nahm sie tröstend in den Arm, sang italienische Lieder mit ihr und versprach, diese für sie aufzuheben „So ein schlechter Mensch kann er nicht gewesen sein!", meinte Chiara. Raoul war anderer Ansicht, er schwieg. Chiara wusste nichts von den Verflechtungen, erpresserischen Manipulationen, denen ihr Vater durch Antonio ausgesetzt war. Er konnte ihr nicht mitteilen, Paranese war Chef und Auftraggeber der Morde an Lettermans, Bubi Jacob, Aurelia, die Reihe ließe sich fortsetzen. Das Leid von Manuela Schwarz hatte er ebenfalls auf dem Gewissen. Nein, er war kein guter Onkel! Doch die offiziellen Akten der Behörden waren geschlossen.

Die Mörder dingfest gemacht. Die geheimdienstlichen Akten unter Verschluss. Seine Arbeit für den Mossad fiel unter die selbstverständliche Schweigepflicht, auch gegenüber nächsten Angehörigen. So antwortete er ihr nur: „Menschen haben viele Facetten. Es gibt nicht nur Schwarz oder Weiß, viele Grauzonen, manches bleibt im Dunkeln. Unter bestimmten Gegebenheiten zeigen sich Seiten, die man niemals, auch nur im Entferntesten, vermuten würde. Man sollte sich nicht anmaßen, einen Menschen wirklich zu kennen, endgültig zu beurteilen und einzuschätzen", schloss er das Gespräch. In diesem Punkt stimmte Chiara ihm zu. Mit einem fröhlichen „Gute Nacht!" legte sie den Hörer auf.

Nach wie vor stellten Frauen ihm mit Blicken, Worten und eindeutigen Angeboten nach. Raoul nahm es nicht wirklich wahr, er zeigte keine Reaktion. Wenn Chiara abends nicht zur verabredeten Stunde zu erreichen war, vermisste er das Gespräch mit ihr. Es fehlte ihm, ja es schmerzte ihn körperlich. Er konnte nur an sie denken. Endlich am Freitagnachmittag landete der Flieger aus Frankfurt. Lächelnd überließ Marlene Raoul die Abholung Chiaras vom Flughafen. „Nicht, dass ihr das ganze Wochenende verschwindet", mahnte sie. Schon von Weitem sah er Chiara. Sie schritt eiligst und energisch durch die Halle. Immer wieder strich sie sich ihr langes, blondes Haar aus dem Gesicht. Ihr kleines Louis-Vuitton-Köfferchen zog sie zielbewusst hinterher.

Raoul rannte auf sie zu. Sein Herz klopfte schneller. Er nahm sie in den Arm und drückte sie fest an sich. Zwischen aufgeregten Ankömmlingen, Abholern, Durchsagen aus dem Lautsprecher, Rufen, Lachen, Kindergeschrei, mitten in der Empfangshalle, küsste er Chiara. Sie erwiderte den Kuss lang und leidenschaftlich. Die Welt um sie herum war vergessen. Ein paar Jugendliche machten sich lustig und fingen an zu zählen. Schließlich sagte Chiara lachend: „Keine sehr romantische Umgebung für den ersten Kuss! Nein", erzählte sie weiter, „den ersten Kuss habe ich dir mit elf Jahren nach dem Golfspielen gegeben. Ich war total aufgeregt und in dich verliebt … Und du, hast nur gelacht. Ich schämte mich und war dir böse. Du hast leider nichts gemerkt!" Im Auto, im abendlichen Stau auf der A7 nach Marbella, umarmten und küssten sie sich wieder und wieder. Ein Lastwagen hinter ihnen drückte kräftig auf die Hupe. Kein Stau, keine Hupe, keine Eurokrise, auch nicht der Tod Paraneses, konnte die beiden erschüttern. Die rosarote Brille der Verliebten ließ alles an ihnen vorbeigleiten. Raoul dachte nur: „Ich werde ziemlich bald David anrufen. Ende des Jahres muss er ein Wochenende bei uns einplanen. Er wird mein Trauzeuge sein." Zu Chiara sagte er nichts. Sie wussten sowieso, sie gehörten zusammen!

Carla nahm den Tod Paraneses mit Erleichterung zur Kenntnis. Zeitungen und Illustrierten ließen sein buntes, abwechslungsreiches Leben nochmals in Bildern und Berichten aufblühen. Manch Prominenten konnte man auf den alten Fotos entdecken. Erfreut würden diese nicht über die Berichterstattung sein. Auf der Frontseite des meistgelesenen Blattes in Deutschland war der „König von Marbella" in Begrüßungsumarmung mit einem späteren Bundeskanzler zu sehen. Im Hintergrund konnte man Topbanker Lettermans erkennen. „Es waren trotz allem schöne Zeiten!", resümierte Marlene. Carla schwieg dazu. Sie war völlig anderer Meinung. Mit Paranese verband sich ihr Alptraum des Gefängnisaufenthaltes. Niemand konnte nachvollziehen, was sie, als unschuldig Einsitzende, durchgemacht hatte. Beim Gedanken daran, fing sie noch immer an zu zittern. Den Tod des Verbrechers empfand sie ebenfalls befreiend, er schloss die Ereignisse in Marbella endgültig ab.

Mit Marlene verabredete sie sich in der Sierra Blanca vor der Villa Antonios. Ihre Motive, die Gegend dort zu besuchen, waren allerdings völlig unterschiedlich. Marlene war einfach nur neugierig, was aus dem wunderschönen Anwesen geworden war. Ob es vermietet oder verkauft war oder wer jetzt darin wohnte? Carla wollte sich von ihren Ängsten, von ihrem Trauma verabschieden. Es hatte sie Überwindung gekostet, nach Marbella zu reisen. Nun wollte sie auch den letzten Schritt tun, die Gegend aufsuchen, deren Bewohner ursächlich zu ihrem Unglück beitrugen.

Mit ihrem alten Auto fuhr sie über dicke Straßenschwellen, die Carretera hinauf, in die einstigen Prachtstraßen der Sierra Blanca. Der Blick von hier oben über Marbella und das Meer war einzigartig. Die

Villen in den weitläufigen, hinter hohen Mauern ver-
steckten Parks verströmten noch immer Hollywood-
Flair. Am höchsten Punkt der Sierra Blanca, Carretera
Gavina 135, am Ende der Straße, hielt sie an. Hier begann vor zehn Jahren ihre aufregende Geschichte. Das
prachtvolle, breite Tor, eingerahmt von weißen Säulen, wirkte verwittert und ungepflegt. Carla entdeckte,
quer über das gesamte, kunstvolle, alte spanische Holz
geklebt, einen rot-weißen Streifen. Der Zugang zur
Villa Paranese war von der Polizei abgeriegelt und
versiegelt. Marlenes Neugier würde nicht befriedigt.
Carla fühlte Erleichterung. Sie verspürte keinerlei Nei-
gung, die Paranese-Villa zu besuchen. Sie setzte sich
ins Auto und wartete auf Marlene. Auf ihrem iPhone
fand sie „Breaking-News", die neuesten Nachrichten:

EURO GERETTET! INFLATIONSSCHOCK!
ÜBER NACHT ALLES 30 % TEURER! MORD
AN „KÖNIG VON MARBELLA" ENDGÜLTIG
AUFGEKLÄRT!

*Literatur, Quellen:

Aus Frankfurter Rundschau 2010: Die Mafia in der globalen Welt: Schurkenwirtschaft; Übersetzung des Vortrags von Roberto Scarpinato.

*Roberto Scarpinato studierte an der Universität Catania Rechtswissenschaften. Nach seinem Studiumsabschluss nahm er eine Stelle als Richter in Rom an. 1988 kehrte er nach Palermo zurück, wo er zum Anti-Mafia-Pool rund um die Richter Falcone und Borsellino stieß, die beide 1992 von der Cosa Nostra ermordet wurden.

Er warnt Deutschland in Gesprächen mit Politik, Justiz und Polizei vor dem wachsenden Einfluss der organisierten Kriminalität: „Das Klischee, bei der Mafia handele es sich um Pizza-Bäcker, ist falsch und gefährlich: Die Drahtzieher sind intelligente Manager, Akademiker, die mehrere Sprachen sprechen und bestens vernetzt sind."

„Die Mafia hat immer Kapital, sie kann es anbieten, wenn Menschen oder Unternehmen Geld brauchen. Steigt die Nachfrage, steigt der Einfluss der Mafia."

*Wer oder was bin ich ...? – Nachwort der Autorin*

Ich bin nicht links,
ich bin nicht rechts,
wer oder was bin ich dann?
Ich frag's mich selber immer wieder,
ich rate dann und wann.

Wertkonservativ sicherlich,
jedoch erschreckend liberal,
es passt für vieles und auch nicht,
bestimmt in k e i n  Regal!

Was war das eine schöne Zeit,
im jugendlichen Leben.
Der Weg war klar, die Meinung fest,
die Sicherheit gegeben.

Die Freiheit unser höchstes Gut,
man sieht so vieles wanken,
da steht man nun als alter Tropf
auf Bruch, kaputten Planken.

Im Alter nun, ich sitze da,
muss denken und muss leiden,
das End vom Spiel:
Wer oder was bin ich denn?
Der Tod, er wird's entscheiden.

Gesine Englert,
geboren und aufgewachsen in Wiesbaden, absolvierte, nach Sprachstudien in Genf, an der Universität, Frankfurt am Main ein Germanistik und Politikstudium.
Sie arbeitete als Lehrerin, später in der Schulleitung.
Heute lebt sie, verheiratet, als freie Autorin in Spanien und im Odenwald.

Bisher erschienen:
Gedichtband: Eine Handvoll Herz
Odenwaldmärchen   Und immer siegt die Liebe …

Weiteres über: www.gesine-englert.com